图说世界文学史

徐峥 著

光明日报出版社

图书在版编目（CIP）数据

图说世界文学史 / 徐峥著 . -- 北京：光明日报出版社，2012.6（2025.1 重印）

ISBN 978-7-5112-2362-3

Ⅰ . ①图… Ⅱ . ①徐… Ⅲ . ①世界文学—文学史—图解 Ⅳ . ① I109-64

中国国家版本馆 CIP 数据核字 (2012) 第 075525 号

图说世界文学史

TUSHUO SHIJIE WENXUESHI

著　　者：徐　峥

责任编辑：李　娟　　　　　　　　　责任校对：日　央

封面设计：玥婷设计　　　　　　　　封面印制：曹　净

出版发行：光明日报出版社

地　　址：北京市西城区永安路 106 号，100050

电　　话：010-63169890（咨询），010-63131930（邮购）

传　　真：010-63131930

网　　址：http://book.gmw.cn

E - mail：gmrbcbs@gmw.cn

法律顾问：北京市兰台律师事务所龚柳方律师

印　　刷：三河市嵩川印刷有限公司

装　　订：三河市嵩川印刷有限公司

本书如有破损、缺页、装订错误，请与本社联系调换，电话：010-63131930

开　　本：170mm×240mm

字　　数：180 千字　　　　　　　　印　　张：15

版　　次：2012 年 6 月第 1 版　　　　印　　次：2025 年 1 月第 4 次印刷

书　　号：ISBN 978-7-5112-2362-3

定　　价：49.80 元

Preface 前言

　　为了让读者轻松地学习和阅读世界文学史，并满足其更高审美和人文需求，我们组织编写了这部《图说世界文学史》，以期走出一条文学史类书籍出版的新路。本书遵循着如下理念：哲学式的独特视角，文学式的语言风格，艺术式的制作流程，图片、文字、版式等多种要素有机结合，构建回归历史的通道，立体展示世界文学历史，六者共同撑起一个博物馆式的整体构架。此理念贯穿整个编写和制作过程，以全面提升本书的观赏价值、艺术价值及收藏价值。接下来，还是让我们参观一下这座博物馆。

　　首先，关于这座博物馆的殿堂设计，也即本书内容和图片的设计。收录文学史上的重要作家及传世佳作，全面而重点突出地叙述了各个流派的萌芽、发展、形成、繁盛及衍变过程，很好地把握了世界文学发展的节律。另外，出于方便读者阅读的考虑，我们还对体例加以大胆创新，将正文中提及或未具体提及的知识点提炼出来，开辟专题、带图链接、文字链接、经典引文、名言警句、名人轶事等辅助栏目，对世界文学史中出现的专用术语、文学流派、某一时间段或某一文学领域进行解释、总结、延伸，以及纵向或横向的对比，不但丰富了内容，更使整个版面显得新颖别致。

　　如此，宏大的殿堂已具备，构建通道的图片更是不可或缺。本书精美图片与文字珠联璧合，相辅相成，其囊括名著书影、作家画像及旧照、作家珍贵手稿、相关绘画及历史文物照片等，立体形象地再现了世界文学的发展进程。同时配以准确精当的图注文字，充分拓展读者文化视野，开辟

读者思维想象空间，令读者心随图动，如身临其境，轻松愉悦地畅游整个世界文学史。

接下来，让我们读一下解说馆藏的文字。正文既介绍了世界文学史的重要作家、主要作品、文学流派、历史背景，又在全面的基础上突出重点，着重讨论了重要作家的代表作品，行文中参考权威人士的精辟分析，然后以独特视角彰显作品风格形成的源头和形成一个文学流派的进程，以此启发读者，使之感同身受，真正领悟文学史中每一流派发展、形成、衍变的全过程。另外，图注文字亦从多方面对正文予以补充、释读。而所有文字均保持文学式的语言风格，避免了一些文学史学术味十足的风习，读来抑扬顿挫，让人兴趣盎然。

当然，一座好的博物馆还需要高水平的陈列设计。在这座博物馆里，将文字、图片两者有机结合的是版式，版式是本书艺术理念的承载体，它将历史、文学、艺术、设计、文化融为一体，使自身构架与世界文学发展之脉动相协调，为读者构架起一条回归文学历史的通道，彻底打破文学史类书籍的沉闷，在为读者提供更多审美感受之时，更达到了立体、形象地展示世界文学史的目的。

这就是《图说世界文学史》博物馆式的整体构架。值此文学史类书籍亟待革故鼎新之际，愿此套全新的蕴涵多种要素的彩图版《图说世界文学史》能成为读者有效、快速学习和阅读世界文学史的理想读本，使读者如身处世界文学博物馆，在轻松获取知识的同时，也获得更广阔的文化视野、审美感受、想象空间及愉快体验。

目录 CONTENTS

第二编　从复兴到巅峰

13 到 19 世纪古典传统文学的确立

第二编　从复兴到巅峰

13 到 19 世纪古典传统文学的确立

第三编　壁立千仞的大家气象

19 到 20 世纪传统文学的发展

第三编　壁立千仞的大家气象

19 到 20 世纪传统文学的发展

第四编　茫茫六派

19到20世纪的现代派文学

扫码获取
更多资源

第四编　茫茫六派

19到20世纪的现代派文学

公元前
2000 年

《吉尔伽美
什》整理完成

《荷马史诗》
问世

公元前
900～前 750 年

约公元前
524 年

埃斯库罗斯
诞生

索福克勒斯
诞生

约公元前
496 年

公元前
485 年

欧里庇德斯
诞生

公元前
400 年

《摩诃婆罗多》和
《罗摩衍那》主体
故事流传

公元 1008 年

《源氏物语》
问世

《一千零一夜》
开始以文字记载
故事内容

约 15 世纪

第一编

s h e n x i n g

鸿蒙时代的神性光芒

(13 世纪前的蹒跚学步)

人类世界总是有许多神秘现象难以解释，而文学在其最初的形态中也总是和一些超自然的神秘力量联系在一起。在人类还不能充分认识自然的时候，"神"总是他们所能求助的最佳对象。处于鸿蒙时期的人们，在"神"的光芒的指引下，一步步地从蒙昧走向了文明。而当远古时代的巫师们在熊熊烈火边狂舞欢唱时，谁又能想到，这些癫狂不清的唱词会成为泽被万世的文学源头？

第一章

神话时代的涓涓细流

当一个儿童刚刚睁开他纯真而清澈的双眼时，他面前的世界对他而言是那么的新鲜而奇妙，所有的一切都有待于去发现、去经历、去感受。无论是早晨林中如游丝一般穿过树叶的阳光，还是暮色四合后天穹里拥挤而又寂寞的寒星；无论是形态各异的飞禽走兽，还是色泽迥殊的花草树木，都让他惊叹于造物的鬼斧神工。而一个成人则对此已然熟视无睹了，并不认为这有什么奇怪的——失去好奇，就标志着一个人已经失去了童心。而恰恰是儿童那双聪慧的眼睛，才能发现许多生活本质的美。

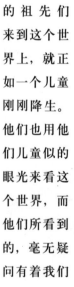

一手持雷电的宙斯是"奥林匹斯众神"之首，他是希腊人心中主管天空和气候之神。

图说世界文学史

人类的祖先们来到这个世界上，就正如一个儿童刚刚降生。他们也用他们儿童似的眼光来看这个世界，而他们所看到的，毫无疑问有着我们如今已无法

希腊／罗马神话主要人物对照		
希腊神话	罗马神话	司掌范围
宙斯	朱庇特	众神之王，天神
赫拉	朱诺	宙斯之妻，婚姻女神
波塞冬	尼普顿	海神
雅典娜	弥涅耳瓦	战神，智慧女神，工艺女神
阿波罗	阿波罗	太阳神，智慧和艺术神
阿尔忒弥斯	狄安娜	月神，狩猎女神
阿瑞斯	玛尔斯	战神
赫菲斯托斯	乌耳肯	火神，铁匠
阿佛洛狄忒	维纳斯	美神，爱神
伊洛斯	丘比特	维纳斯之子，爱神，欲望神
哈台斯	狄斯帕特耳	冥王
得墨忒耳	塞瑞斯	丰饶女神，谷物女神
狄奥尼索斯	巴克科斯	酒神，迷幻之神
赫尔墨斯	墨裘利	众神的使者，旅行神
赫拉克勒斯	赫拉克勒斯	

拉开距离来品味的美了，而这一美的发现却还记录在人类的一种原始记忆里面，那便是文学的最初源头——神话。

希腊神话与希伯来文学是世所公认的西方文学两大源头，而这二者又都是以其神话魅力而罩笼百态的。特别其中的希腊神话，正如马克思所说，那是人类艺术的"一种规范和高不可及的范本。"

14

希腊人的想像力异常丰富，所以，他们的神话体系也庞大而完整。在他们那神的谱系中，最先产生了卡奥斯（混沌）、该亚（大地）、塔尔塔罗斯（地狱）与埃罗斯（爱）。前二者是人类所赖以生存的宇宙；而后二者则是希腊人从想象中抽象出来的两大领域，此二者对后世影响之巨大与深远每个人都能体会到：一方面是对罪恶者实行惩罚的场所，以警戒世人，昭告来者，并维系现世的道德体系与基准；而另一方面则是褒奖与激励人们的向善之心，为他们树立起与前者截然相反的至纯至美至善至真的高妙境界。于是，人类的一切都由此派生出来：卡奥斯生出了尼克斯（黑夜），然后又生出了太空与白昼；该亚生出了乌拉诺斯（天空）、高山和大海，而乌拉诺斯成为世界的主宰。而他又与地母该亚生出了六儿六女，其中两个使天地间有了太阳、月亮与曙光。而他们的小儿子克罗诺斯则阉割了父亲乌拉诺斯，并与其妹瑞亚结合，也生了六儿六女，而其最小的儿子便是最后新神系的万神之主宙斯，宙斯与他的兄妹及子女一起构成了"奥林匹斯众神"。

奥林匹斯众神包括冥王哈台斯，海神波塞冬，天后赫拉，智慧之神雅典娜，爱神阿佛洛狄忒，太阳神阿波罗，月神阿尔忒弥斯，战神阿瑞斯。他们也与常人一样，有自己的性格与喜怒哀乐，有争胜之心，有嫉妒之心。在他们中间，产生了许许多多的故事。如宙斯的诞生就极具故事性。克罗诺斯怕自己被子女推翻，便把每一个出生的子女都吞进肚子里去，宙斯出生后，瑞亚用一块石头把他替换出来，并藏到一个山洞里，由两位神女用山羊奶喂养。他长大后便强迫克罗诺斯把吞下去的子女全吐了出来。这样，他推翻了克罗诺斯的统治，建立了自己的主宰地位。

再如智慧女神雅典娜，她是宙斯与其第一个妻子墨提斯生下来的。预言说墨提斯将生下一个比宙斯还要强大的女儿，宙斯很恐惧，便把妻子吞进肚子里去，但胎儿却在他的头颅中继续生长，后来，宙斯感

→阿波罗和九个缪斯
阿波罗被古希腊人尊崇为灵感之神，他具有给人以诗歌、音乐和医疗天赋的神通。缪斯是希腊－罗马宗教和神话中的一组女神姐妹中的某一女神，为宙斯和记忆女神摩涅莫绪涅所生，其分掌史诗、悲剧、音乐、天文等方面。相传荷马就曾不时祈求一位或全体缪斯保佑。

→创世纪 米开朗琪罗 意大利
这是《创世纪》中上帝创造亚当的情景。亚当的左手显得无力，缓缓前伸，像处于控制中；上帝则将右
手食指伸出，赐予创造物以生命。

到头痛，便让匠神用斧头劈开了他的头颅，雅典娜便全副武装地从宙斯头中跳了出来。她就是威力与智慧的化身。

希伯来人的神话与传说也异常丰富，它们基本都保留在《旧约全书》中。在其《创世纪》里就记载了上帝创造天地万物的神话，说上帝在第一天里造了光，第二天造了气和水……第六天里造了人，第七天休息。上帝用尘土造了人类的始祖亚当，并用亚当的肋骨造了夏娃，又把他们放到无忧无虑的伊甸园里去，但夏娃受了蛇的诱惑而吃了智慧树上的果子，并让亚当也吃了，因此，神把他们赶出了伊甸园。从此，人类便不得不受苦了。

还有大洪水的故事，说人类慢慢地滋长了极大的罪恶，上帝决心把他们消灭。于是，他只让行善的挪亚一家进入方舟，并带七公七母洁净的鸟兽。然后便降了四十昼夜的大雨，所有的人都死了，只有挪亚一家活着。

总之，希腊神话与希伯来文学给后世的西方文学以不可估量的影响，它们的许多情节与场景，许多人物与性格特征，许多意境与故事母题，都成为后世文学所一再反复使用的潜在模本。

文学，这位人类心灵世界的王者，就这样诞生了……

图说世界文学史

→埃及神话是以维护由尼罗河哺育的两岸生灵和控制尼罗河泛滥为主展开的,它把国土的昌盛与强权和正义的统治相连。和印度神话相似,埃及的主神也都是三个一组。图中作为丰饶神的奥西里斯(中)头戴饰有羽毛的阿特夫王冠;作为其姐姐和妻子的伊希斯(右)则头饰牛角和爱神哈索尔的太阳轮盘;而头戴皇家双重王冠的何露斯(左)是他们的儿子,通常以隼或隼头人作为象征,他是法老的守护神,并与太阳神何露斯合二为一。

→这是中美洲阿兹特克神话中的创世神羽蛇神奎扎科特尔,他化身为一条羽毛华丽的双头蛇,保护着整个世界。阿兹特克人从玛雅人那里继承了时间神圣轮回的观念,认为每一个日子都是由一位特别的神保佑着安然渡过,只有向这些神灵不断献祭才能延缓世界末日的到来。

不同地域孕育了不同的神话,但它们都反映了人类最初对大自然的困惑、斗争与无边的创造力。

这是北美印第安神话中能引起雷雨闪电的雷鸟,其通过眼睛的张合来制造闪电。

雷鸟拍打翅膀即能制造雷

人类祖先形象

→生命源自冰与火,并最终毁于此——这是北欧神话得以衍生的自然环境。北欧神祇分属两大家族:以奥丁为首的住在天上的阿斯尔族和以弗雷为首的住在地底和海底深处的瓦尼尔族。两大神系长期争战。本图即为北欧丰饶神弗雷。

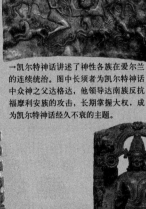

→凯尔特神话讲述了神性各族在爱尔兰的连续统治。图中长须者为凯尔特神话中众神之父达格达,他领导达南族反抗福摩利安族的攻击,长期掌握大权,成为凯尔特神话经久不衰的主题。

→这是矗立于加拿大斯坦莱公园里众多图腾柱中的一个,图腾柱被北美印第安人精心雕琢用来展现每个家族或部落的神系幻想。

道教创始人老子

玉皇大帝,中国神话中的众神之首,其妻西王母为长生不老的蟠桃的守护神。

东岳帝君,即泰山之神。

→中国神话由三种哲学教义组成:中国本土教道教认为宇宙元气和所有的生命(神话中的原始混沌)由阴阳组成;儒家思想则认为好学者和自律者当得佳果;佛教的传入又给中国神话注入了诸如转世、善恶斗争等印度教的基本思想。

→这是印度吠陀神话和印度教里的太阳神苏尔雅,是印度著名的三神组风、火、日或雷、火、日之一,他是斩妖除魔的大能大善之神。印度的吠陀神话源于中亚,其主神因陀罗赶走了新国土上最早的居民,并将其变成魔鬼,而后发展成了印度教神主与魔的无休止的斗争,和创世循环一起,以毁灭为创立新世界的前提而维系着善与恶的平衡。

第二章

英雄时代的高山巨碑：史诗

图
说
世
界
文
学
史

　　在人类文学乃至于文化的历史上，"史诗"已几乎从一个"名词"变成一个形容词。她代表了我们对那种气势恢宏、内蕴深厚，而且在人类的成长历程中发挥了巨大文化意义和原型意义的作品的崇高评价。其地位是如此之高，以至于成为横亘在后世几乎所有作家面前的高山巨碑。虽然其硕大无朋的阴影下笼罩着的，并不乏我们人类历史上罕见的创作天才，但她仍然是我们公认的无法逾越的高峰和不可企及的范本。

　　在这个我们所拥有的几乎是最早的成熟文学样式里，我们还能够看到那些英雄们无数难以想象的辉煌业绩，令人血脉贲张的战争与柔情，对世界的开拓与占有，对生命的感悟与思索；看到伟岸的山峦，看到多情的海涛，看到与人来往的众神，看到万物均有灵……这不正是我们的原始初民眼中，这个他们刚刚带着新奇与惊异来接收并主宰的绚烂世界么，这不也正是我们要竭力在文学中去描述、去渲染、去咀嚼、去记忆的世界么……正是这个世界的确立，从某种程度上规范了我们文学传统的大体走向，也在更深的层次上规范了我们欣赏心理的格局。所以，对于我们，她永远是鲜活的，是洋溢着全部生命华彩的文学圣典。

　　于是，我们真正的、绮丽的文学风景便要从这里开始……

第一节　对永生奥秘的探求：《吉尔伽美什》

　　东方，是人类文明的曙光最先闪烁的地方，也是史诗惊采绝艳的诞生地。

　　底格里斯河与幼发拉底河的河水长年流过西亚这块富庶并且早熟的土地，她缓慢而又执着地带来生生不息的动力、取之不竭的资源，当然，还有无法驾驭的洪水……但最重要的还是冲刷出了东方特有的

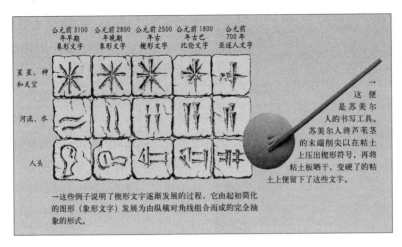

公元前3100年早期象形文字	公元前2800年晚期象形文字	公元前2500年古楔形文字	公元前1800年古巴比伦文字	公元前700年亚述人文字	
星星,神和天空					
河流,水					
人头					

一这便是苏美尔人的书写工具。苏美尔人将芦苇茎的末端削尖以在粘土上压出楔形符号,再将粘土板晒干,变硬了的粘土上便留下了这些文字。

→这些例子说明了楔形文字逐渐发展的过程,它由起初简化的图形(象形文字)发展为由纵横对角线组合而成的完全抽象的形式。

"水"性文明。公元前19世纪,这里便产生了一个盛极一时的梦幻式帝国:巴比伦。而世界上第一部完整的史诗也诞生在这里,这就是那用楔形文字刻在十二块泥板上的伟大作品:《吉尔伽美什》。

"吉尔伽美什"是乌鲁克国王的名字,也正是其城邦时期苏美尔人创建的乌鲁克城邦的一个历史中真实存在的国王。整部史诗共3000余行,由三个部分组成:一是吉尔伽美什和恩奇都那神奇的交战与结交;二是人类文明史上众口相传的大洪水;三是恩奇都死后吉尔伽美什在阴曹地府的痛苦探求。

其大致情节是这样的。吉尔伽美什虽然生活在人间,但他事实上却三分之二是神体。做了乌鲁克国王后,性情暴戾,荒淫无度。天神为了管束他,就为他创造了一个对手恩奇都, 这是一个野性未脱的人。二人交手后,不分胜负。最后,英雄相惜,结成了莫逆之交。而真挚的友谊改变了吉尔伽美什,同时也改变了恩奇都。前者从一个残暴的国王转变为一个为民除害的英雄;后者则迅速地文明开化。

吉尔伽美什决心为民除害,杀死巨妖芬巴巴,救出女神伊什塔尔。经过残酷的战斗,吉尔伽美什和恩奇都终于取得了胜利。吉尔伽美什因此得到了百姓的敬佩,赢得了伊什塔尔的爱情。女神充满激情地向英

→这是来自乔拉巴德的公元前8世纪亚述人的一幅浅浮雕,表现了吉尔伽美什正与一只狮子搏斗的场面。

—上面印章中表现的是吉尔伽美什与恩奇都正要砍下芬巴巴头颅的情景，而 下图则描绘了二人通力斗天牛的情景。

雄倾诉道："请过来，做我的丈夫吧，吉尔伽美什！"女神还说，如果他接受她的爱情，就能享受无尽的荣华富贵。不料，吉尔伽美什拒绝了伊什塔尔。他不喜欢伊什塔尔的水性杨花，到处留情，而且不善待自己的爱人。伊什塔尔遭到拒绝后，由爱生恨，便请凶狠的天牛替她报受辱之仇。吉尔伽美什和恩奇都与天牛展开了生死搏斗，最终一举宰之于乌鲁克城下。不幸的是，他们受到了伊什塔尔的父亲、天神阿努的惩罚。天神决定惩罚恩奇都，便让他患上致命的疾病，并于极度的痛苦中离开了人世。挚友的去世，使吉尔伽美什悲痛欲绝，同时也充满了对死亡的恐惧。吉尔伽美什决心到人类的始祖乌特纳庇什丁那里去探寻永生的秘密。在经过长途跋涉、历尽千辛万苦后，他终于找到了乌特纳庇什丁。乌特纳庇什丁向他讲述了人类曾经历大洪水的灭顶之灾，但自己一家得到神助而获得永生的经过。显然，乌特纳庇什丁获得永生的秘密对吉尔伽美什毫无用处，因为再也不可能有这种机遇了。后来，吉尔伽美什得到的返老还童的仙草又不幸被盗，最后只得万分沮丧地回到了乌鲁克。全诗以吉尔伽美什与恩奇都的灵魂对话而结束。

这是一部具有巨大的文化内涵及文化容量的作品，其所反映的人与自然的关系，体现的人类对生命的自觉探索及其痛苦，也成为其后史诗乃至其他文学样式的永恒主题。有学者认为，征讨芬巴巴是人类征服自然界那强烈愿望的集中反映：史诗把自然界的水、火、气集于芬巴巴一身，使其成为自然威力的象征。而更具有象征意义的是，芬巴巴还是大神恩利儿的属下。而此后吉尔伽美什拒绝了女神伊什塔尔的求爱，并杀死了大神阿努的天牛，这都反映了人的主体性的初步觉醒，以及人力与神力的抗衡。由此，这部史诗也就与神话观念，即无条件地信仰、崇拜和服从神祇的观念，实行了第一次分离，从而也体现了史诗与神话的实质性差异。

> 英雄们，
> 智慧的人们，就像初升的月亮，有其圆缺。人们将说，"有谁曾像他那样用力量和权力进行着统治？"正如在没有月亮或月缺的时候，只要没有他，那里就没有光明。哦，吉尔伽美什，这就是你梦想的意义。你被赋予国王的地位，这是你命中注定的，但永生不是你命定的。
> ——《吉尔伽美什》

而吉尔伽美什对死亡的恐惧与对永生的探求也具有无可置疑的重大意义，它标志着人类对生命的正确认识已经开始确立，而这正是人类正确认知自身、评价自身的一个起点。

《吉尔伽美什》以其独具的艺术魅力，对东西方文学均产生了深远的影响，无法磨灭，历久弥新。

第二节　高华宏阔的史诗典范：《荷马史诗》

在希腊神话中，有个故事是这样的。大地女神忒提斯与密尔弥冬之王佩琉斯结婚时，遍请诸神，但却唯独漏掉了不和女神厄里斯，厄里斯便来到席间扔下了一个所谓的"不和的金苹果"，上面写着"给最美丽的女人"。于是，天后赫拉、智慧女神雅典娜和爱神阿佛洛狄忒便争夺起来，天神宙斯要她们找特洛伊王子帕里斯评判，三位女神都找到了帕里斯。赫拉允诺给他财富与权势，雅典娜答应给他智慧与声名，而阿佛洛狄忒则答应给他世间最美丽的女人做妻子，于是，帕里斯便把金苹果判给了阿佛洛狄忒。后来阿佛洛狄忒便帮帕里斯去斯巴达并拐走了国王墨涅拉奥斯美貌的妻子海伦，希腊人气愤之极，便由墨涅拉奥斯的哥哥迈锡尼国王阿伽门农倡议，召集各部族首领，组成希腊联军，共同讨伐特洛伊人。他们调集了一千多艘船只，渡过了爱琴海。于是，一场漫长而艰巨的战争开始了。

无论看过原作与否，接下来的故事却几乎尽人皆知。史诗作为一个民族童年那遥远的记忆，已逐渐沉积在民族文化的心理深层。所以，当代的各个民族对自己民族的史诗整理都极为重视，近几个世纪出现了许多不同类型、不同风格的史诗作品，其中的每一部作品都积聚了一个特异的民族文化暗记。然而，不能不承认的是，我们绝大多数对

《奥德赛》

"（宙斯）说你这里有一位武士，
他受的苦难比任何人都多：武士们围攻
普里安城 9 年之后，在第 10 年
（掠夺了城市）离去了。但是在归途中，
他们得罪了雅典娜，雅典娜唤来了朔风巨浪，
他的朋友全都死了，只有他
被风浪带到了这里。
宙斯命令你立即把他送走，
因为命运注定他不该远离亲友，客死异乡，而是要
重回故乡找自己的宫殿，
再见他的亲友。"

——节选自荷马《奥德赛》，卷五

史诗所发的感慨却都是对这两部声名尤著者而言的：那就是史诗的典范式作品：《伊利亚特》和《奥德赛》。

《伊利亚特》故事在开始时，已是特洛伊战争爆发后的第十个年头了。一场可怕的瘟疫在希腊联军中蔓延开来，原来是主帅阿伽门农分得了在战争中俘获的太阳神祭司克律塞斯最漂亮的女儿，克律塞斯带着充足的赎金来赎取，但遭到了阿伽门农的拒绝，所以，太阳神阿波罗为之震怒，并降下了惩罚。这时忒提斯与佩琉斯的儿子阿喀琉斯早已成长为联军中最为勇猛的英雄，他请求阿伽门农送还祭司的女儿，而阿伽门农当众辱骂了他，并宣言"我要亲自到你的营帐里，把给你的奖赏，美丽的布里塞伊斯带走，让你清楚地知道，我比你强多少，也使其他人小心，不要显得和我一样，当面给我顶撞。"此时的阿喀琉斯异常愤怒，因为对方所抢去的不仅是他心爱的女奴，而且也损伤了他的荣誉与尊严。史诗正是从阿喀琉斯的愤怒开始的。在全诗的开头，诗人吟唱道：

女神啊，歌唱佩琉斯之子阿喀琉斯致命的愤怒吧！

它给阿凯亚人带来无穷的痛苦，

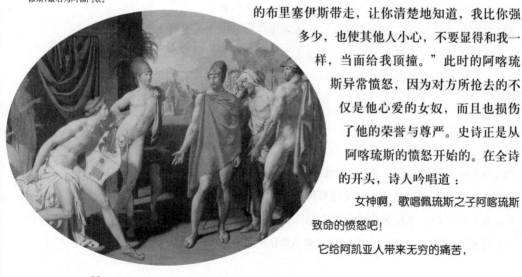

一阿喀琉斯被阿伽门农当众羞辱后愤而退出战场，导致希腊联军战事不利。阿伽门农不得不亲自登门请求阿喀琉斯返回战场，这时因失意愤怒而纵意琴瑟的阿喀琉斯已无意沙场。图左人物为阿喀琉斯，其右为挚友帕特罗克洛斯，中为奥德修斯，最右为阿伽门农。

把许多英雄的魂灵抛向哈台斯，

躯体留作狗和飞禽的猎物。

就这样，阿喀琉斯愤而退出了战斗。他无动于衷地看着希腊联军节节败退，甚至阿伽门农来与其和解，他也仍然坐在自己的帐篷里。不过，他倒是把自己的甲胄借给了挚友帕特罗克洛斯。但是，特洛伊的英雄赫克托尔不但杀死了帕特罗克洛斯，而且还把这幅甲胄当作战利品而挑衅，他十分悲痛，终于决定出战。他的重新参战，立刻扭转了战局。他们不仅打败了特洛伊人，而且他也杀死了赫克托尔，为亡友复了仇，并把他的尸体拖在马尾后，围着特洛伊城奔驰。赫克托尔的父亲普里阿摩斯来到阿喀琉斯的营帐，痛哭着要求赎回儿子的尸体，阿喀琉斯忽然想到了自己年迈的父亲，便同意让他带走尸体，并答应休战11天，让他们从容地举行葬礼。《伊利亚特》就在此时戛然而止。

当然，战争并未随着温情的复苏而结束，残酷的战争仍在继续：帕里斯用箭射死了阿喀琉斯；而足智多谋的奥德修斯设下了木马计，终于攻下了伊利昂城，结束了这场大战。于是，离开本国10年之久的阿凯亚的首领们便纷纷回国。英雄的阿喀琉斯已长眠于异国他乡，不可能生还故土了，但另一个英雄那充满奇幻色彩的返乡历程却又被传唱不衰，这就是另一部伟大而奇诡的史诗：《奥德赛》。

10年的漫长战争使奥德修斯对家乡充满了思念，他激动地踏上了归乡的路，但他没有想到，这一历程也依然要费去他

一图中诗人荷马端坐在王位上，正在接受缪斯女神赋予的桂冠。这表现了"荷马之神化"在当时社会的普及，也反映了诸希腊化王国对文学不断增长的兴趣。荷马生卒年代大约从公元前750年至前650年，可能出生于爱奥尼亚的一个城市。

23

10年的光阴。在这期间，他遇到了独目巨人，几个同伴便被吃掉了，他最后用计策摆脱了这个巨妖；神女喀尔刻把他几个同伴又变成了猪；还碰到了女妖塞壬，她的迷人的歌声会让任何一个人神魂俱醉，从而永远留下来，奥德修斯让同伴把他绑在桅杆上，不但渡过了这一关，而且还听到了那迷人的也许再也无法听到的歌声；他还躲过了海中巨怪，游历了冥土，并被仙女卡吕普索羁留了7年，最后，他终于回到了自己的王宫。而当地的一些贵族以为他已经死去，便一直向其妻佩涅洛佩求婚，企图夺取王位和财产。他回国后便乔装乞丐，与儿子一起杀死了那些求婚者。

两部史诗均为24卷，1万多行。如此庞大而繁复的情节线索，史诗的作者却能将其巧妙地结构起来，布局完整而精致，令人惊叹。特洛伊战争持续了10年，而作者只写了其第十年的51天，具体描写也仅集中在4天的激战中。全诗以阿喀琉斯的愤怒与息怒贯穿，突出地表现了他的英勇。笔力集中，气氛浓烈。奥德修斯也漂流了10年，但也只写了最后42天发生的事情，作者一开篇便写最后奥德修斯来到了菲埃克斯人的国土，他向国王讲述了过去9年间他在海上那惊心动魄的经历。这一结构艺术具有极鲜明的文学自觉意义，并且，它产生了巨大的艺术势能，使得整部作品既鲜明集中，又完整而丰富。史诗所用的语言也质朴而自然。尤为醒目的是我们通常誉之为"荷马式比喻"的那些精彩语句，丰富而又贴切，生动而又新奇。

作为"英雄史诗"的代表作，这两大史诗用简洁而又极富表现力的艺术才能为后世读者保存了一帧帧超凡的英雄影像，使我们还可以感受到那个热血沸腾的时代，触摸到那光荣与尊严中燃烧起来的炙人热量。黑格尔在其《美学》中就深入地分析了阿喀琉斯那丰富而又统一的性格，他说：

关于阿喀琉斯，我们可以说："这是一个人！高贵的人格的多方面性在这个人身上显出了他的全部的丰富性。"荷马所写的其他人物性格也是如此，……（他们）每个人都是一个整体，本身就是一个世界，每个人都是一个完整的有生气的人，而不是某种孤立的性格特征的寓言式的抽象品。

这是一个非常精彩而又极为深刻的评价。文学是以塑造人物形象为指归的：思想可能会陈腐，技巧可能会过时，对当时社会的揭露与批判可能在后世读者眼中会变得不知所云，而只有其中的人物形象会

获得永久的生命力，与后世读者血脉贯通。面对这些超越时空的鲜活
生命，人人都将心领而神会。《荷马史诗》正是在文学那雾霭迷濛的
源头树起的一座高标。

第三节　印度心灵的镜子：《摩诃婆罗多》和《罗摩衍那》

就在西方拥有了雄视千古的《荷马史诗》之后，东方也产生了自
己的巨幅画卷，这就是印度的两大史诗：《摩诃婆罗多》和《罗摩衍那》。

《摩诃婆罗多》主体故事的流传应当在公元前几个世纪就已有了，
而且其中有些神话的来源当更早，但它的成书却是在公元纪元以后。
在公元后的几百年间，它被不断地积累、加工并形成定本。然而，这
些定本有着不同的传本，其文字与情节的歧异所在多有，直到 20 世纪
60 年代，经过印度许多学者的共同努力，才终于出版了精审的校本。

这部大史诗的作者，被认为是毗耶婆（即广博仙人之意），但事
实上他也是史诗中的人物之一，至多只能算是其编订者之一。因为《摩
诃婆罗多》全书共 10 万颂，每颂两行，每行 16 个音节，翻译成中文

→这幅 18 世纪的绘画表现的是
《罗摩衍那》主人翁和他的兄
弟罗什曼那到处寻找罗摩的妻
子悉多的情景。

25

应当在 400 万字左右，是世界上现已整理的最长的英雄史诗。其内容异常复杂，包罗万象，印度古代史诗和往世书中重要的传说故事几乎都出现或被提到；还有印度教的教规和法典，甚至还有哲学、伦理、政治、法律等多层面的成分，这样一部无所不包的鸿篇巨制似乎不大可能是某一个人的独立创作，而应该被看作是世代印度人民集体智慧的结晶。

这部史诗虽然篇幅巨大、内容庞杂，但其加工者却使用了印度特有的文学智慧，使其大致上仍可以算是一个整体。它是这样来结构的，全诗由一个"歌人"从头唱来，而在歌唱的同时，又有不同的歌者在叙述不同的故事，这样一环套一环，便把整部作品有机地融合在了一起。

"摩诃婆罗多"就是"伟大的婆罗多族故事"的意思，其主体情节正是叙述婆罗多的后代兄弟之间为争夺王位而进行的战争。婆罗多有两个儿子：持国和般度，持国在哥哥般度死后继任国王。持国有一百个儿子，称为俱卢族，长子叫难敌；般度有五个儿子，称为般度族，长子叫坚战。持国指定成年后的坚战为王位继承人，难敌兄弟对此不满，一再设法陷害般度族五兄弟，五人逃往般遮罗国，并合婆国王的女儿黑公主为妻，以此同般遮罗国结盟。这样，婆罗多国便不得不分一半国土给他们，他们五兄弟便在国土上建起了天帝城，而坚战的三弟阿周那又娶了大神黑天之妹为妻。难敌十分嫉妒般度族的日益强大，便使之在他所提出的一场赌博中输掉了一切，五兄弟和黑公主也沦为俱卢族的奴隶；在又一次的赌博中，般度族再次失败并被放逐森林 13 年，13 年后，般度族要求归还国土，难敌背信弃义，于是，一场毁灭性的大战不可避免。双方调兵遣将，并列阵于一望无际的"俱卢之野"。可怕的战争持续了 18 天，双方著名的英雄接连死去，般度五子得胜，而俱卢一方则只剩下包括长子在内的兄弟四人，然而这几个人又夜袭般度族残军，并将其全部消灭，般度五兄弟住在营外而幸免于难。大战过后，双方达成了和解，坚战继承了王位，但最后其五人同登雪山修道并升入天堂。

除了这些主要情节以外，书中还充满了与主要情节有关或无关的大量插话，这些故事都是书中人物在谈话中叙述或在介绍前因后果时提到的。这些插话包括了很多著名的故事，甚至包括了一个极为著名的插话：《罗摩传》，而这，恰是另一部史诗《罗摩衍那》的雏形。

如果说，《摩诃婆罗多》更多的是被当作历史传说而被传颂的话，那么，《罗摩衍那》才是从真正意义上被当作史诗来看待的。正因如此，在印度文学史上，她被称为"最初的诗"。

《罗摩衍那》的成书与作者问题也同《摩诃婆罗多》一样遥远而模糊，我们只能满足于其大致的成书年代，即公元前4世纪到公元2世纪；作者也只能先认可传说中的蚁垤仙人了。

这部史诗全长2.4万颂，共分7篇。第一篇是《童年篇》。讲在阿逾陀城有个叫十车王的国王，他没有儿子，所以请鹿角仙人举行求子大祭，天神们也正想请大神毗湿奴下凡剪除罗刹王罗波那，于是，毗湿奴化身为十车王的四个儿子：长子罗摩，二子婆罗多，三子罗什曼那。罗摩娶了遮那竭王的女儿悉多为妻。接下来的《阿逾陀篇》主要是十车王的宫廷斗争。十车王决定立罗摩为太子，而小王后吉伽伊想让自己生的婆罗多即位，于是要求十车王流放罗摩14年，此前，十车王曾许诺，可以答应吉伽伊提出的两个要求，便只好如此。罗摩是孝子，不愿父亲食言；悉多是贤妻，甘愿陪同；罗什曼那是贤弟，情愿陪侍兄嫂；而婆罗多也是好弟弟，在罗摩被流放的14年中，他坚决不肯登上王位，其间，他去森林劝罗摩回国执政，罗摩不肯，他便捧了罗摩的一双鞋回来，作为替身并代为执政。罗摩等人在森林中的生

→阿周那和克里希纳

有"君王之歌"称号的《薄伽梵歌》以毗湿奴神的化身克里希纳和阿周那之间的宗教哲学对话著称。对话的故事发生在两军对垒的战场上，备受推崇的一方的主角阿周那投身战场时，其道德立场出现了动摇，他的车夫、友人和顾问克里希纳给他指点迷津。

本图描绘《摩诃婆罗多》中俱卢军队正在进攻阿周那的儿子阿比马纽的军队。

28

在印度教中，最受人们敬畏的神灵毗湿奴从原始时代的各洲混沌中创造了世界，并提供了内部的结合，这种结合使宇宙紧紧地结合在一起。毗湿奴同数百个地方神和女神在一起，仍是今日印度寺庙供奉的众神，受人膜拜。图中宇宙魔鬼阿那特的一千颗头中的五颗伸向上帝，而毗湿奴的妻子拉科希米按着他的脚。最上面的神灵是梵天，他是古典印度教中的第一个生灵和万物造物主。在白天到来的时候，梵天升起于来自毗湿奴的莲花上，世界就开始了新的一页。

毗湿奴

活便是史诗的第三篇《森林篇》。森林中处处都有吃人的罗刹。罗刹王的妹妹首哩薄那迦爱上了罗摩，罗摩把她又介绍给三弟，罗什曼那却一气割去了她的鼻子和耳朵，她便怂恿罗波那去劫悉多，罗波那命小妖化作金鹿引开罗摩，并把悉多劫到了楞伽城。这时，金翅鸟王劝罗摩，若想救回悉多，便应与猴王结盟。于是，《猴国篇》就主要是罗摩与猴王结盟的故事。罗摩兄弟碰到了神猴哈奴曼，并在哈奴曼的帮助下与猴王结盟。然后，他便率领猴兵来到海边，哈奴曼一跃过海，去探查情况。

第五篇《美妙篇》中，叙述哈奴曼跳过大海并来到了楞伽城，他变成了一只猫，潜入城里，最后来到王宫的御花园，看到了被囚禁的悉多是如何的坚贞不屈。他向悉多出示了罗摩的表记。最后他大闹楞伽城，在被魔王擒住后，他仍然火烧了楞伽城，然后纵身跳过大海。《战斗篇》用了极长的篇幅描绘了罗摩率领猴兵与魔兵厮杀的情景。在战斗中，罗摩兄弟均受了伤，哈奴曼去采集仙药，但仙草却隐藏了起来，哈奴曼便把整座吉罗娑山托了回来。打败罗波那后，罗摩立了罗波那的弟弟维毗沙那为楞伽王。罗摩怀疑悉多的贞洁，悉多投火自明，火神把她从烈焰中托了出来，证明了她的纯洁。最后是第七篇《后篇》，这时的罗摩又听信谣言，遗弃了怀孕的悉多，蚁垤仙人收留了她，后来领她的两个孩子去罗摩宫中吟唱《罗摩衍那》，罗摩终于发现这就是自己的孩子，蚁垤仙人也再次证明了悉多的贞洁，但罗摩仍不能相信她，悉多不得已求救于地母，大地立时裂开，悉多投身于大地母亲的怀抱。最后，罗摩升天还原为毗湿奴大神，并与妻儿在天堂重聚。

《摩诃婆罗多》通过婆罗多族后代兄弟之间的战争，既表现了非法与正法之间的伦理斗争，还象征性地表现了最高的自我与经验的自我的斗争，弘扬了印度人在斗争中寻求和谐统一，寻求超脱，寻求与最高本体合一的生活理想。而这一点也同时反映在《罗摩衍那》中。

两大史诗不仅在印度文学史，甚至在东方文学史中都具有极为重要的地位和意义。她们对印度的文化产生了全方位的影响，使其基本的宇宙观、世界和人生观均具有了极鲜明的民族特点。不仅如此，她还成为印度文学全部创作的光辉典范和取之不尽、用之不竭的灵感之源。这也使她们成为印度精神的一面聚光镜——玲珑剔透却又五彩斑斓。

→在整个印度，大象意味着力量，它可用于战争、拖运沉重的货物、游行或参加庆典，令人敬畏。而且，大象在很多地域的民俗中都被认为是智慧的象征。本图为湿婆聪明的象头儿子伽奈什，当人们在旅行、经商或筹办婚礼前总要向他献祭，以祈求他向湿婆传达人们的愿望。

最早的梵语文献：《梨俱吠陀》

《梨俱吠陀》（意思是知识的诗文集子）共收录 1028 首诗颂，它是由不同的诗人于公元前 2000～前 1000 年间著成，其一直以口传方式流传，而未曾以手抄形式记录下来。《梨俱吠陀》中的梵文赞美诗除了讲述征战的众神和印度－雅利安人对筑有防御工事的城市和定居地的进攻的故事外，还谈及普遍的宗教和哲学主题以及更加实际的事情。 这里所选录的 5 个片断展示了这部引人入胜的著作广泛的涉猎范围和抒情之美。

生命之水

河水啊，你带给我们生命的力量，
帮助我们找到滋养，看到欢乐飞扬。
让我们来把你最美味的汁液分享，
仿佛你是慈爱的母亲一样。

→赛马来到屠宰场，心向着神沉思。它的亲属山羊，在前面引路……快乐地走向思念你的母马，快乐地走向荣誉和天堂，快乐地走向最初的指令和真理，快乐地走向神，快乐地走向你的旅程。（引自《梨俱吠陀》）

→弓箭摧毁了敌人的士气，我用弓箭可以征服任何来犯者……每次射箭时，箭远远地飞出，带着我们的祈祷向敌人飞去，没有一个人可以生还。（引自《梨俱吠陀》）

赌徒的抱怨

她没和我争吵也没生气；她对我和我的朋友都很好。因为掷输了一次骰子，我赶走了一位贤德的妻子。

我妻子的母亲痛恨我，我妻子把我推到一边；惹了麻烦的人没有人来可怜。他们都说："我发现一个赌徒就像人家要卖的老马毫无用处。"

一个男人的财产若是被掠夺成性的骰子垂涎，他的妻子就会被别的男人霸占。他的父亲、母亲和兄弟提起他都会这样说："我们不认识他，把他绑起来带走吧。"

天与地

天与地让人人皆受益，它们承载着秩序与空间的诗人。在天与地这两个女神之间，在这两个繁育出万世万物的大钵之间，纯洁的太阳神依照自然法则运行着。

宽广无边、坚强有力、永不枯竭的父亲和母亲保护着宇宙。这世界的两半恰如被父亲打扮得花枝招展的少女，鲜艳夺目，美妙绝伦。

治病的植物

茶色的植物诞生于远古，比神明还早了三个时代。现在我要思考一下它们的107种类型。

母亲，你们有千百个种类和疗救的方法，你们让这个男人完好无损。

欢乐吧，开花和结果的植物！就像在赛跑中获胜的驴子，生长中的植物会帮我们渡过险境。

得胜的妻子

太阳升起来了，我的好运也到了。我是个聪明的女人，有能力获胜；我已制服了我的丈夫。

我是旗帜，我是头，我威风八面，一切全由我。既然我已高奏凯歌，我丈夫只好对我唯诺诺。

我的儿子们杀死了他们的敌人，我的女儿是个皇后，我大获全胜。在我丈夫耳中我的声音至高无上……

我杀死了与我争风吃醋的姬妾；没有她们，我便风骚独领。我抢走了其他女人的魅力，就当那是轻浮女子的财富。

我征服了那些竞争者，取得了卓绝的胜利。现在我就可以作为女王统治这个英雄——我的丈夫和全体臣民。

→大约2500年以前，书写知识随着操泰米尔语的商人的到来而传入印度，至今已有200种不同的手稿仍在运用。这是一本18世纪的书稿，它来自印度北部克什米尔地区。

第三章

酒神时代的命运悲歌：古希腊悲剧

公元前5世纪，这是一个应该被诅咒的年代，因为征服的野心蒙蔽了人们的心灵，无边的战火烧红了人们的双眼。然而这又是一个让人无限神往的时代，因为人类的祖先已经学会了站在世界苦难的边缘，对这个世界，对人类自身的命运进行深入的思考。在东方，出现了孔孟、老庄和释迦牟尼，在西方，除了苏格拉底等代表人类理性思维最高境界的哲学家之外，还出现了代表西方，乃至整个人类情感最高体验的古希腊悲剧。在短短百余年间，雅典相继出现了三位举世闻名的悲剧诗人：埃斯库罗斯、索福克勒斯和欧里庇德斯。他们创作了近300部悲剧作品，留传下来的32部以其不朽的成就，令后人心折叹服，成为彪炳千秋的典范之作。

一这是保存最完好的古希腊剧场之一，位于埃皮达鲁斯（现在土耳其）阿斯克勒庇俄斯圣所的公元前4世纪剧场。

→手拿面具的演员在演出森林之神剧之前集合在一起。

→古希腊戏剧演员面具

古希腊戏剧

从纯粹的历史文献角度来看，希腊戏剧最早应该出现于公元前534年的春天，这时，由官方指定的悲剧开始在雅典的酒神节上演出。

公元前5世纪时，每一座希腊城市都有剧场，且都座无虚席。剧场的焦点位置是舞台前供合唱队使用的圆形平地，它的中心常有一座祭坛，演员与合唱队在此登场。祭坛后面是后台，内有由门面遮挡的化妆屋和道具屋，而它突出的两翼部分则可被布置成神庙或宫殿的背景。如左页图所示剧场位于埃皮达鲁斯，可容纳1.7万名观众，剧场的传音性能极好，甚至坐在最上排的人都能听到地面合唱团最轻微的低吟。

演出由一个演员和合唱队之间进行的对话组成。后来，随着剧情渐趋复杂，演员数目增加，在欧里庇德斯的剧本中，合唱减少至用以分割悲剧的主要剧幕。演出的戏剧还要举行比赛，评判、评奖及对最优秀演员和剧作者的颁奖仪式一应俱全。几乎所有这些悲剧在演出时均以三联剧形式出现，后面紧跟的是所谓"森林之神"剧（亦称"萨特威尔"剧）——一种纪念酒神狄奥尼索斯的狂舞剧，演员要打扮成森林之神，就是酒神的那些长着马耳朵和尾巴、狮鼻子及蓬乱头发的半人半兽随从。另外，节日期间也上演喜剧，其内容经常是诲淫的，抑或是蛮横无理的嘲讽，对于喜剧演员及剧作者设有单独的奖项。著名的喜剧作家有公元前5世纪的阿里斯托芬，以及公元前4世纪的喜剧诗人米南德。戏剧节也是重要的民主日，无论职位高低或是当天保释的罪犯均可至此观看演出，并且均为免费观看。城邦不仅要求富有市民为节日提供财源，而且还向观众发放看戏的费用。

→作为酒与狂欢之神的狄奥尼索斯很久以来就成为那些狂乱活动的崇拜对象（因为这些活动还包含有祭祀仪式）。在雅典的节日中，这些狂欢被献祭公牛的仪式所代替。狄奥尼索剧场里上演的戏剧则满足了人们的心理欲望，但酒神的神奇力量仍没有被人们忘却。"这些恩赐都是他给予的，"剧作家欧里庇德斯这样写道，"当在这众神的饷宴上美酒四溢之时，人们对着风笛开怀大笑，毫无顾忌。"

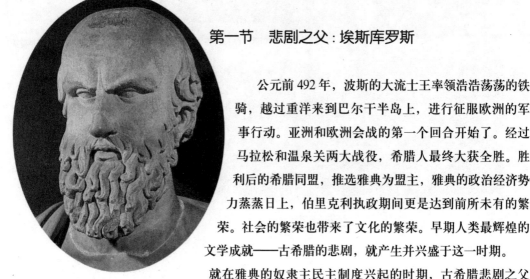

一剧作家埃斯库罗斯是古雅典时期的剧作家，深受当时罗马人的尊敬。

第一节　悲剧之父：埃斯库罗斯

公元前492年，波斯的大流士王率领浩浩荡荡的铁骑，越过重洋来到巴尔干半岛上，进行征服欧洲的军事行动。亚洲和欧洲会战的第一个回合开始了。经过马拉松和温泉关两大战役，希腊人最终大获全胜。胜利后的希腊同盟，推选雅典为盟主，雅典的政治经济势力蒸蒸日上，伯里克利执政期间更是达到前所未有的繁荣。社会的繁荣也带来了文化的繁荣。早期人类最辉煌的文学成就——古希腊的悲剧，就产生并兴盛于这一时期。

就在雅典的奴隶主民主制度兴起的时期，古希腊悲剧之父埃斯库罗斯（约公元前525－约前456）诞生了。他出身于贵族家庭，亲身经历了雅典从一个普通城邦上升为德里亚联盟"盟主"的历史巨变。当波斯铁骑入侵希腊时，埃斯库罗斯斗志昂扬地奔赴战场，参加了著名的马拉松战役。在埃斯库罗斯看来，他在战场上的功劳要比在戏剧上的成就重要得多。而他的死则非常富有戏剧性：一天，有个术士警告他说，他将会被砸死在自己的房子里。对术士的话深信不疑的埃斯库罗斯立即离开城里的家来到郊外，把床安放在远离房屋建筑的旷野上，露天而睡。而此时正好有一只老鹰抓着一只乌龟从那里飞过，见到一个光秃秃的头，以为是一块大石头，就把那只乌龟丢到上面，想把乌龟壳敲碎⋯⋯可怜的古希腊悲剧之父就以这样的喜剧方式结束了他的生命。

《普罗米修斯》是埃斯库罗斯歌颂雅典的民主自由，反对专制，力图使先进思想与传统观念调和起来的结晶。它原本包括《被缚的普罗米修斯》、《解放了的普罗米修斯》和《带火的普罗米修斯》3部，但是后两部并没有流传下来。《被缚的普罗米修斯》取材于古希腊神话：普罗米修斯曾把天上的火种偷来送给人类，并赋予人类以智慧和科学，使他们得以生存下去，不至于被宙斯毁灭。宙斯为此把普罗米修斯钉在悬崖之上。《被缚的普罗米修斯》就从这里开始。宙斯为了让普罗米修斯屈服，并让他说出那个会使宙斯丧失权力的秘密（即宙斯如果同某位女神结婚，他将被那位女神所生的儿子推翻），每天都让饿鹰啄烂普罗米修斯的心脏，晚上又长好，

图说世界文学史

如此周而复始。受尽折磨的普罗米修斯向苍天和大地诉说自己的愤怒。河神奥克阿诺斯前来劝普罗米修斯同宙斯妥协，被他拒绝了。神使赫尔墨斯前来强迫他说出宙斯的秘密，普罗米修斯宁肯被打入地下深坑，忍受千万年的痛苦，也不愿意向宙斯屈服。最后，在雷电的轰鸣中，普罗米修斯被打入万丈深渊。

这是一场专制统治与反专制统治的斗争，反映了雅典工商民主派与土地贵族寡头派之间的搏斗。由于普罗米修斯将天火送给人类，教导人类劳动，赋予人类智慧，因此被一心要消灭人类的宙斯绑在高加索山上，每天忍受难以想象的痛苦。但是他反抗宙斯的意志并未因此而发生动摇，他宁可死也不肯说出宙斯的秘密。埃斯库罗斯把这场斗争提升到了事关人类命运的高度，从而把普罗米修斯塑造成人类文明的缔造者和人类的保护神，为了人类的进步，他不惜做出最大的牺牲，蒙受最残酷的刑罚。他是为了正义事业，甘愿忍受无边痛苦的崇高精神的化身。这场剧上演于雅典民主派对贵族派的斗争取得胜利的时候，使默然的忍受、辉煌的爆发、人类罕见的人性和意志得到了淋漓尽致的表现，从而体现了早期人类的悲剧美，也为人类树立了最高最美的道德规范。

埃斯库罗斯开始创作时，希腊悲剧尚处于早期发展阶段。他第一次把戏剧的演员从一个增加到两个，而

→《被缚的普罗米修斯》雕塑

《奥瑞斯忒亚三联剧》

埃斯库罗斯伟大的《奥瑞斯忒亚》三联剧由《阿伽门农》、《奠酒人》和《复仇神》组成，讲述了古老的阿特柔斯家族的故事。阿特柔斯是迈锡尼国王，他曾杀死其弟的孩子们，仅剩一个儿子埃基斯图斯幸存。后来，阿特柔斯的儿子阿伽门农和墨涅拉奥斯分别娶了克里泰涅斯特拉和海伦姐妹为妻。后来海伦被特洛伊王子帕里斯带走，于是兄弟俩开始远征特洛伊，阿伽门农甚至杀死女儿作祭祀以使船队顺利到达特洛伊。在他外出征战期间，其妻与埃基斯图斯通奸并与其共同统治着迈锡尼。为了替自己的女儿报仇和维护自己的权力，她谋杀了阿伽门农。后来，阿伽门农之子奥瑞斯忒亚为父报仇，杀死了母亲及其情人，结果招致复仇女神的追逐。不过，奥瑞斯忒亚幸运地获得了雅典娜的投票而宣告无罪。雅典娜后来成功地将复仇女神变成仁慈女神欧墓妮底丝，以欢迎她们到雅典，并保证公理报应的功能将成为该邦基石，来解除她们的任务，平息她们的愤怒。右图为《奥瑞斯忒亚》三联剧的第三部《复仇神》的演出场面。

且加强了对白的部分。在舞台演出上，他第一个采用了布景、道具和戏剧服装，以浪漫和光怪陆离的景观，谱写浓墨重彩的唱段。他的诗句庄严、雄浑，带有夸张色彩；他的语言优美，词汇丰富，比喻奇特。这种风格是与他的悲剧中严肃而激烈的斗争和英雄人物的强烈感情相适应的。希腊悲剧的结构程式和艺术特色在他的剧中已经基本形成，因此，他被恩格斯誉为希腊"悲剧之父"。

第二节　艺术戏剧的荷马：索福克勒斯

图说世界文学史

当人类的祖先摆脱了原始的蒙昧状态，向着自由王国进发时，他们往往对自己身处的神秘世界感到困惑：是什么让人生、老、病、死？是什么力量在冥冥之中伸出无所不能的大手，拨弄着人的生命？当人们无法给出一个合理答案的时候，只能在心中默默地供奉着一个比任何神灵都令人敬畏的名字："命运女神"。代表着古希腊悲剧最高成就的《俄狄浦斯王》，就是人类的祖先对自身命运的追问与反思。

索福克勒斯（约前496～前406）出生于雅典附近的一个富商家庭。从少年时代起，他就以出众的音乐天赋而引导过庆祝贺萨拉密斯海战胜利的歌队。他积极地参与政治活动，并于公元前440年当选为雅典十将军之一，进入雅典的最高层。当时，以雅典为盟主的"德利亚联盟"正在同斯巴达为首的联盟进行战争，索福克勒斯曾经与民主派领袖伯利克里一起指挥雅典海军，镇压企图脱离提洛联盟的萨摩斯人。索福克勒斯在希腊各城邦中都享有极高的声誉，他死时，雅典与斯巴达之间正打得不可开交。斯巴达将军闻讯，马上下令停止战争，让索福克勒斯的遗体归葬故里。在他死后两年，雅典便被斯巴达人占领。索福克勒斯一生创作了120多部剧本，但现在完整保留下来的悲剧只有《埃阿斯》、《安提戈涅》、《俄狄浦斯王》、《埃勒克特拉》、《特拉基斯少女》、《菲罗克忒忒斯》、《俄狄浦斯在科洛诺斯》等7部。

《俄狄浦斯王》是索福克勒斯流传千古的名作。故事来源于古希腊的俄狄浦斯传说，而又加入了索福克勒斯的艺术创造：太阳神预示，忒拜王拉伊俄斯的儿子俄狄浦斯长大后会杀父娶母。因此，俄狄浦斯一出生，就被他父亲让牧羊人抛弃在荒山，但是心怀不忍的牧羊人却将俄狄浦斯送给了科林斯王的仆人。科林斯收养了他，还把他认作养子。俄狄浦斯长大成人后，知道了自己要杀父娶母的命运，便逃离了科林斯。然而冥冥之中自有天定，他在一个三岔路口失手打死了一位老人，这个老人正好是他的生父。一无所知的俄狄浦斯破解了斯芬克斯之谜，被推选为忒拜的国王，还娶了前王的妻子。后来，忒拜城里发生了瘟疫，神示说只有找出杀害前王的凶手，瘟疫才能停止。而当地的先知说凶手就是俄狄浦斯。俄狄浦斯经过调查，找到了当年的牧人，才发现了实情的真相。在悲痛、羞耻、无奈之中，他刺瞎了自己的双眼，将自己放逐，从此过着

→在希腊神话中，斯芬克斯是厄喀德那和其子俄耳苏斯所生的女儿，常被描绘成女人头、狮身、双鸟翼。她被诸神派到底比斯向路人问一个谜语：早上四只脚，中午两只脚，下午三只脚的动物是什么。如果行人答不上来就会被她吃掉。最后，英雄俄狄浦斯解开此谜——人，因为初生的婴儿是人生的早晨，用四肢爬行；成年是人生的中午，用双脚走路；老年是人生的下午，扶杖而行。斯芬克斯随即自杀。上图即为法国画家居斯塔夫·莫罗所绘的象征主义画作《俄狄浦斯和斯芬克斯》。

悲惨的生活。

在这部震撼了人类灵魂的悲剧中，"命运"是一种强大而可怕的力量，它在主人公行动之前设下陷阱，使他步入罪恶的深渊。不幸的俄狄浦斯，希腊悲剧中最悲哀的形象，他本是一个高尚人物的典型，身上有着坚强的意志和正直的品格，有着睿智、英明的光芒和仁爱、勇武的色彩，却命定要犯错误，受到命运的惩罚。这是为什么呢？奥狄浦斯是杀死自己父亲的凶手，自己母亲的丈夫，又是斯芬克司之谜的解答者！

这神秘的三联命运究竟告诉我们什么呢？

答案就隐藏在俄狄浦斯解答斯克斯之谜的过程中。俄狄浦斯的回答宣告着，爱琴海域的古希腊人已经在自我意识中把自己从动物界中开始提升出来了，人类开始认识自身、反思自己了。然而，人类对自身的认识又是何等的有限，以至于

一本图即描绘俄狄浦斯解斯芬克斯之谜的情景。

根本无从把握那悬在他们头顶的命运之网。俄狄浦斯看起来是猜中斯芬克斯之谜的胜利者，实际上，他是个失败者。他尽管能够回答出"人"这个谜底，却并不真正理解人的含义。如果斯芬克斯继续发问"人是什么"，那么最后跌入深渊的将不是斯芬克斯，而是俄狄浦斯。也正是因为人类对自身这种既初步又模糊的认识，才使得刚刚产生了自我意识的人类试图摆脱命运的咒语，却反倒使自己在命运的泥潭中陷得更深。这个神话好像要在我们耳边私语：聪明，尤其是酒神狄奥尼索斯式的聪明，乃是反自然的坏事；谁凭自己的聪明把自然抛入毁灭的深渊，谁就势必身受自然的毁灭——这就是这个神话对我们高声疾呼的可怕的警告。

索福克勒斯的沉着、稳健和彬彬有礼等品德最为雅典人仰慕，并反映在其著作中。他得到"雅典之蜂"的称呼，因为据说他能从文学中提炼出蜂蜜。阿里斯托芬在索福克勒斯死后一年首次上演的《蛙》中谈到这位剧作家时写道："人世间如此随和的人，其亡灵也必随和。"罗得岛的诗人西末阿斯为他所撰写了一首贴切的碑铭：

常春藤呀，轻柔地覆盖着他墓地，
轻柔些，在索福克勒斯安息的地方；
借助你的青丝作为荫庇；
玫瑰花瓣簇拥着他竞相争芳；
蔓藤呀，缠绕你那柔软的卷须，
为赞诵他灵巧之舌而歌唱，
那甜蜜动听的乐曲，
在三女神与九女神的伴随下飘扬。

俄狄浦斯为了躲避命运的安排，特意逃离了他生长的土地，流落他乡。他本以为自己可以躲过命运加在他身上的恶毒

→索福克勒斯，希腊剧作家，他对神秘莫测的命运或宿命所摆布的人类道德问题深感兴趣。

诅咒了，然而他越是反抗，就越是一步步陷入命运的陷阱之中。俄狄浦斯的悲剧不在于他的结局有多么悲惨，而是在于他挣扎——挣扎之无用的反抗过程中。个体的反抗意志在无所不在命运之网里面，显得是如此的渺小，如此的无助，悲剧的力量就这样被凸现了出来。俄狄浦斯的反抗是人类试图摆脱支配自己的异己力量而走向自由王国的最初的努力，他的悲剧说明，人类从必然王国走向自由王国的道路，注定是困难重重的。

以《俄狄浦斯王》为代表的索福克勒斯的悲剧艺术，标志着希腊悲剧艺术的成熟。索福克勒斯善于把人物放在尖锐的冲突中，并通过人物对比的方式加以塑造，使得人物的性格更加突出。索福克勒斯又是一个擅长于结构布局的大师，他的作品结构复杂，波澜起伏，却丝毫没有杂乱之感；布局巧妙，针线细密，而又不露斧凿之痕。而且他还在悲剧中加入了第三个演员，并使歌队参与剧情，这就丰富了戏剧的情节和内容，使得古希腊悲剧在形式上基本定型。由于他在戏剧艺术方面的突出贡献，他的悲剧被亚里士多德称为"十全十美的悲剧"，他也被文学史家称为"戏剧艺术的荷马"。

第三节　舞台上的哲学家：欧里庇德斯

随着人类社会的发展进步，人类理性的光芒必然冲破愚昧的包围，将那些高高在上的众神赶下神座，还他们以本来面目。从神，到英雄，再到人的时代，反映着人类的与自然斗争的历史，也反映着人类理性的胜利。这种嬗变，清晰地体现在欧里庇德斯的悲剧中。

欧里庇德斯（前485～前406）出身贵族，早年热心于研究哲学，与进步的智者学派相接近，并深受影响，因而被后世称为"舞台上的哲学家"。他与索福克罗斯生活在同一时代，但他的作品大多都是在雅典内战期间写成的，反映的是雅典政治经济危机时期人们的思想意识。晚年的欧里庇德斯因为反对雅典当局的暴政，反对侵略政策而为当局所不容。七十高龄的诗人流落在马其顿王宫中，并客死在那里。

相传欧里庇德斯写了92部剧本，但流传下来的只有18部。内战问题、家庭问题和妇女问题是他关注的焦点，其中以《美狄亚》最为出名。这个故事的素材来源于希腊神话。美狄亚抛弃了自己的家庭，帮助王子伊阿宋盗取了金羊毛回来，惩罚了新国王，还抛弃故土和他私奔，甚至砍死了阻拦自己的兄弟。夫妇来到科林索斯，生了两个儿子。但伊阿宋这时候却变了心，他要作科林索斯国王的女婿，并要把妻儿

→在传说中，伊阿宋是一个令人敬服的英雄，在美狄亚的帮助下，克服重重困难取回金羊毛，并娶美狄亚为妻。

40

赶出境外。美狄亚陷入了无国无家无亲的境地，一怒之下，她设计毒死了公主和国王，又忍痛杀死两个儿子绝了丈夫的后嗣，然后乘龙车飞往雅典。

作为这出悲剧主人公的美狄亚，是个敢作敢为、热烈追求平等，带有原始特点的泼辣女性。她原本是个多情的女性，把丈夫当作唯一心爱的男人，并心甘情愿为她牺牲一切，甚至付出了背叛父亲和杀死兄弟的代价。可是她所有的付出，得到的却只是爱人的背叛。因此，当这一高昂代价被证明毫无意义时，她没有像传统女性那样，在冰冷的刀剑下"畏畏缩缩"，而是把炽热的爱情化作仇恨的怒火，不顾一切地站在最强硬的立场上，采取屠夫一般的凶狠手段来进行报复。全剧通过一个血腥的复仇事件，描写了一出震撼人心的家庭悲剧，提出了"妇女地位"的社会问题，表现了剧作者对妇女命运的关切和同情，歌颂了主人公为夺取平等权利的反抗斗争精神，反映了奴隶主民主制衰落时期社会道德沦丧，妇女遭受压迫的生活现实。

→这是法国象征主义绘画大师居斯塔夫·莫罗所绘的关于伊阿宋与美狄亚合力取得金羊毛的画作。

伊阿宋则是一个由勇敢的英雄蜕化成卑鄙小人的人物。在传说中，他原本是一个令人敬服的英雄，在美狄亚的帮助下，克服重重困难取回金羊毛，并娶美狄亚为妻。然而在欧里庇德斯笔下，他却由一个既有英雄气质也有儿女情长的斗士，成了一个贪图权势和金钱的利己主义者，一个背弃盟誓、冷酷无情的小人。他把婚姻当作是夺取权势的一种手段，背叛了为自己牺牲一切的妻子，最终却遭到了原本对他死心塌地的妻子的最恶毒的报复。他的悲剧来自于他以不正当的方式追求个人利益的动机，来自不尊重别人的奉献，来自于时而潜隐时而裸露的自私本质。欧里庇德斯把传说中的英雄头上耀眼的花冠摘掉，代之以荆棘编成的草帽，这是对神话英雄人物的一种颠覆和亵渎。这个人物的出现，

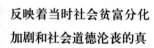

社会背景简介

→女诗人萨福就曾被雅典人视为异己。萨福于公元前7世纪出生于列斯保岛，她以自己那独特的爱情诗和歌咏大自然的欢乐作品而闻名，据说曾被柏拉图称为第十位缪斯。

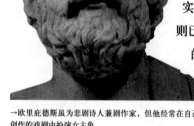

→欧里庇德斯虽为悲剧诗人兼剧作家，但他经常在自己创作的戏剧中扮演女主角。

反映着当时社会贫富分化加剧和社会道德沦丧的真实状况，并向世人宣告着：以往维系社会、家庭的道德法则已经遭到了无情的破坏，这个世界，已经进入了丑陋不堪的世俗时代！

和他的前辈一样，欧里庇德斯的悲剧也以古老的众神传说作为载体。然而到了他笔下，那些悲剧已经改变了往日炫目的神性面目和英雄气息，而体现着更加强烈的现实的"人"的意义。对神和英雄的气质的描写削弱了，代之以人的意志和激情的刻画。不可一世的众神退化为无耻之徒，威严的古代英雄露出了卑鄙自私的面目，被压迫的妇女受到了前所未有的尊重，受奴役的奴隶开始登上了历史的舞台……他的创作宣告着古希腊"英雄悲剧"时代的结束。在他的作品中，现实主义的创作方法被突出了，批判和探索的痕迹更加明显了，对于人物心理的分析更是炉火纯青，他因此而被称为"心理戏剧鼻祖"。同时，他还将闹剧气氛和浪漫情调引进悲剧，一方面草创了悲喜剧，一方面为新喜剧的发展铺平了道路。

第四章

东方：叙事文学初试锋芒

文学在其源起的时候，就已带有了叙事、抒情与议论的多种因素，这与人类的认知结构是相契合的：当人类把文学当作自己生命中不可或缺的一部分时，文学也就带有了人类本身的全部特点。然而，当我们翻开一部杳远而苍茫的文学史时，我们还是会惊讶地发现，文学在其还是涓涓细流的时代里，便更多地为诗体形式所笼罩。不可否认，这一点与当时记录与传播手段的贫乏有关，因为带有韵律的东西总是易记易传的；但是，我们也要看到，这仍与当时人类思维世界疆域的局限有关，他们还不能把叙述中的虚幻世界当作人类真实世界的艺术的、在某种程度上也是本质的反映来把握。直到人类的思维发现了虚构世界的奥秘之后，叙事文学的大潮才从地下的潜流奔腾而出，推衍激荡，汇为浩渺的江海。

然而，当人们已经从对奇幻多彩的叙事文学的创作及阅读过程中，切肤地体验到了人类所有的痛苦与欢欣时，还有谁会想到那初萌时期的涓涓细流——那时它也许还难于浮起一根稻草！如果愿意去寻找这包含了许多文化因子的源头，我们会惊讶地发现，叙事文学的江河迤逦而来的地方仍然是那古老而神秘的东方！

第一节　民间故事的渊薮：印度故事

源远流长的恒河哺育出了世界上最富有想象力的民族，他们对地狱与天界那丰富而奇异的想象与描述成为我们这个世界中的一种文化传统；同时，他们对想象世界的开拓也对人类思维的发展与深化产生了难以估量的意义。在叙事文学滥觞的时代里，他们的想象力便在民间故事中遍地开花。印度，便理所当然地成为民间故事与传说的集散地——全世界的寓言与故事几乎都可以在此找到"娘家"。

宗教资源的丰富也是印度文化一个不可忽视的特点，其中，具有

→ 在印度，讲故事是一门艺术。
几个世纪以来，那些民间传说
以及宗教故事都是以口头形式
流传下来的，这也正是为什么
每一个印度人都知道《摩诃婆
罗多》和《罗摩衍那》，即便
没有多少人能完整地读下它们
来。当那些故事被以书面形式
记录下来时，艺术家们又用插
图来装饰书页，以至于整体看
上去像一幅画。本图为一个故
事宝库（kavad），它代表了以
图片来讲故事的古老传统。打
开讲故事者肚腹位置及两旁装
有铰链的门，一幅幅描绘民间
传统或民俗的画面便展现开来。
印度人认为毗湿奴再生了十次，
第七次化身为黑天（即如本图
左面嵌板上所绘），而第八次
则化身为罗摩（即史诗《罗摩
衍那》中的英雄，如本图右面
嵌板所绘）。

最大影响力的当然是佛教。佛教大
约形成于公元前 6 世纪，佛教典籍
中有专门讲述其创始人释迦牟尼
（意为"释迦族的圣人"）前世的
故事。佛教认为，其成佛之前，还
只是一个菩萨，并不能跳出轮回，他要经历无数的轮回并积累善行方
可正果，而这些讲佛祖前生的故事便统称之为"佛本生"。当时的佛
教徒为了传播佛教，便从大量的民间传说中为佛的前生寻找可以利用
的故事，如此，便形成了繁杂而庞大的故事家族。这些故事的正面形
象都是成佛前的释迦牟尼，他有着各种各样不同的身份，或者天神，
或者国王，甚至狮子、乌鸦；而故事的形式也多种多样，有童话，有
笑话，有寓言，有奇闻，也有滑稽故事，甚至较为不错的短篇小说。
这些故事大都是民间的寓言与传说，但都经过了佛教徒的改造，他们
把故事中的一个主要形象设定为佛祖的前身就可以了。

　　比如其《乌龟本生》的故事，本来是一个充满民间情趣的故事。
故事大致说有一只乌龟，认识了几只天鹅，天鹅说有一个非常美丽的
地方，乌龟想让天鹅把它带去，天鹅说你只要能闭紧嘴巴就行，乌龟
答应了。于是，两只天鹅用嘴叼住一根木棍，让乌龟咬住中间。当它
们飞到一个地方时，有几个儿童看到了，惊讶地叫"乌龟在天上飞"，
乌龟忍不住就要说话，结果便摔死了。而佛教徒将其采入佛本生中，
并说佛转生为一个国王的宰相，国王问乌龟的事，佛便说"谨言慎行，

饶舌丧生"。

其实，除了《佛本生故事》之外，佛教故事还有更有趣的《百喻经》。所谓"百喻"是指其共收近百篇故事，多用譬喻的方式来阐释一些佛教的教义。此书共收98个故事，有许多都是大家耳熟能详的。如《三重楼喻》，说一个富翁要盖一座三层的楼房，却偏要工匠们先盖最上面的第三层，故事以此来嘲笑和讽刺那些好高骛远或本末倒置的人。还有吃了七个饼才饱的人遗憾自己怎么没直接吃第七块饼的故事，为主人看门的仆人背了门去看戏而遭窃的故事等等，都是这本书中的篇目。

上述故事本来都是从民间来的，但都被涂抹了宗教的油彩，真正朴素而本真的民间故事集则要数《五卷书》了。它在印度被认为是一部"教人世故和学习治国安邦术的教科书"。其书共分5卷，故称为《五卷书》。书前有一个序言，说有个国王非常厉害，但他却有三个笨得要命的儿子，他说"在没有生的、死掉了的和傻儿子中间，宁愿让儿子死掉和没有降生，因为这两个儿子只带来短期的痛苦，而一个傻子却一辈子把你烧痛"。这时，一个智慧的婆罗门允诺六个月内把王子变得超群出众，他的办法便是写了一本书给王子，这本书就是《五卷书》。

《五卷书》的故事安排具有鲜明的印度特色，即大故事套中故事，中故事套小故事的结构方式，这样环环相套，镶嵌穿插，极富有民族风韵和艺术美感。其故事也的确大多富有训诫意味。如第十三个故事，说有个骆驼被丢在森林里，它碰到了狮王及其三个属下：豹子、狼和乌鸦，狮王收留了它们。一次，狮子受了伤，四个属下便没有东西可吃了。狼对狮子建议说可以拿骆驼来充饥，狮子大怒说它已成为自己的下属，怎么可以这样呢。狼说，如果它自己愿意被大王吃掉呢，狮子便同意了。于是，狼便约齐了同伴来到狮子面前。乌鸦先说，因为狮子都快饿死了，干脆先把它吃掉吧；狼说那不行，你这么小，吃了也填不饱肚子，还不如吃我呢；豹子又说，你个头也不大，再说你有爪子，狮王可不能吃同类呀，还是吃我吧。这时，骆驼便想，它们都表示了忠心，而且并未被吃掉，自己也应当表现一下，于是，它便开口说话了，它说豹子也是有爪子的，也不可被狮王吃掉，还是吃自己比较好。盛情难却的豹子们便迅速成全了它。这则故事既饶有趣味，

印度古典文学

印度古典文学并非特指某一时期或某一种类的作品，而是指以婆罗门教梵语在不同阶段所做的作品。

梵语属印欧语系的一支，于公元前2000年~前1000年间由一群来自西方自称雅利安人的民族所引进。梵语的运用首先见于僧侣的诗文，然后推广到其他如宗教、科学，甚至娱乐性的作品。以年代先后可划分成：吠陀梵语，最早的不朽文学作品即以此类语言撰著。比如，最早的一部梵语文献是《梨俱吠陀》（意思是知识的诗文集子），收录1028首诗颂（hymn），由不同的诗人于公元前2000~前1000年间著成。这些诗颂几世纪来皆以口传方式流传，而未曾以手抄形式记录下来。《梨俱吠陀》是颂赞诸神的作品，大体上是在严肃的火祭中吟唱；其次是早期科学散篇中的早期古典梵语；最后是晚期古典或是后古典梵语，这类梵语用于纯粹性不一的史诗中，及后来文学赖以琢磨究究的诗和散文（这类梵语一直延续到20世纪，但其重要性却随时间而逐渐减小），比如，印度最早最重要的两部叙事诗《摩诃婆罗多》和《罗摩衍那》、方言文学中的普拉克里特语文学和佛教学（比如《巴利三藏》）等。印度最伟大的诗人和戏剧家迦梨陀娑就是用梵文创作的，其剧作《沙恭达罗》是首部被译成欧洲语言的梵文文学作品。

梵语文学的价值在于以文字艺术将人类伟大的思想以文学形式保存，是极有价值的人类遗产之一。这项遗产的价值，如同其他人类创作一样是相对性的，一个人必须舍弃所有西方美学观念至上或绝对客观想法后，才能真正品尝这类艺术作品价值的精髓。

一本书（Geet Govinda）讲述了印度神黑天和一个美丽少女拉达的爱情故事。其中一张图片经常包含两个情节。如书中右页图片的右半部分描绘拉达正在和她的朋友讲述她和黑天的交往，交往细节则在图片的左半部分绘出。而书的左页则为以梵文书写的宗教正文，实际上，绝大多数的宗教类书均以梵文书写。

一记录日常生活的书（右图）

有些人偏爱记录日常生活，哪怕是每天在村庄中发生着的普通事。这样的书均为文图结合。本图书中的左页图描绘一个男人正在榨油，而右页中的一个女人正在洗澡，她的朋友正拿一袭幔纱欲掩其身。

警觉是不朽的王国；
疏忽是死亡的王国。警觉者
不会死亡；疏忽者
虽生犹死。
洞晓警觉的智者，
在贵族王国
警觉而快乐。

——节选自《达摩法达》
中的"警觉篇"

"在你离开村子的时候

伤心的不只是你；

树木都因你的离去而伤感。

你只需要看看：

鹿儿吃不下草，

樱树停止了舞蹈，

芦苇落下了苍白的叶子像是滴落的悲伤的眼泪。"

——节选自印度诗人迦梨陀娑的《沙恭达罗》

→抄写工具

自从象头神伽努什被认为用他的破损的象牙来书写时，抄写员们便使用各种工具来书写文字，其中，包括可用来画圆及弧线的金属两脚规。本图最下面的书写工具为象牙尖笔，依次向上为蚀刻工具和黄铜两脚规。

→树皮卷轴

16世纪以前，文字不是书写在纸上，而是写在长条的树皮上，这些树皮可能来自桦树、铁杉树；有时文字也写在棕榈树叶上。

→本图描绘释迦牟尼从一国太子而修身为佛陀的过程。其中包括四出城门、削发、于菩提树下静修等场景。关于释迦牟尼修身成佛的经历被人们传唱，从而构成了印度民间故事中颇占地位的佛教故事，这同时也丰富了世界文坛。

让人忍俊不禁，同时也极富深意，有着多种意义的阐释可能。

《五卷书》对印度乃至于东方的叙事性文学产生了多方面的影响，不仅如此，它还通过一个有名的阿拉伯译本把这一影响扩展到了西方，这个译本便是公元8世纪伊本·穆格发那个半改编半翻译的本子《卡里来和笛木乃》。正是通过这个本子，西方世界了解了这部民间故事的杰作。

→图绘《一千零一夜》中水手辛伯达故事的一个场景，这是18世纪的波斯画家图画手稿。

第二节　阿拉伯民族的纪念碑：《一千零一夜》

渔夫打出的五色鱼，阿拉丁法力无边的神灯，咒语"芝麻开门"的巨大威力，辛伯达奇幻逃生的七次航海冒险，会飞的乌木马，神秘的魔术师……这些故事都是那么的熟悉而又充满了惑人的魅力。一提到民间故事，我们大多数人就会想到这些名字、场景以及人物，这已几乎成为民间故事的代名词。这就是那部宏伟壮观的"史诗"：《一千零一夜》。

据这部故事集的引子说，古代有个国王叫山鲁亚尔，有一次他发现他的王后与别人通奸，非常生气，也对所有的女人产生了反感，于是，他每天娶一少女，到第二天早上就把她杀掉。后来，宰相的女儿山鲁佐德为拯救更多无辜的女子，便自愿嫁给国王。她的妹妹也陪她入宫，她晚上给她的妹妹讲了一个故事，但却并不讲完，国王也听了，很感兴趣，第二天早晨便先不杀她，于是，她就继续讲，就这样，她的故事讲了一千零一夜，终于感化了国王，国王悔过，并正式封她为王后。而她所讲的这些故事便是这本杰出的作品。

当然，这只是本书的一种艺术结构方式，并非真正的成书与作者情况。其书故事的来源异常复杂。据学者考证，此书的来源大致有三：一是尚无法确定为印度还是波斯所有的一个故事集《赫左尔·艾夫萨乃》（即"一千个故事"之意）；其二为以巴格达为中心的阿拔斯王朝的流行故事；其三为埃及麦马立克朝的流行故事。如此，则其绝非创作于一时一地的作品了。而且这本书中包括了多种多样的童话、寓言、神话、传说、冒险故事、爱情故事等，人物形象也是三教九流，应有尽有。这样庞大而又丰厚的故事之海也绝非一人之力可以汇聚而成。但是作为结构方式，她的新颖与独特也是有目共睹的。当然，我们可以发现这个特点与印度的故事体制有一脉相承的关系：即从《五卷书》而来的"连串插入式"艺术。但当我们对《一千零一夜》熟悉以后，便会发现，在《五卷书》这样一个相当高的标准面前，她仍然前进了一大步，她的结构方式更为庞大而繁复，也更为自然而流畅。

看《一千零一夜》，我们首先便为其丰富而奇异的想象力所震惊。如《辛伯达航海旅行的故事》，讲了辛伯达的七次航海冒险，充满了不可思议的事件和遭遇：他们一次出海，在一个小岛上休息做饭，后来才发现那原来并非什么小

→《一千零一夜》故事已深入人心，它们除了在世界各地以口头和书面文字传诵外，还被拍成电影。这就是 1994 年迪士尼公司推出的动画片《阿拉丁神灯》的剧照。

《一千零一夜》尾声摘选

然后她沉默不语了，国王山鲁亚尔于是说道，"呵，山鲁佐德，这真是一个令人赞美的动人的故事！呵，故事充满智慧，你教会我许多东西，使我明白了每个人都是由命运所支配的，你让我思考已经故去的国王和先人们说过的话；你告诉了我许多新奇的故事，现在我的灵魂改变了，充满了欢乐，它充满了对生活的渴望。我感谢真主，他给了你的嘴如此雄辩的力量，使你的容貌充满了如许的智慧！……呵，山鲁佐德，我向真主发誓，在这些孩子来到之前，你已经在我心里了。他给了你才智，你用它们赢得了我的心；我真心真意地爱你，因为我发现你纯洁，天真，敏感，雄辩，谨慎周到，充满微笑，聪明机智。愿安拉保佑你！我亲爱的，你的父母，你的家族和后代！呵，这一千零一夜比白天还要亮堂！

——《一千零一夜》"尾声"摘选。

→阿拉伯文版的《一千零一夜》封面。

岛，而是一条巨鱼；还有房子一样大的鸟蛋，可怕的海老人，堆满山谷的财宝以及利用巨鸟来获取这些财宝的方法，更为奇异的是主人公那多次无法置信的化险为夷。而在别的故事中我们也看到了同样奇异的情节：渔夫所打的五色鱼竟然可以说话，一个行人随便扔一个枣核竟可以杀死一个魔鬼的儿子，念一句咒语便可以将一个人变成驴或其他动物……那的确是一个充满了奇情幻想的神奇土地！

《一千零一夜》中最为人所熟悉并津津乐道的故事非《阿里巴巴和四十大盗》莫属了。故事是这样的，阿里巴巴和他的哥哥比邻而居，他哥哥很富有，他很穷困，他哥哥却并不愿接济他。有一次，阿里巴巴在后山发现了一伙强盗，他们对了石壁喊一声"芝麻开门"，石壁便轰然中开，里面堆满了金银财宝，等强盗们走后，阿里巴巴也用"芝麻开门"的咒语打开了石壁，并取回了许多财宝。回家后，由于金币太多，他们无法知道确切的数量，便从哥哥家借了一个斗来量，他的嫂子很精明，想知道他弟弟这么穷，还有什么东西需要用斗来量呢，便在斗底涂了一些蜂蜜。阿里巴巴量过后也没细看便还了回去，他嫂子便在斗底赫然发现了一枚闪闪发光的金币，他哥哥便非要知道这些金币是从哪里来的，阿里巴巴只好告诉了他，他便去山洞取财宝。但他太贪心了，光顾得装财宝，却忘了"芝麻开门"的咒语，后来便被强盗抓住并杀了。同时，强盗们也辗转地找到了阿里巴巴的家，他们装作

图说世界文学史

50

运油的商人，并把四十个强盗藏在油瓮里，准备等晚上动手杀死阿里巴巴全家。但阿里巴巴的女奴却识破了他们，给每个油瓮灌满了烧沸的油，把四十个强盗都烫死在油瓮里，又在酒席前舞剑助兴，乘机刺死了强盗头目，从此以后，阿里巴巴一家便过着快乐而幸福的生活！

《一千零一夜》不但对阿拉伯文学，而且对世界文学产生了巨大而深远的影响。在很早的时候，《一千零一夜》的故事已传入了欧洲，但丁的《神曲》、薄伽丘的《十日谈》、乔叟的《坎特伯雷故事集》、塞万提斯的《堂·吉诃德》都受到过它的影响。在 18 世纪初，法国人首次把它译成法文出版，接着，《一千零一夜》便出现了多种的欧洲译本，并轰动了整个欧洲，掀起了一股"东方热"。高尔基曾给予高度评价说，它是民间口头创作中"最壮丽的一座纪念碑"。

《一千零一夜》，这颗璀璨的明珠，正如其在每篇故事的结尾中常说的那样，会传之久远，"直至白发千古"！

第三节　扶桑的空谷足音：《源氏物语》

很难有人会想到，文学史上第一部长篇小说会出自一位女作家之手。这就是来自扶桑的空谷足音：紫式部和她的《源氏物语》。

紫式部（约 978 ~ 约 1025）出生在日本一个书香世家，从小受到了良好的家庭教育和文学熏陶，形成了深厚的汉文学修养。她结婚不到三年丈夫就因病去世，她从此便和幼小的女儿过着孤苦的生活。为了排遣寂寞，她潜心写作。后来又曾入宫作过女官之类的职务，不久后便溘然长逝。她的一生为世界文坛留下了最早的一部散文体长篇小说。

这部小说的创作时间较长，也得到了当时统治者的赞许和支持。宫廷里天皇嫔妃之间的钩心斗角，贵族内部的复杂矛盾和腐化堕落，给紫式部以很深的触动，加深了她对人生和社会

一她的头发"像瀑布一样"诱人地散在"她的肩膀上"——这是源氏的外孙匀皇子对其新婚妻子夕雾之女中之君的第一印象。而且，他对新娘的侍女（左侧）也很满意。她是新娘的父亲夕雾精心挑选的。"夕雾知道，他应该使自己的永不满足的女婿高兴，而且他对这一切细节进行的别出心裁的设计是要使一切都完美无瑕，他的这一设计的确令人惊异（有些人可能要说，太令人惊叹了）。"紫式部这样写道。

的思考，为《源氏物语》的创作提供了坚实的生活基础。根据这些经验，她在原来小说初稿的基础上，进行了反复修改。大约在 1008 年，这部传世之作终于问世。

这是一部反映宫廷内部糜烂生活的长篇小说，小说着墨最多的是对女色贪得无厌的源氏的生活经历，而他和继母藤壶的私通是通篇小说的主线，也是全文的第一推动力。我们从中看出当时日本统治阶级的彻底腐化和糜烂，他们对天地人伦都不放在眼里。源氏由于女三宫的负疚出家和爱妻紫上的病逝，也看破红尘，最后无法解脱，终于抑郁而死。

作者站在贵妇人的立场上，有力地鞭挞了一夫多妻的罪恶，对那些陷于其中的女性表示了深刻的同情，同时也揭露了贵族社会政治和生活上的腐败，必然走向崩溃的趋势。

在处理源氏这个人物时，作者是矛盾的。一方面，作者将他描绘成一个理想式的人物，他相貌堂堂，多才多艺，温文尔雅，光彩照人；但另一方面，他对色欲贪得无厌，甚至无视人类最严重的忌讳，和自己的继母藤壶私通，并且他用情不专，对女性总是始乱终弃。他精心经营的六条院，表面上似

→在薰君满 50 天的庆宴上，怀抱着薰君的源氏叹息着孩子的宿命。薰君是由源氏的妻子女三宫与另一个男人生的孩子，女三宫因羞愧难当而出家，而源氏则将薰君当作自己的孩子收养。

乎其乐融融，但却洒满了妇女辛酸的血泪。小说的后半部分明显转入了黯淡和低沉的调子，故事发生的场所从繁华的名都转到了偏僻荒凉的山庄，人物和事件也失去了往日的光彩，薰君和身边的女性之间的关系也更为哀怨和伤感。写浮舟最后拒绝薰君的求爱而毅然出家，表明了作者对贵族们冷酷和荒淫的否定和抗议。

源氏、薰君等人和事件构成了小说实体上的线索，爱和死亡则构成了小说灵魂上的线索，贯穿了小说的全部。当然，由于小说所写的是宫廷生活，在那里，男女之间的感情往往基于物质之上，而真正的爱情是很少的，所以作者笔下的男女关系，总显得有些凄迷、绝望和黯淡。而最让人深深受到震撼的是小说中所写到的种种的"死"：有悲哀的死，有凄惨的死；有可怕的死，有清醒的死；有令人叹惋的死，也有美丽动人的死。而源氏之死则是最为奇特的，作者在这里匠心独运，整整一篇中，作者只用了"云隐"这个标题，而无内容。在一个虚无缥缈的标题之下，一大片一大片的空白给读者留下了无尽的遐想，这种和作者主观态度紧密联系的手法真正达到了"不写之写"的效果。联系源氏一生的种种劣迹和他与生俱来的一些优秀素质，他的死以这样一种方式写出来，让人难以相信这是十一世纪的女性作家的手笔。

《源氏物语》宛如一幅长长的彩色画卷，将当时的生活以一种原生态的方式呈现在读者眼前。虽然作者在叙述过程中也有自己的见解，甚至渗入了佛家因果的宿命论思想，但作者对社会的表现深度和广度已经远远地走在同时代的作家前面。小说规模庞大，涉及人物众多，但细致入微地刻画了人物的性格特征。全书情节富于变化，行文酣畅淋漓，文笔清新细腻，而且有一种感物兴叹的伤感贯穿其中，千年之后，读来仍可想见作者性情。这是女性作家的独到之处。

日本奈良时代和平安时代文学

从7世纪后半叶起的100年间，是抒情诗大放异彩的时期。《万叶集》，日本文坛最重要的一部诗集，可能完成于8世纪下半叶；如果这部诗集不是由一人独立完成，后人推测大半家持应是主要的编辑者。诗集的最后一首诗明确地记载着完成于759年。

论及《万叶集》的杰出诗作，可分三代来说明。第一代最伟大的诗人是柿本人麿。他以长诗闻名，却以挽歌为冠，充满节奏和力量，后人几无出其右者；第二代著名诗人为大伴旅人（其作品受中国道教影响颇深）、山上忆良（其作品中渗透着中国儒家思想）和以自然无娇饰、充满清新活泼风格的短篇田园诗著称的山部赤人；第三代则当属诗集的编纂者大伴家持为核心人物，他善用自然的象征主义，这一论点为平安时代后期和镰仓时代的诗歌指明了方向。可以说，如果没有得到中国文化的引进与影响，《万叶集》也不可能最终完成。然而，如说日本诗人那种与自然文化的强烈情感倾诉是源于中国则并不正确，它已经自成一格。

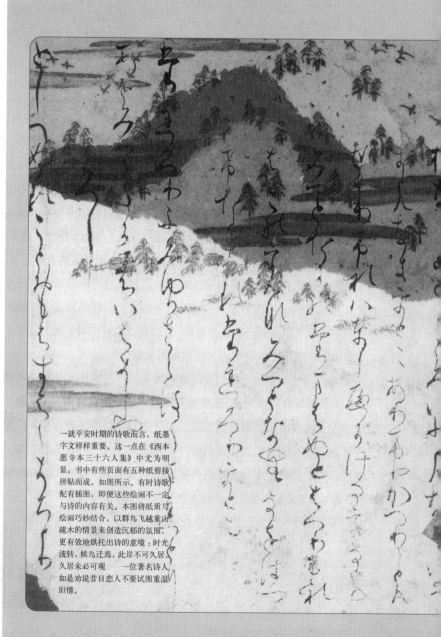

一就平安时期的诗歌而言，纸墨字文样样重要。这一点在《西本愿寺本三十六人集》中尤为明显。书中有些页面有五种纸剪接拼贴而成，如图所示。有时诗歌配有插图，即便这些绘画不一定与诗的内容有关。本图将纸质与绘画巧妙结合，以群鸟飞越重山疏木的情景来创造沉郁的氛围，更有效地烘托出诗的意境：时光流转，候鸟迁焉，此岸不可久居，久居未必可观——一位著名诗人如是劝说昔日恋人不要试图重温旧情。

平安时代（794～1192）

平安时代早期中国诗歌盛行，文坛竞相模仿，致使日文诗歌默默无闻。直到约 825～850 年起，日文诗才有所抬头。大约 905 年，第一部以日文撰写的"敕撰和歌集"——《古今和歌集》在朝廷的旨义下集成，日文抒情诗从此奠定了至高无上的地位。这一歌集前后共计 21 部，体裁主要都是 31 个字的和歌，其中戏剧性诗歌或叙事诗极少，由此可证明，抒情诗在日本文学传统中占有主要地位。《古今和歌集》的风格优雅而磊落，其理念为让大自然受诗人主观需要的控制而予以运用，这取代了原先与自然同化的思想。

→ 这是平安时期众多女诗人之一小大君的画像，她也是"三十六歌仙"之一。

●日记与故事

10 世纪时，散文故事在日本文学中的比重日益提升。有些作品被称为"日记"，但严格来说却名不副实。最好的著作应属《和泉式部日记》，为与紫式部同时代的宫廷贵妇的女歌人所做；另一种文体为"歌物语"，即以和歌为中心的一种故事集，其以一种漫谈、片断的方式叙述故事，但著作的重点却是抒情诗。这类体裁中最好也是最早的著作是《伊势物语》。然而到了 11 世纪，《源氏物语》却将日本的散文故事体裁发展到了极致。此书虽略有"歌物语"的那种插曲的、有抒情味的性质，然而却超越了这类文体的限制，引用了大量令人深信的生活事实。而另一部非小说的散文著作《枕草子》在日本人眼里，则堪与《源氏物语》争雄，其作者清少纳言也是宫廷内可与紫式部匹敌的对手。《枕草子》一书写于 10 世纪末、11 世纪初之间，内容或抒情动人，或文雅幽默，而且，它是第一部"随笔"形式的著作。

→ 元历校本《万叶集》

●平安时代后期的散文

这个时期主要有两种体裁颇为新颖独特：一是根据历史改编的故事，带有或多或少小说的味道，其中一套被称为"镜物"（因为它们的书名都有"镜"一词）的四部关于历史的著作尤为闻名；另一种为短篇轶事，这类文章或为娱乐而作，或为教诲而写，其中内容搜集最为丰富的当数《今昔物语》，内容涉及中、下阶层的生活风貌，因而被一位近代作家比喻为一张载有各种丑闻的报纸。

●平安时代后期的诗歌

这一时期脱离了《古今和歌集》主观主义风格的桎梏，田园诗再度兴起，其间蕴含了佛教寂静主义的寓意，以及大自然的各种意象，强调暗喻与轻明语，着重情感的抑制、禁欲主义和点到为止的含蓄等美学的观念也在这一时期孕育成形。完成于 13 世纪初的"敕撰和歌集"第八集《新古今和歌集》是阐扬这类风格最具体的代表作。

我怎能忍受听着你的姐姐呼唤你的名字找你；

怎能忍受看着你母亲此生中无尽的悲伤……

你的紫红色弓悬在门楣上，还有那艾蒿的箭；

你的高跷还在篱笆之上，还有你那葡萄藤的马鞭；

在花园里，我们嘻笑着播下花种；

在墙上，是你念诵的词句和你写的字比肩而现；

一个时辰，我都在回忆你的音容笑貌，你仍然在我身边。

——和歌大师菅原道真《一个儿子之死》

→ "人们对我有不甚赞赏之评论——面容娇美，"画中人物紫式部如是写道，"性偏羞涩而好古事……"

1265 年

但丁诞生

文艺复兴

14 世纪

1313 年

薄伽丘诞生

《巨人传》
第一部出版

1532 年

1564 年

莎士比亚
诞生

《堂·吉诃德》问
世

1615 年

17 世纪

新古典主义文
学运动盛行

启蒙运动兴起

18 世纪

18 世纪 70 ～ 80
年代

"狂飙突进" 运
动在德国盛行

浪漫主义思
潮兴起

18 世纪末

第二编

fuxing

从复兴到巅峰

（13到19世纪古典传统文学的确立）

艰难地结束了长达千年的沉默，步履蹒跚地摆脱了宗教的束缚，西方终于迎来了它迟到的人性启蒙。觉醒了的欧洲人民，以他们人性的力量挑战着奥林匹斯山众神高高在上的地位，用他们的生命写下一个大大的"人"字。艺术女神在人类精神的各个领域撒下的种子，在这个崭新的时代里终于萌发；思想解放的风暴席卷欧罗巴，将黑沉沉的中世纪阴霾一扫而光。伟大的文艺复兴时代终于来临了，它所造就的不仅仅是一大批的文学巨匠，同时还有西方根深蒂固的人文思想。

第一章

启蒙的时代

　　黑夜越是深沉，黎明的阳光就越灿烂；沉默得越久，爆发的力量也就越大。沉睡了千年的欧洲，在此刻终于苏醒了。当它突然发现自己身处一个死气沉沉的世界的时候，它要以一声惊天动地的怒吼，来惊醒沉睡的万物，唤回一个生气勃勃的天地。在第一声怒吼之后，第二声、第三声也接踵而起。众多觉醒的声音汇合在一起，就形成了文艺复兴启蒙的浪潮。

欧洲中世纪文学

　　欧洲中世纪文学包括从5世纪到13世纪的那段文学，其最显著的特征就是基督教文化垄断了一切精神生活领域，成为欧洲封建社会的精神支柱，而古希腊罗马文化却由于其世俗的性质而被排斥。当时的教会作家一般都用拉丁文写作，只有世俗文学才使用民族语言或方言来创作。

　　欧洲中世纪文学一般分为四种类型：教会文学、英雄史诗、骑士文学和城市文学。它们因各自的孕育背景不同而具不同特色。

→骑士之梦　拉斐尔　意大利

骑士文学

　　是以骑士的冒险经程和爱情经历为内容的世俗贵族文学，到12至13世纪时达到顶峰，其所表现的"骑士精神"虽然反映了此阶层的寄生性和腐朽性，但骑士的荣誉观念及对爱情自由的追求很显然是与中世纪的禁欲主义相背离的。骑士文学包括骑士抒情诗和骑士传奇两种，前者以吟咏骑士对贵妇人的爱慕和忠诚为基本主题，流行中心在法国南部的普罗旺斯；而后者则可被视为一种长篇叙事体诗歌，常常以洋洋数千行描写骑士的爱情观念与荣誉观念，其中最为后人所知的是关于亚瑟王和他的圆桌骑士的故事，此类作品的中心在法国北方。

城市文学

伴随着欧洲各国城市的兴起、市民阶级的形成与壮大及其对文化娱乐的需求应运而生，其形式多为民间创作，以讽刺和嘲笑的手法来描写日常的现实生活，讴歌市民群众的勇敢机智，将矛头指向反动教会和封建势力，具有强烈的乐观精神和现实精神，成为文艺复兴时期文学的先驱。城市文学的中心也在法国，自12世纪至14世纪普为此类作品之盛世，其中的《玫瑰传奇》（见左图）、讽刺小说、市民戏剧及市民抒情诗皆为后人敬仰。

→中世纪基督教祈祷时间所用的书。

英雄史诗

是中世纪文学的突出成就。前期的英雄史诗主要表现日耳曼人在民族大迁移时期乃至更早时代的历史事件及部落生活，这类作品常具有浓郁的神话色彩。著名的日耳曼人的《希尔德布兰特之歌》、盎格鲁－撒克逊人的《贝奥武甫》及冰岛的"埃达"和"萨迦"等皆为其代表作。后期作品是欧洲各民族在封建化的发展进程中产生的，洋溢着浓浓的爱国主义精神和深厚的民族自豪感，且多用自己的民族语言写就，这类作品当为欧洲各民族文学的开山之作。其中法国的《罗兰之歌》、西班牙的《熙德之歌》、德国的《尼伯龙根之歌》及古代俄罗斯的《伊戈尔远征记》为佳作。

教会文学

主要以《圣经》为蓝本，通过描写《圣经》故事来普及基督教教义，宣扬神权至上和禁欲主义。依文学形式来分，它包括韵文和戏剧两种。韵文有耶稣故事、圣徒故事、奇迹故事、祷告文及赞美诗等等；戏剧则分为奇迹剧和神秘剧。尽管如此，某些下层僧侣也写一些诗作来表达普通劳动者的思想感情，如英国的戴廉·朗格兰（约1330～1400）创作的长诗《农夫皮尔斯》即揭露了社会的阴暗面，歌颂了下层人民勤劳诚恳的品质。

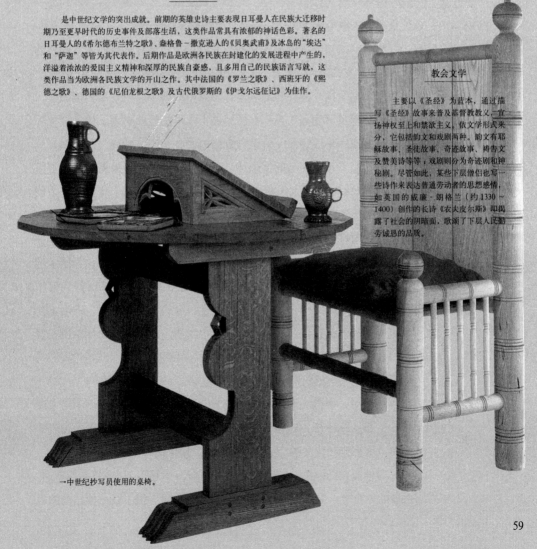

→中世纪抄写员使用的桌椅。

第一节　神与人的界标：但丁

任何一个伟大时代的来临，都需要一个伟大人物作号手，吹出第一声振聋发聩的号角。1265年5月，历史把重任落在了意大利佛罗伦萨一个小贵族家的新生儿身上，这就是但丁，上天派来结束中世纪黑暗的光明使者。

任何一个伟大人物的诞生，几乎都是艰难困苦的产物，但丁也不例外。在但丁很小的时候，母亲就离他而去。大约在他18岁那年，父亲也去世了。幸运的是，但丁在童年、少年时期得到了良好的教育。他拜著名学者为师，学过拉丁文和古代文学，他特别崇拜古罗马的一位重要诗人维吉尔，把他当作自己的精神导师。

与崇高的诗人身份相区别的是，但丁是一个世俗欲望非常强烈的人。在他9岁的时候，就爱上了容貌清秀、美丽动人的姑娘贝阿德丽采。但丁非常喜欢她，发高烧的时候都念着她的名字。随着年龄的增长，但丁甚至把贝阿德丽采当作自己精神上永恒的爱慕对象。然而造化弄人，贝阿德丽采最终与一位银行家结婚，并于不久后死去。悲伤万分的但丁，写下了一系列的悼念诗，在诗中把贝阿德丽采看作是上帝派来拯救他灵魂的天使。从此之后，贝阿德丽采成了但丁作品中一个象征性的理想人物。

青年时期的但丁积极参加城邦的政治活动。由于反对教皇干涉城邦内政，1302年，但丁被加上莫须有的罪名，赶出了城邦，开始了近20年的流放生活。大约在1307年，在流亡生活最痛苦的时候，但丁开始了《神曲》的创作。爱情上的不幸、家庭生活的烦恼、政治上遭受的迫害和诬陷，以及长期的痛苦流亡生活，都像火山一样淤积在但丁的心里，使他最终要通过精神的探索，使生活在这一世界的人们摆脱悲惨的遭遇，把他们引到幸福的境地。

《神曲》给但丁带来了至高无上的荣誉，却没能帮助但丁结束流浪的生涯。1321年，这位伟大的诗人刚刚完成了《神曲·天国篇》的创作，就客死在拉文纳，结束了他探索、追求的一生。

《神曲》采用中古文学特有的梦幻形式，叙述但丁在"人生的中途"所做的一个梦。在1300年复活节前的一个凌晨，但丁在一座黑暗的森林里迷了路。黎明时分，他来到一座洒满阳光的小山脚下。他正要登山，却被三只分别象征着淫欲、强暴、贪婪的野兽豹、狮、狼拦住了去路，情势十分危急。这时，古罗马时代的伟大诗人维吉尔出现了。他受贝阿德丽采的嘱托前来搭救但丁，然后又引导他游历了地狱和炼狱。地狱共九层，凡生前做过坏事的人的灵魂都被罚在地狱中受刑，并根据罪孽的大小安排在不同的层次，罪孽越重，越在下层，所受的刑也越重。能够进入炼狱的，则是生前犯有罪过，但程度较轻，而且已经悔悟的灵魂，它们被按照傲慢、嫉妒、愤怒、怠慢、贪财、贪食、贪色等七种人类大罪，分别在这里洗练。每洗去一种罪过，就会向上升一级，逐层升向山顶。山顶上是一座地上乐园，维吉尔把但丁带到这里后就离开了。这时圣女贝阿德丽采接替了维吉尔引导但丁游历天堂。他们经过了天堂九重天之后，终于到达了上帝的面前，见到了圣父、圣母和圣子"三位一体"的奥秘。这时但丁大彻大悟，他的思想已与上帝的意念融洽无间。整篇史诗至此也就戛然而止了。

这便是《神曲》，一部融合了基督文化与古希腊人文意识的壮丽史诗，一部在天上人间苦苦探求真理的华美乐章。《神曲》以它反对蒙昧主义、提倡文化、尊重知识的思想，在茫茫黑暗包围中的中世纪欧洲放射出第一道人文主义的思想曙光。但丁称颂人的才能和智慧，他热情洋溢地讴歌荷马史诗中的英雄奥德赛在求知欲的推动下，离开家庭，抛弃个人幸福，历尽千辛万苦，扬帆去探险的事迹。通过奥德赛的口，但丁指出：

你们生来不是为了走兽一样生活，

而是为着追求美德和知识。

随着奥德赛扬帆远航的过程，但丁升起了智慧的风帆，在探索人生、研究科学、讨论艺术、追求真理的道路上乘风破浪、一路远行。他航行的足迹踏遍中古文化的各个领域，从而对中古文化作了艺术的总结。而奥德赛"求正道、求知识"的人生观，则是把人类从蒙昧状态中解放出来的第一声发自内心的呼喊。但丁是一个伟大的窃贼，就像普罗米修斯在天神的威严监视下把火种偷出来交给人类一样，但丁从教会的严酷统治下，偷出了被教会窃取长达千年的人类灵魂，把它还给人，使在黑夜中艰难探索的人类开始认识到自己的力量和尊严。但丁同情人类痛苦，关心人类命运，表现人的思想感情，颂扬个性解放，

维吉尔

维吉尔（公元前70～前19），古罗马诗人，他的声誉主要在于他的民族史诗《埃涅阿斯纪》，该诗叙述罗马传说中建国者的故事，并且宣告罗马在神的指引下教化世界的使命。随着维吉尔学识渊博的名声越来越高，出现了一种用《维吉尔占卜书》占卜的习俗，人们随意地翻开《埃涅阿斯纪》，用最先读到的诗句来预卜未来。

到了文艺复兴时代，维吉尔又重新成为受敬仰的诗人；从那时起到现在，他对于欧洲诗歌的影响很大。但丁、乔叟、斯宾塞、弥尔顿、丁尼生、德莱顿及其他很多作家，都十分熟悉和敬仰维吉尔的诗作。

罗慕洛为养母

那棕色的狼皮感到喜悦，

于是就统率起整个的部落，

修建了御敌作战用的城墙

并且根据自己的名字

把部落的民众叫作罗马人。

对于这些说法，

我不限定时间的空间，

它们将主宰到永远永远。

——选自维吉尔《埃涅阿斯纪》

描写自由爱情的伟力，洋溢着生活的气息，体现了追求现世幸福的思想。这种以人为本、重视现实生活价值的观念，不但颠覆了中世纪宗教神学所宣扬的来世主义、神本位主义，而且吹响了文艺复兴的第一声嘹亮号角。

由中世纪向近代社会过渡时期的意大利社会政治变化和精神道德风貌，也真实而广泛地展现在《神曲》里。但丁无情地抨击了腐败的封建官僚统治集团，痛斥这些人的暴虐无道、骄奢淫逸、贪赃枉法和争权夺利造成了社会的动乱和人民的灾难。在他的精神王国里，他把这些暴君、昏王、赃官、污吏通通打进了地狱，让他们在永恒的沉沦中不得翻身，慢慢地品尝自己在前世作孽所应得的恶报。同时，但丁也把笔触伸向了新兴的市民阶级和正在形成中的资本主义关系，敏锐地捕捉到了新兴资产阶级的贪婪和自私，高利贷者的唯利是图，重利盘剥。他指出，市民阶级暴发户充满了"骄狂傲慢和放荡无度之风"，田园诗的宁静生活已经一去不返了：

骄傲、嫉妒和贪婪是三颗星火，

使人心燃烧起来

这是处于意识形态变革时期的社会现状的真实写照，它反映着旧的社会道德已经沦丧，新的道德体系尚未建立时期，整个社会上的世情百态。

　　然而但丁终究还是不能摆脱黑暗时代加在他身上的神秘咒语。身处于一个新旧交替的变革时代，但丁不得不在中世纪神学世界观和新时代人文主义的夹缝中苦苦挣扎着。他极度地渴求人的解放，但又没有强大的武器和足够的力量完全挣脱出来；他大胆地揭露教会的罪恶，但他并不反对宗教本身；他对现世的生活极力地歌颂，但同时又把它作为来世生活的准备。《神曲》表现出来的这种两重性，是但丁作为中世纪的最后一位诗人和新时代最初一位诗人的矛盾世界观的鲜明反映。　这正对应了恩格斯的那句评价："封建的中世纪的终结和现代资本主义纪元的开端，是以一位大人物为标志的。这位人物就是意大利人但丁。他是中世纪的最后一位诗人，同时又是新时代的最初一位诗人"。而《神曲》的伟大之处就在于，它是中世纪文学中最早以丰富的形象、广阔的画面反映这一过渡时期的意大利现实，并发出新时代新思想的耀眼光芒的一部史诗。

一但丁的小舟　德拉克洛瓦　法国
此图描绘了《神曲·地狱篇》中的一节，表现了但丁（戴红头巾的男子）同维吉尔乘小舟渡过地狱之湖时，受到永久惩罚的死亡者企图爬到小舟上的情景。

第二节　人性复归的第一声呐喊：薄伽丘

　　作为但丁的故乡，意大利理所当然地独得风气之先，成了文艺复兴的发源地。由但丁埋下的人文主义火种，首先在亚平宁半岛的土地上燃成一支火炬，而后才在整个欧洲烧成一片燎原大火。这熊熊的烈火最终烧穿了千年的黑暗，烧出了一片崭新的天地。而薄伽丘，就是点燃火炬的人。

　　如果用传统的教会眼光来看，薄伽丘无疑是个双重邪恶的产物。因为他是一个意大利商人和一个法国女人的私生子。他从小在商人和市民的圈子中间长大，这为他日后在作品中鲜明地表达新兴市民阶层的思想感情打下了基础。大约在他14岁的时候，他被父亲送到那不勒斯去学习经商。他混了6年，却一无所获。父亲又叫他改行学习法律和宗教法规，因为这是有利可图的行业。枯燥乏味的宗教法又耗去他6年岁月，却依然不能让他提起兴趣。他从小就喜欢阅读各种文学作品，他内心真正的愿望，是做一个文学家。

→薄伽丘，意大利作家、人文学者，其与但丁、彼特拉克并称为"早期文艺复兴三杰"。著名作品《十日谈》、《但丁传》等等。

　　在那个时期，薄伽丘凭借他父亲的力量，经常有机会参加宫廷的一些社交活动。当时的那不勒斯宫廷比较开明，在国王周围，除了封建贵族、早期的金融家、远洋归来的航海家等外，还聚集着一批具有人文主义思想的学者。同这些人的交游，丰富了他的阅历，扩大了他的文化视野，并进一步激起了他对古典文化和文学的浓厚兴趣。

　　1348年，中世纪的欧洲爆发了有史以来最可怕的一场瘟疫。昔日无比繁华的都市佛罗伦萨丧钟乱鸣，尸体纵横，十室九空，人心惶惶，到处呈现着触目惊心的恐怖景象，仿佛世界末日已经来临……这场灾难夺取了千万人的性命，同时也催生了文艺复兴时代的第一声呐喊——薄伽丘的《十日谈》。

　　《十日谈》一开头就真实地展现了这场恐怖的瘟疫肆虐时的悲惨气氛。十个劫后余生的青年男女在诺维拉教堂避逅，他们相约一起逃出城外，到乡村一所别墅避难。这里风景优美，环境雅致，他们就在这赏心悦目的园林里住了下来。除了欣赏风景、唱歌跳舞之外，他们还开起了故事会，每人每天轮着讲一个故事，作为生活之余的消遣，十天下来，一共讲了一百个故事，这就是《十日谈》。

如果说但丁是站在巨人肩上，因此比别人看得远的话，那么薄伽丘则是因为站在了但丁肩上，因而比但丁看得更远。相比但丁而言，薄伽丘对中世纪黑暗的批判，显得更加广泛，也更加深刻。他把批判的矛头直指代表当时最高话语权力的天主教会和宗教神学，毫不留情地揭开教会神圣的面纱，把僧侣们骄奢淫乐、聚敛财富、敲诈欺骗，甚至公开买卖圣职等种种黑暗无耻的勾当，都全部暴露在阳光底下。一个丧尽天良的坏蛋，身上一旦披上了一件法衣之后，居然就摇身变成了亚尔贝托神父，而且获得了崇高的威望。他用一套胡编乱造的神话，把一个头脑简单的妇女骗上了手，使她还以为是蒙受加百列天使的垂爱而倍感荣幸。这只披着羊皮的狼终于奸计败露，他被当作一头畜生牵到威尼斯广场去示众，成了人人喊打的过街老鼠。另一个恶贯满盈的坏蛋，死后本应按照教义下地狱去，然而凭借他临死前的一番胡吹，却被教会封为"圣徒"。他的圣名越传越广，以至于每逢患难时刻，人们都赶到教堂去，在他的神像前面祈祷。笼罩了欧洲近千年的宗教势力，像一张无所不在的黑幕，把人们的思想、生活、行为全都规范在里面，也把它自身所有的罪恶都藏在里面。薄伽丘却在这里撩起了黑幕的一角，让大家睁眼看清楚了在这黑幕里，那些披着神圣外衣的所谓神父，正在暗地里干着什么罪恶的勾当；那些所谓的"圣徒"荣誉，

→ 15 世纪时，T·克里威里为薄伽丘《十日谈》手抄本所绘的细密画。

65

是怎样的彻头彻尾的骗局；由天主教会一再煽动起的无数宗教狂热，又是怎样的荒谬而可笑。

在揭开中世纪教会统治的厚重黑幕的同时，薄伽丘把人文主义的灿烂阳光，通过《十日谈》所掀起的缝隙带进了这黑暗的世界。他大胆地歌颂男女之间的爱情，以鲜活的事例说明，黑暗中世纪宣传神爱和天国幸福的禁欲主义，鼓吹爱情是罪孽的思想，是怎样地扼杀人的天性，怎样地违反自然规律的。青年西蒙原本呆头呆脑，"像个白痴似的"，然而在伟大的爱情力量的感召下，他居然像脱胎换骨一般，变得聪明过人，才艺出众。作品要告诉人们，爱情作为人类的合理需求，具有涤荡人类灵魂的伟大力量，能够激发出人类身上潜藏着的才能。正因为爱情的伟大感召力，《十日谈》中的青年男女在追求爱情的道路上，在面对封建社会的重重阻碍时，都体现出一种百折不挠的意志，一种不追求到幸福誓不罢休的强烈欲望。在爱情的伟力下，一切的世俗阻碍都会被战胜。尽管有时候只是道义上的胜利，那也是一个了不起的胜利。在同时代的作家中，没有一个比薄伽丘更加热烈、更加彻底地讴歌人世间的幸福生活，歌颂人性的正常需求。他把人们由一座触目凄凉的死城，带到了阳光灿烂、歌声欢畅的人间乐园。在这柳暗花明又一村的境界里，人们忽然发现，原来这姹紫嫣红的现实世界是多么美好，多么值得歌颂啊！不容怀疑地统治了西欧近一千年的天主教会的权威，第一次在文艺领域内遭受到这样严重的挑战。

彼特拉克

彼特拉克（Petrarch，1304~1374），意大利诗人、人文主义者兼学者。他是所有抒情诗人中最受敬仰的诗人之一，也是以彼特拉克体十四行诗闻名的意大利诗歌的倡导者，他对英国乃至欧洲诗歌的历史及发展有着巨大而深远的影响。

彼特拉克率先开始搜集古典名著手稿，他对西塞罗（Cicero）的狂热使后来的人文主义者皆尝试模仿西塞罗的风格。也正是由于其在复兴古典传统方面的重大贡献及其未完成的一部拉丁史诗著作《阿非利加》（Africa）的创作，彼特拉克于1341年获得罗马元老院加冕的"桂冠诗人"的荣誉称号。

彼特拉克的作品可分为拉丁语著作及意大利诗歌，前者包括将近600封信、史诗《阿非利加》、《我的秘密》及一些论文等；而后者主要是许多关于他对劳拉之爱的意大利诗歌，并且，这些诗歌与其他题材的诗歌共366首抒情诗合成众所周知的诗集《歌集》，是彼特拉克声誉最高的作品。另外，其意大利作品中还有一首叙事长诗《胜利》。总体而言，彼特拉克作品中简单悦耳的音韵、细致的心理分析，以及他所创造的彼特拉克体十四行诗（十四行诗最早出现于彼特拉克创作诗歌一个世纪以前的意大利诗歌）皆为后辈诗人仿效，此种模仿被称为彼特拉克主义。然而，其他语言的诗人虽可模仿其诗歌形式，但要翻译出来就不大可能了，因其原文有着独特的韵律和谐音。

整个欧洲的文艺复兴圣火，也正是被《十日谈》所点燃。

1362 年，有一个狂热的苦修教派的天主教僧侣，在临死前派遣另一个僧侣对薄伽丘进行了最恶毒的咒骂、威胁和规诫。这件事给了薄伽丘极度的震动。这位文艺复兴火炬的点燃者，也开始反思、忏悔了，他要卖掉自己所有的书籍，他要把包括《十日谈》在内的所有著作都付之一炬，他甚至还打算皈依教会，与从前的光荣与辉煌划清界限。幸亏好友彼特拉克劝阻了他。1373 年 10 月，他抱病在佛罗伦萨大学《神曲》讨论会上作了最后一次演讲。第二年，好友彼特拉克病逝，给他的精神以重大的打击。1375 年冬天，薄伽丘在贫困和孤独中离开人间。他晚年的忏悔并没有赎去《十日谈》对中世纪的宗教所犯下的"滔天大罪"，在他死后，连坟墓都被恨他入骨的天主教会挖掘掉，墓碑也被扔掉。而他所点燃的大火，却再也没有熄灭！

第三节　西方小说的春雷：拉伯雷

一薄伽丘于 1340 年以前在那不勒斯期间完成了两部著作：《菲洛斯特拉脱》和《苔塞伊达》，前者改编自 12 世纪诺曼籍叙事诗人圣·摩列的《特洛城的罗曼》。正是这两部著作使薄伽丘的文艺地位在乔叟和莎士比亚之上，并获得殊荣。此图为出版于 14 世纪的《菲洛斯特拉脱》诗集的首页。

当文艺复兴的火种于 16 世纪传到了法国时，开始呈现出一种不同的景象来。自然科学领域的辉煌成就，为燃烧中的文艺复兴之火增添了新的燃料，从而绽放出更加绚烂的火焰。知识成为人们批判封建专制和教会统治的有力武器，一种新人的理想开始形成。这一切，都反映在拉伯雷的《巨人传》中。

拉伯雷出生在法国中部都兰省希农城的一个律师家庭里。他在父亲的庄园里度过了自由自在而快乐幸福的童年，然而到了少年时代，便像当时的许多富家子弟一样，被送进修道院学习拉丁文和经院哲学，之后又进修道院当了修士。

刻板乏味的修士生活和教会清规戒律的束缚，使拉伯雷非常反感。他设法和一些人文主义学者取得了联系，并在暗中偷偷地学习希腊文。当时的希腊文化被教会视为异端邪说，因此修道院查抄了他所有的希腊文书籍。愤怒的拉伯雷离开了修道院，担任了人文主义者、圣-比埃尔修道院院长德斯狄沙克的私人秘书和他侄子的家庭教师，并多次随他在布瓦杜教会巡视。1527年，他离开了布瓦杜地区两次游历全国，更加清楚地看清了当时的法兰西帝国所处的蒙昧状态。

一法国作家拉伯雷所著的讽刺小说《巨人传》第二卷的首版封面。

1530年，36岁的拉伯雷进入蒙彼利埃医学院攻读医学，但他仅仅用了两个月的时间，就获得了学士学位，从此踏上了从医的道路，并取得了巨大的成就。与此同时，他开始了《巨人传》的创作。两年后，《巨人传》第一部出版了。这部书出版后立刻风靡一时，两个月内的销售数额就超过了《圣经》九年销售数的总和。它强烈的批判性，使它受到了教会和贵族的极端仇视，并被法院宣布为禁书。然而拉伯雷一旦迈开了巨人的脚步，阔步前进，便没有任何力量可以阻止他。燃烧的激情使他把一切世俗的阻碍都视为无物，坚持不懈地进行着《巨人传》的创作。1545年，在国王的特许发行证的保护下，拉伯雷以真实名姓出版了《巨人传》的第三部。但国王不久死去，小说又被列为禁书，出版商被烧死，拉伯雷被迫外逃，直至1550年才获准回到法国。回国后，拉伯雷担任了宗教职务，业余时间为穷人治病，后又去学校教书。在学校教书期间，他完成了《巨人传》的第四、第五部。

《巨人传》取材于中世纪的民间传说，叙述巨人国王卡冈都亚和他的儿子庞大固埃的故事。在滑稽可笑、荒诞不经，有些地方甚至显得粗野鄙俗的故事情节后面，寓含着作者亵渎神圣的勇气和解放思想的深邃用心。卡冈都亚和庞大固埃是两个无论在躯体上，还是在精神上都高大雄硕的巨人。他们躯体魁梧异常，饭量也大得惊人。卡冈都亚在与敌人斗争时，拔起大树来当武器，摧毁了敌人的堡垒、炮台和高塔；庞大固埃和敌人斗争时，举起巨人首领当武器，打败了三百个巨人。这是欧洲文学史上，人的形象首次顶天立地站在神的面前，与神平起平坐的一次成功尝试。与身体的巨人相适应的是，他们在思想上也是巨人。卡冈都亚开始接受的是教会的经院教育，然而十几年下来，原本聪颖过人的他却变得呆头呆脑，见了人连话都不会说了。接受了崭新的人文主义教育后，他不但恢复了以前的活泼，而且变得越来越聪明，在思想上、才干上、知识上都超越了其他人，从而成为文化的巨人。凭借着由人文主义带来的强大生命力，他们克服了种种困难，最终到达了胜利的彼岸。如果说薄伽丘对教会的嘲讽还主要表现为对他们的道德败坏的揭露的话，那么到了拉伯雷这里，则是以知识的全新标准来对抗教会的愚蠢。巨人的成长表明，人只有在肉体和精神两个方面都得到解放，才能成为真正有价值的人。在拉伯雷玩世不恭

→此图为描绘《巨人传》情节的铜版画。

的嬉笑怒骂中，他把一种全新的理想人类已经构建出来。这种新人的构架就是知识、真理和爱情，也就是真、善、美。

真正的人文主义者都把反动神权作为人性解放之火要烧毁的第一所堡垒。拉伯雷在法国点燃了这把火。从无聊的经院哲学到愚昧的禁欲主义，从宗教裁判所的冷酷无情到教会对人民的盘剥勒索，从普通的修道院教士到至高无上的罗马教皇，中世纪教会的黑暗和腐朽被《巨人传》尽收其中。神圣的法律文书被拉伯雷视为"粪污"，不可一世的僧侣被他描述为"扫兴的丧神"，主张"霹雳一声的天雷把他们打得粉身碎骨"。而且，在毁灭了一个旧的世界之后，拉伯雷又建立了一个新的世界，那就是卡冈都亚

←拉伯雷（1495～1553），法国人文主义作家，其著名的长篇讽刺小说《巨人传》体现了他激进的人文主义思想。

父子在胜利之后，为酬谢约翰修士而开设的"德廉美修道院"。这是一个没有高大的围墙、没有严格的禁令，不许伪善者、讼棍和守财奴进入的自由乐园，人们以"你爱做什么，就做什么"为唯一的标准，可以劳动，可以结婚，可以发财致富。这个乌托邦式的理想国度，是在黑暗中摸索前进的资产阶级，要求结束旧时代、开辟新天地的最强呼声。

为了《巨人传》，拉伯雷花了20多年时间，先后四次受到教皇迫害，数次入狱，并流亡海外，穷困潦倒，临死时身无长物。然而他还给黑暗世界和不平遭遇的，只有一个蔑视的微笑。1553年4月9日，拉伯雷在巴黎去世，临终时他笑着说："拉幕吧，戏做完了。"他把人生看作一场戏，他也确实是非常出色地演完了这出戏。《巨人传》作为法国的第一部长篇小说，它出色的讽刺手法，通俗活泼的语言，以及开创通俗小说先河的结构模式，都为后人留下了一个永远蕴含着精彩节目的大舞台。

扫码获取更多资源

第二章

巨人的觉醒

经过了但丁的酝酿，薄伽丘、拉伯雷的开拓，伟大的文艺复兴乐章终于迎来了它最波澜壮阔的华彩部分。在欧洲大陆，是塞万提斯；在英吉利海峡的西岸，则是莎士比亚——这两位巨人高擎着前辈长途跋涉传下来的火炬，把阿尔卑斯山顶的圣火点燃。文艺复兴，终于可以画上一个圆满的句号了。

英国文艺复兴旗手

乔叟（约1343～1400），英国中世纪最伟大的文学巨擘及诗人，被人称为"英国诗歌之父"，同时也是世界文坛的顶尖人物。以《坎特伯雷故事集》闻名于世，这是一册由伦敦前往坎特伯雷圣汤姆斯贝克特圣堂朝圣的信徒们在旅途上所讲述的故事集。乔叟笔下的朝圣者是中古世纪末期英国社会上各色人物最好的写照，从他们所讲述的故事可看出乔叟对于当时的宗教、爱情及婚姻态度的兴趣。

乔叟写作的那个时代里，英文刚取代法文作为官方语言，而伦敦所使用的方言即是现代英文之滥觞。乔叟采用这种和现代英文有密切语言学上的关系的方言，加上他杰出的叙述观念，创造人物栩栩如生的能力，对人性问题的了解和圆融成熟的风格，使他成为一位最平易且值得一读的重要诗人。

→羽管笔（下）、
钢尖笔（中）（19世纪始用）、
自来水笔（上）。

有一位武士，是一个高贵的人物，
自从他乘骑出行以来，
始终酷爱武士精神，
以忠实为上，推崇正义，通晓礼仪，
为他的主子作战，他十分英勇，
参加过许多次战役，行迹比谁都遥远，
不论是在基督教国家境内或是在异教区域，
到处受人尊敬。
亚历山大城被攻破占领之时，他就在场；
在普鲁士许多次他坐过首席，
位居其他武士之上；
他曾在立陶宛和俄罗斯参加战事，
与他同等级的基督徒都比不上他所参与的次数之多；
在格拉那达围攻阿给西勒的时候，他也在那里，
在柏尔马利亚他曾纵横驰骋；
攻下列亚斯和阿达里亚时他也在场，
在地中海岸许多次登陆的大军中
也有他一个。
——节选自杰弗里·乔叟的《坎特伯雷故事》"总引"

→图为杰弗里·乔叟用手指着其《坎特伯雷故事集》手稿的一页，这是一本由一群朝圣者讲述的故事集。

第一节　上帝之后，他决定了一切：莎士比亚

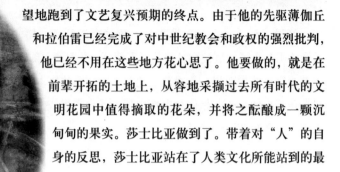

文艺复兴的接力棒终于传到了莎士比亚手中，他不负众望地跑到了文艺复兴预期的终点。由于他的先驱薄伽丘和拉伯雷已经完成了对中世纪教会和政权的强烈批判，他已经不用在这些地方花心思了。他要做的，就是在前辈开拓的土地上，从容地采撷过去所有时代的文明花园中值得摘取的花朵，并将之酝酿成一颗沉甸甸的果实。莎士比亚做到了。带着对"人"的自身的反思，莎士比亚站在了人类文化所能站到的最辉煌的顶点。

1564 年 4 月 26 日，文艺复兴的旗手莎士比亚出生在英国中部埃文河畔的斯特拉福镇。他的父亲是个经营羊毛、谷物的商人，曾被选为"市政厅首脑"，成了这个拥有两千多居民、20 家旅馆和酒店的小镇镇长。

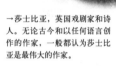

一莎士比亚，英国戏剧家和诗人。无论古今和以任何语言创作的作家，一般都认为莎士比亚是最伟大的作家。

图说世界文学史

不幸的是，在莎士比亚 14 岁的时候，他父亲就破产了，为了偿清债务，甚至将莎士比亚的母亲作为陪嫁的田产变卖掉。小莎士比亚中途辍学，帮父亲经商，在 18 岁时结了婚，两年内便有了 3 个孩子，家境更加的艰难。

然而，在文艺复兴前辈大师们的召唤下，兀傲的莎士比亚注定是不会憔悴于这个伟大时代的。1586 年，他随一个戏班子步行到了伦敦去谋生。他干过多种卑贱的职业，包括在剧院门口为骑马的观众照看马匹和出演三流丑角。凭借着头脑灵活和口齿伶俐，莎士比亚获得了剧团的赏识，逐渐加入到剧团的一些事务性工作中，最后终于成为正式演员。在坚持学习演技的同时，莎士比亚还尝试着写些历史题材的剧本。27 岁那年，他写了历史剧《亨利六世》三部曲，剧本上演后大受观众欢迎，他赢得了很高声誉，逐渐在伦敦戏剧界站稳了脚跟。

真正让莎士比亚名满天下的，是 1595 年的《罗密欧与朱丽叶》。剧本上演后，观众像潮水一般涌向剧场，在泪眼蒙眬中观看这部戏。这个故事发生于 14 世纪意大利的维洛耶城，城中蒙太古与凯普莱特两大家族积有世仇，蒙太古家的罗密欧与凯普莱特家的朱丽叶在一次

假面舞会中一见钟情，并在神父劳伦斯帮助下秘密成婚。后来罗密欧为朋友复仇刺死了凯普莱特家的青年，被维洛耶亲王驱逐出城。朱丽叶被迫许配给贵族青年，朱丽叶向劳伦斯神父求助，神父令她服下一种假死后能苏醒的药，一面派人通知罗密欧。朱丽叶假死后被送往墓穴，罗密欧闻讯赶往墓穴，由于信没能及时到达罗密欧手中，他误以为朱丽叶已死去，遂服毒自杀。朱丽叶醒来后见罗密欧已死，也以罗密欧的匕首自杀殉情。二人死后，两大家族终于达成和解。

　　罗密欧与朱丽叶的故事原是意大利古老的民间传说，很多作家都写过这个题材，但是当莎士比亚的剧本问世之后，就再也没有人敢写了。在这部洋溢着青春气息、生活理想和青年人特有的纯洁美好心灵的戏剧中，罗密欧与朱丽叶用年轻的生命诠释着生命与爱情的真谛。面对着爱情和幸福的召唤，这一对青春少年把保守的封建家长制度，把势不两立的家族恩怨全都抛在了九霄云外，那样主动、积极，那样毫无顾忌、气势磅礴地渴望着、追求着。在他们年轻的心灵中，两情相悦的爱情才是生命中弥足珍贵的神圣之物，与之相比，狭隘的家族私利显得多么的荒唐可笑。他们炽热的爱情就像一支火

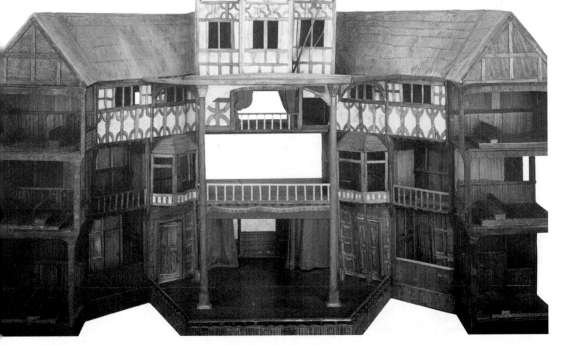

73

莎士比亚作品

→仿羽管笔的金属笔
中世纪时人们用以大鸟的硬羽毛制成的羽管笔来书写，而图示此种金属尖的笔直到 19 世纪 30 年代才开始普遍应用。

→在莎士比亚的"四大悲剧"中，《李尔王》以其强烈的感情和深刻的哲理而著称于世。剧中不列颠国王李尔王将其国土平分给花言巧语的两个大女儿，而剥夺了诚实的小女儿考狄利娅的继承权。后来，两个大女儿将李尔王逼疯。不久，考狄利娅从法国带兵前来讨伐两个姐姐，却被俘处死，李尔王抱着她的尸体也悲痛地死去。右图即为李尔王抱着考狄利娅的尸体悲痛不已的情形。

→《仲夏夜之梦》是莎士比亚喜剧创作进入成熟阶段的标志，故事发生在古希腊的雅典及其郊外的森林里，由两对年轻人的爱情矛盾及森林仙王与仙后的感情纠葛穿插构成其故事情节，故事最终以有情人终成眷属得到美满的结局。左图描绘仙王为报复骄傲的仙后而命令小精灵将"爱汁"滴在仙后的眼皮上，使她疯狂地爱上了被套上驴头的织工波顿。

→《麦克白》是莎士比亚"四大悲剧"中的最后一部，描写苏格兰大将麦克白与其妻子谋杀国王、篡夺王位并陷害忠良，最后在一片讨伐声中被杀死。通过麦克白的悲剧，莎士比亚深刻揭示了个人野心的反人性的实质。

我不顾一切跟命运对抗的行动可以代我向世人宣告，我因为爱这摩尔人，所以愿意和他过共同的生活；我的心灵完全为他的高贵的德性所征服；我先认识他那颗心，然后认识他那奇伟的仪表；我已经把我的灵魂和命运一起呈献给他了。
——《奥瑟罗》

→《奥瑟罗》是莎士比亚"四大悲剧"之一，剧中主人公摩尔人奥瑟罗凭英勇善战而成为威尼斯的军事将领。威尼斯元老勃拉班修的女儿苔丝狄蒙娜冲破家族的障碍与奥瑟罗结合。后因奥瑟罗提拔了凯西奥为副将而引起了军官伊阿古的嫉恨，奥瑟罗中计而将苔丝狄蒙娜杀死。真相大白后奥瑟罗自刎于妻子的身边。此图即表现奥瑟罗在妻子的尸体边痛苦的表情。

吹吧，风啊！胀破了你的脸颊，猛烈地吹吧！你，瀑布一样的倾盆大雨，尽管倒泻下来，浸没了我们的尖塔，淹没了屋顶上的风标吧！你，思想一样迅速的硫磺的电火，劈碎橡树的巨雷的先驱，烧焦了我的白发的头颅吧！你，震撼一切的霹雳啊，把这生殖繁密的、饱满的地球击平了吧！打碎造物的模型，不要让一颗忘恩负义的人类的种子遗留在世上！
——《李尔王》

炬，尽管最终被熄灭在残酷的黑暗中，但那灿烂的火焰却为寒冷漆黑的大地留下了青春的爱的温暖。他们以自己短暂却又惊心动魄的生命，证明了爱情和青春的崇高与美丽，从而谱写了一曲激情洋溢的悲壮之歌。

《罗密欧与朱丽叶》不仅是一支爱的颂歌，更是觉醒的巨人以新兴的人文主义作为思想武器，向保守的封建观念开战的宣言书。对尘世欢乐与幸福的渴望，和对个性解放与人格尊严的追求，使得这一对少年显示出在青春与爱情鼓舞下的巨大力量。在这种伟大力量的催动下，他们不但勇敢地冲破重重阻碍自由地恋爱、结合，而且还以爱的春风消融恨的坚冰，让两大家族化干戈为玉帛。这是人文主义理想对封建传统的胜利，它使人们隐隐约约地感受到，狭长黑暗的封建中世纪甬道即将走到尽头，人们即将迎来新世界的曙光。

《罗密欧与朱丽叶》的成功，使莎士比亚在声名远播的同时也富裕了起来。1599 年，莎士比亚成了"环球"剧院的股东。他还在家乡买了漂亮的房子，是该镇的第二大住宅。他把自己在伦敦的大部分收入投资在家乡，或给家乡办福利事业。1601 年，莎士比亚的两个好友为了改革政治而发动叛乱，结果一个被送上绞刑架，另一个则被投入监狱。悲愤不已的莎士比亚倾注全力写成了代表他自己，乃至整个文艺复兴、整个人类文学最高成就的《哈姆雷特》，并在演出时亲自扮演其中的幽灵。

哈姆雷特本来是丹麦的一个快乐王子。他从国外上大学回国后，正遇

一作为莎士比亚"四大悲剧"之一的《哈姆雷特》剧照。

→"在小溪之旁，斜生着一株杨柳……她一个人到那去，用毛茛、荨麻、雏菊和紫罗兰编成了一个个花圈，替她自己做成了奇异的装饰。她爬上根横垂的树枝，想要把她的花冠挂在上面，就在这时候，树枝折断了，连人带花一起落下呜咽的溪水里。她的衣服四散展开，使她暂时像人鱼一样漂浮水上；她嘴里还断断续续唱着古老的谣曲，好像一点不感觉到什么痛苦，又好像她本来就是生长在水中的一般。"这是王后形容哈姆雷特的情人奥菲莉娅死时的情景，即如本图所绘。

上阴狠的叔叔毒死了他的父王，篡夺了王位，并霸占了他的母亲。他父亲的鬼魂告诉了他自己的被害经过，哈姆雷特在巧施计谋证实了叔父的罪恶后，下定决心复仇。然而一次偶然的失误却使他误杀了自己情人的父亲。他的叔父把他送到英国，想借英国国王的刀杀死他。哈姆雷特半路上跑了回来，又发现自己的情人因父亲死去，爱人远离而精神失常，误入河中淹死。叔父唆使哈姆雷特情人的哥哥和哈姆雷特决斗，结果两人都中了敌人的诡计。临死前，哈姆雷特奋力刺死了叔父，为父亲报了仇，但最终没能完成重整"颠倒混乱的时代"的大业。

哈姆雷特的悲剧反映了包括莎士比亚在内，整整一代人文主义者的悲剧。哈姆莱特是一个在理想与现实矛盾中挣扎的人文主义者。他在威登堡大学念书时，接受了人文主义思想的熏陶，认为"人是了不起的杰作"，是"宇宙的精华，万物的灵长"，而这个世界也是光彩夺目的美好天地，是"一顶壮丽的帐幕"，是"金黄色的火球点缀着的庄严的屋宇"。然而，他一回国便面对着一个"颠倒混乱"的社会，而且父死母嫁、叔叔篡位的多重打击接踵而来。严酷的现实，将他昔日的梦幻、他的人文主义理想刹那间击得粉碎。他像一夜间遭到严霜袭击的娇花，成了一个精神无所寄托的"忧郁王子"。在理想与现实的巨大反差中，他的行为变得迟疑不决，变成了"延宕的王子"。

哈姆雷特在复仇时行为上的拖延和犹豫，是几百年来人们争论的焦点，也是《哈姆雷特》最富有魅力的地方。在社会意义上，他的犹豫是因为在复仇过程中他已经认识到，自己的行动已不简单是为父报

莎士比亚的父亲约翰·莎士比亚起初在斯特拉福卖手套，兼做羊毛生意。莎士比亚不忘自己的出身和行业的传统，在作品里常常提到手套，例如在《第十二夜》中，小丑费斯特这样给机智下定义："对一个机敏的人来说，一句话好比一副小山羊皮手套，里子那面一下子就可以翻转成正面。"

同时代戏剧作家

16世纪时，戏剧已成为一种习俗，一群年轻文人欲借此出人头地。最初是黎里（John Lyly），其剧本有以神话为题材的娱乐剧，如《月中人恩狄迷翁》（1591）和《加拉西亚》（1592）；也有取材于民俗的喜剧，如《彭比大妈》（1594）。他也写风格矫饰的小说。16世纪末流行于英国的尤弗伊斯体（euphuism）即来源于黎里的一部小说的主人公尤弗斯之名，这是一种专指浮华绮丽的文体。

另一位剧作家皮尔（George Peele）则以两部著作闻名：一是牧歌风味的假面娱乐剧《帕里斯的审判》（1584），另一个是由骑士传说而改编的《老妇之谈》（1595）。

不过伊丽莎白时代的戏剧之所以能达到百家争鸣的态势，主要归功于作家马洛（Christopher Marlowe，左图）和基德，两人均以写戏剧张力极强的悲剧驰名。马洛是一个浑身洋溢着文艺复兴气息的人，其作品主角无论是征服者帖木儿，还是幻想家浮士德，都渴望把知识或人的能力推向无限。莎士比亚发扬了马洛华美夸张的风格，这在《亨利六世》中有明显表现。而基德在其以复仇为主题的《西班牙悲剧》中首创的一种写作方式，也常被模仿：剧中主角海罗尼莫伴装疯狂，为了复仇而安排演出有流血场面的戏剧，然后假戏真做，达到复仇的目的。莎士比亚写《泰特斯·安德洛尼克斯》时，便袭用了这种手法。

除此以外，还有当时莎士比亚的对手罗伯特·格林，他写的剧本混杂神怪和史实，情节在多个层面上展开。而莎士比亚之后极有影响力的剧作家本·琼森似乎在当时较莎士比亚更有影响力，在他的名字后面加上"戏剧家、桂冠诗人、假面具作家、学者"等一串头衔，并不为过。

仇，而是与整个国家与民族的命运联系在一起的。一旦复仇成功，他就有责任担当起振兴国家的重任。而他所面对的社会邪恶势力过于强大，作为新兴资产阶级代表的哈姆莱特，却还没有足够强大的力量胜任"重整乾坤"、改造社会的历史重任。然而在哲学和艺术层面上看，他的犹豫更多的是因为他对于人类生命本体的哲学探讨，涉及了人的生存、死亡与灵魂等形而上的问题。当他忧郁的目光从天上那"覆盖众生的苍穹"落到世间的枯骨荒坟时，他悲哀地认识到，人在本体意义上是多么的丑恶不堪，人的心灵又是多么的阴暗污浊，以至于连自己的心灵都是同样黑暗的；人世间的一切是多么的短暂，命运是多么的强大；人是多么的渺小，死亡是多么的不可避免；世界是怎样的一个"牢狱"和"荒原"；现实和理想的距离又是多么的遥远。在这深刻的精神危机中，"生存还是毁灭"这个经久不绝的痛苦的音符，就在他的灵魂深处奏响了。迷惘、焦虑、惶惶不安的情绪和心态，笼罩在哈姆莱特复仇的过程中，也就有了他行动上的犹豫和延宕，使他成了"思想的巨人"，"行动的矮子"。哈姆雷特在行动中体现出的迷惘与忧虑心态，同时也是欧洲文艺复兴晚期人文主义信仰普遍失落的体现。伴随着剧情的剧烈冲突而展开的人物心理冲突，以及由人物的大段内心独白所体现出的对生与死、爱与恨、理想与现实、社会与人生等方面的哲学探索，作品凸现了巨大的艺术张力，在几百年后还为人们津津乐道。在莎士比亚之前，还没有哪个作家塑造出如此丰富的内心世界。

1616年，莎士比亚因病离开了人世。在整整52年的生涯中，他为世人留下了37个剧本、一卷14行诗和两部叙事长诗。就莎士比亚的戏剧创作而言，把"空前绝后"这个词用在他身上，是丝毫不过分的。为他赢得了至高无上荣誉的剧作就像一个波澜壮阔、激情澎湃的生活海洋和文学海洋，

这个海洋中包括了气势恢宏、激情洋溢的悲剧，戏谑恣肆、妙趣横生的喜剧和场面宏大、波澜壮阔的历史剧，这些作品处处都闪耀着人文主义的理想的光辉，表现了那个时代甚至今天人类的一种理想。从浅层的表达方式、阅读习惯，到深层的心理结构、精神生活，莎士比亚的戏剧已深深溶入了西方人的血液，成为一种深厚的、永久的文化底蕴。正是在这个意义上，西方著名学者哈罗德·布鲁姆宣称："上帝之后，莎士比亚决定了一切。"

第二节　人文主义者的疯子：塞万提斯

当人文主义的火焰已经在欧洲大地熊熊燃烧的时候，斗牛士的故乡西班牙却在国家统一的短暂繁荣之后陷入了再度的衰落。王权和教会的势力顽固地镇压着一切进步的思想，使得西班牙的自由之声在刀剑的铿锵声中，在宗教裁判所的凶焰中被淹没了。在这种荒谬的现实背景下，在西欧各国早已经销声匿迹的流浪汉小说和骑士小说，却像发了疯一样地在这片土地上畸形地繁荣着，所有的角落里都弥漫着荒诞离奇的冒险经历，所有的文学作品里都充斥着千篇一律的传奇色彩。宫廷和教会利用这种文学，鼓吹骑士的荣誉与骄傲，鼓励人们发扬骑士精神，维护封建统治，去建

一塞万提斯，西班牙最伟大的文学天才，亦为世界文坛最受尊敬的人物之一。其著作《堂·吉诃德》融合了文艺复兴时的人文主义与巴洛克时期的觉醒、怀疑与批判的美学。塞万提斯的风格是平衡16世纪感性的修辞与自然的口语而构成的和谐。

立世界霸权，而许多人也沉湎在这种小说中不能自拔。直到塞万提斯的出现，这种不正常的空气才被一扫而光。

像所有喜欢探险、征服的西班牙人一样，塞万提斯（1547～1616）身上也流淌着斗牛士冒险的血液。他一生的经历，就是典型的西班牙人的冒险生涯。他出生于马德里附近一个穷医生的家庭，只读过几年中学。21 岁时，因为卷入萨拉曼卡城皇家院内的一次争斗，他被法院判以砍去右手的刑罚。为了躲避这灾难性的判刑，他逃离自己的家乡前往文艺复兴的圣地意大利。他先是参加了罗马军队，后又为西班牙神圣兵团作战，参加了与土耳其人的多次战役。在 1571 年那场著名的雷邦托海战中，他胸部受伤，左手致残，并因此被后人称为"雷邦托的独臂人"。1575 年，当他带着自己立功的奖章和西班牙国王的弟弟堂胡安写给国王的推荐信回国的时候，却在途中被土耳其海盗掳

→西班牙马德里广场上的塞万提斯雕像（中间幕上坐者），而中间前面的两个雕像为堂·吉诃德与桑丘·潘沙。

到阿尔及尔，在那里度过了五年的苦役生活，直至1580年才被赎回，此时他已经33岁。

以一个英雄的身份回国的塞万提斯，并没有得到国王的重视。他在雷邦托战役中的英雄事迹早已经被人们遗忘，他的美好前景也成了泡影。他面临着的是家庭的债务和失业。他两次结婚都不幸福，为了养家糊口，他当过军需官和纳税员，但是又因为征税得罪了权贵和教会而几次被诬入狱。《堂·吉诃德》就是在塞维利亚监狱期间孕育出的作品。1605年《堂·吉诃德》的上卷出版后，立即风行整个西班牙，一年之内竟再版了七次。据说，西班牙菲利普三世在皇宫阳台上看到一个学生一面看书一面狂笑，就说：“这学生一定在看《堂·吉诃德》，要不然他一定是个疯子。”差人过去一问，果然那学生在读《堂·吉诃德》。1614年，当《堂·吉诃德》下卷才写到59章的时候，社会上出版了一部伪造的续篇，站在教会与贵族的立场上，肆意歪曲、丑

→这是著名的原版小说《奇情异想的绅士堂·吉诃德·台·拉·曼却》（《堂·吉诃德》的原名）的封面。该书于1605年于马德里印刷出版，塞万提斯就是“要让世人厌恶荒诞的骑士小说”，“把骑士文学的万恶地盘完全捣毁”。

化小说主人公的形象，并对塞万提斯进行了恶毒的诽谤与攻击。为了回击，塞万提斯以卓越的才华迅速地完成了无论是在艺术上还是在思想上都更加成熟的下卷，并于1615年推出。

一直挣扎在社会底层的塞万提斯亲身体会了中世纪的封建制度给西班牙带来的痛苦与灾难。他深切地憎恨骑士制度和美化这一制度的骑士文学。他要唤醒人们不再吸食这种麻醉人们的鸦片，从脱离现实的梦幻中解脱出来，因此他在《堂·吉诃德》自序里斩钉截铁地宣称，这部书的创作意图就是“要把骑士文学的万恶地盘完全捣毁”。

《堂·吉诃德》的小说主人公叫拉·曼却，是一个穷乡绅。他阅读当时风靡社会的骑士小说入了迷，自己也想仿效古代骑士去周游天下、打抱不平。他从家传的古物中，找出一副破烂不全的盔甲，自己取名堂·吉诃德，又物色了邻村一个挤奶姑娘，作为自己终生为之效劳的意中人，然后骑上一匹瘦马，离家出走，立志帮助那些被侮辱与被压迫者。然而他第一次出马就出师不利，被打得‘像干尸一样’，横在驴身上被邻居送回。家人看到他被骑士小说害到如此可怜地步，便把满屋子的骑士小说一烧而光。第二次，他说服了一个农民桑丘·

潘沙做他的侍从，答应有朝一日让他做岛上的总督，结果两人在路上又干出许多荒唐可笑的事。第三次出马，桑丘在公爵的一个镇上当了"总督"。堂·吉诃德迫不及待地要实现他的改革社会的理想，结果反倒使主仆二人受尽折磨，险些丧命。邻居看他实在中毒太深，便让自己的孩子假扮白月骑士和堂·吉诃德比武。堂·吉诃德被打败后卧床不起，临终时终于醒悟过来，他嘱咐自己的外甥女，千万不要嫁给读过骑士小说的人，否则就不能继承他的遗产。

陀思妥耶夫斯基在评论塞万提斯的《堂·吉诃德》时这样说："到了地球的尽头问人们：'你们可明白了你们在地球上的生活？你们该怎样总结这一生活呢？'那时，人们便可以默默地把《堂·吉诃德》递过去，说：'这就是我给生活做的总结。你们难道能因为这个而责备我吗？'"

→堂·吉诃德和桑丘·潘沙

这段话十分巧妙地点出了《堂·吉诃德》的巨大价值。从表面上看来，堂·吉诃德是一个荒诞不经的骑士。他脱离实际，终日耽于幻想。在他眼里，到处都是魔法、妖怪、巨人，到处都是他行侠仗义的奇景险境。他善良的动机往往得到相反的效果，有时候不但害了自己，而且还害了别人。他也常被讪笑戏弄，断牙断骨，丢了耳朵，削去指头，他却依然执迷不悟，认为这是骑士难免的失败。如果从这个角度看，他无疑是个荒诞不经的梦想家，是个理想主义的疯子。然而如果换一个角度来看，堂·吉诃德则更是一个理想主义的化身，一个为了维护正义，拯救世人，甘愿牺牲自身生命的无畏勇士。他执着于他那理想化的骑士道，从不怕人们议论与讥笑，更不怕侮辱与打击，虽然四处碰壁，但却百折不悔。他痛恨专制残暴，同情被压迫的劳苦大众，向往自由，把消除人世间的不平作为自己的人生理想。他尊敬妇女，主张个性解放、男女平等、恋爱自由。他心地善良、幽默可亲，学识渊博。这个只身向旧世界挑战的孤单的骑士，虽然屡战屡败，却越战越勇，不禁令人肃然起敬。

在堂·吉诃德表面的喜剧因素之下，隐含着深刻的悲剧意蕴。清醒时是一个学识渊博的智者，糊涂时又是个胡冲乱杀的疯子，这种极端矛盾的现象集中在堂·吉诃德一个人的身上，就构成了他复杂、丰富的性格。这种性格，正是西班牙极端野蛮的君主专制制度社会里产生的可悲现象。在扼杀人的一切美好愿望的强大的封建黑暗势力下，堂·吉诃德对社会正义和人人平等的要求，是不可能得以实现的，他以过时的、虚幻的骑士道来改造现实社会，更是一个时代的误会，完全不足为训。他所追求的思想和他的崇高精神反映了正在兴起的资产阶级的要求，而当这种要求跟他所处的时代形成了格格不入的对立关系的时候，悲剧就不可避免地产生了。他的失败，是一个人文主义者的悲剧。

《堂·吉诃德》的伟大的艺术价值当然不仅限于对骑士文学的批判。更重要的是，它揭露了16世纪末到17世纪初正在走向衰落的西班牙王国的各种矛盾，谴责了贵族阶级的荒淫腐朽，展现了人民的痛苦和斗争，触及了政治、经济、道德、文化和风俗等诸方面的问题。通过可笑、可敬、可悲的堂·吉诃德和既求实胆小又聪明公正的农民桑丘这两个典型人物，塞万提斯将现实主义和浪漫主义有机地结合起来，既有朴实无华的生活真实，也有滑稽夸张的虚构情节，在反映现实的深度、广度上，在塑造人物的典型性上，都迈上了一个新的台阶。

造化之神总是从一个神秘的地方伸出手来，操纵着芸芸众生的命运。《堂·吉诃德》成了全世界最宝贵的财富，然而塞万提斯却从未因此而改善过自己的生活。小说虽然使他享有盛名，但他并没有从中得到任何的实惠，依然贫困如洗。1616年4月23日，他因患水肿病而去世，被葬在三位一体修道院的墓园里，但是没人知道确切的墓址。

流浪汉小说

1554年，西班牙文学史上第一部奇特的小说——《小癞子》问世了，其一反从前骑士小说和田园小说的成规，通过主人公的流浪历史，以写实的手法展示世态人情。《小癞子》的出现给欧洲叙事文学增添了一种样式——流浪汉小说。在它之后，欧洲出现了许多类似的作品，对近代小说产生了深远影响。美国文艺理论家吉列斯比曾说："第一批重要的流浪汉小说的主要特点，是流浪汉自己以城市下层人物的身份直接用第一人称讲话。"

第三章

德意志的狂飙

古老的日耳曼战车，自中世纪以来就以野蛮残忍、嗜杀成性而闻名。在想尽一切办法摧毁对手的同时，它也摧毁着自己的文明。伟大的文艺复兴在英格兰产生了莎士比亚，在法国产生了拉伯雷，在意大利产生了薄伽丘，唯独却在欧洲大陆举足轻重的德意志境内一无所获。这片曾经产生过《尼伯龙根之歌》的土地，在18世纪初四分五裂，战乱频繁，征伐与杀戮、愚昧与荒淫、落后与贪婪像野草一样蔓延在这片土地上。直到18世纪70～80年代，一些血气方刚的青年，高举着崇尚个性、重返自然的旗帜，向着封建堡垒作了"狂飙突进"式的冲击，德意志才重新看到了熹微的晨光。

第一节　魔鬼与太阳：歌德

与同处欧洲的其他国家相比，德意志在18世纪以前的文学成就显得微不足道。由荷马、但丁、莎士比亚、塞万提斯等人组成的欧洲文学的天空已经群星璀璨，唯独在德

意志上方依旧黯淡无光。黑暗的德意志天空需要太阳的出现，来洗刷这一耻辱。

　　历史最终选择了歌德作为大任的承担者。1749年，歌德生于莱茵河畔的名城法兰克福。他的外祖父是这座城市的终生市长、首席官员，他的父亲是法学博士，有着渊博的知识和皇家顾问的头衔，母亲精明活泼而富于幻想。他继承了父亲的智慧和母亲的仁爱精神，并在上流社会与市民生活的熔炉中锻造出魔鬼一般的气质。他注定是一个早熟的天才。

　　1765年，歌德前往莱比锡大学攻读法律，3年后便因病辍学。1770年，他来到德国"狂飙突进"的策源地斯特拉斯堡继续上学。在这里，他的收获不仅仅是法学博士的学位，更有卢梭、斯宾诺莎的民主思想，以及"狂飙突进"的领袖赫尔德的指引。

→这幅名为《歌德的诞生》的寓意画，象征了真正的德国文学的降临。

　　1774年，从事律师职业的歌德因公去维兹拉，在出席一次舞会的途中偶然认识了一个叫夏绿蒂的少女，一见钟情。夏绿蒂是歌德的朋友凯士特南的未婚妻，时年15岁，她的丈夫却比她大二十岁，是个有五个儿女的鳏夫。歌德对夏绿蒂十分倾心，便不顾一切地向她表白了爱情。这使夏绿蒂惊惶失措，她把歌德的表白告诉了未婚夫。痛苦万状的歌德逃回法兰克福，在对生活的厌弃与渴望中苦苦徘徊，甚至一度在床头放一把利剑，尝试着刺进自己的胸膛。几个月以后，他的另一个朋友叶尔查林，因为爱上别人的妻子，受不了社会舆论的指责自杀了。叶尔查林的死，把年轻的歌德从梦中撼醒。他把自己与外界完全隔离起来，闭门谢客反思自己。反思的结果，是他最终决定把自己两年来在爱情生活中所经历和感受的全部痛苦都爆发出来。经过四个礼拜的奋笔疾书，《少年维特之烦恼》横空出世了。

　　《少年维特之烦恼》叙述了少年维特的爱情悲剧。他本是个才思敏捷、热情奔放、热爱自然的人，然而在腐朽、顽固、鄙陋的现实中，他质朴纯真的性格却显得格格不入。当他看到善良、贤淑的绿蒂时，他身上自然纯真的本性被激活了，他把自己全部的热情都投在她身上。

然而绿蒂无法摆脱世俗的困扰，宁愿牺牲爱情而服从世俗。性格软弱的维特陷入绝望，最终以自杀告别了这段在人世间不被允许的爱情。

维特的悲剧不仅是一部个人的恋爱悲剧，而且是整个时代的悲剧；维特的烦恼也不仅是个人的烦恼，而是一代德国年轻人的烦恼。1774年的欧洲大地，正处在黎明前的黑暗之中。在经历了文艺复兴、宗教改革和启蒙运动的暴风雨的洗涤之后，新兴市民阶级已经觉醒，他们强烈要求打破等级界限，建立平等、合理的社会秩序。然而封建势力的疯狂反扑，使得资产阶级屡屡败北。在社会黑暗与理想破灭的双重打击面前，一种悲观失望、愤懑伤感的情绪，普遍地在年轻软弱的资产阶级中间蔓延。在这种时代气氛下产生的《少年维特之烦恼》，不只述说出了年轻的资产阶级的理想与现实之间

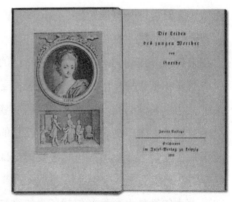

→《少年维特之烦恼》中女主人公原型夏绿蒂·布甫水粉画肖像。

的矛盾，而且在主人公为理想的破灭而悲伤哭泣，愤而自杀的行为中，让一代青年人回味了自己的遭遇，照见了自己的影子。《少年维特之烦恼》是当时方兴未艾的"狂飙突进"运动中最丰硕的果实，从中已可听到法国大革命的狂飙之前的凄厉风声。

《少年维特之烦恼》在阴霾的日耳曼文学天空升起了一轮灿烂的红日，也使得歌德声名远播。1775年，歌德应邀来到魏玛，成了魏玛公国的重臣，曾在一段时间里主持公国的政务，致力于社会改革。

→少年维特之烦恼　1911年版

整整十年间，他忙于行政事务而很少涉及文学创作。然而这毕竟不是一个天才作家的命定归宿。在烦琐的行政事务中，他经常被迫低下他那高贵的头颅，对世俗做出妥协。1786年秋，终于无法再忍受这种生活的歌德不辞而别，改名换姓，独自乘一辆马车逃离魏玛，逃往他向

图说世界文学史

往已久的意大利，直到 1788 年 6 月才返回魏玛。意大利之行使他开始反思自己过去的观点，放弃了"狂飙"式的幻想而追求宁静、和谐的人道主义思想。他辞去重要的政治职务，只负责文化艺术方面的工作，并开始了让他的名字与荷马、但丁、莎士比亚等巨人并列的巨著——《浮士德》的创作。

《浮士德》取材于 16 世纪德国的民间传说。在传说中，浮士德博学多才，曾经将灵魂出卖给魔鬼，从而创造了无数的奇迹。歌德选择了浮士德，但同时又创造了一个全新的浮士德。在这部长达 12111 行的诗剧里，他赋予了浮士德启蒙时代巨人的特征。故事的开端是发生在天庭内、天帝和魔鬼靡菲斯特之间的一场争论：人究竟是善还是恶，人在世界上究竟是进取还是沉沦。天帝认为，进取是人的天性，像浮士德这样的人，是一个永远也不会满足的探索者，"他在探索之中不会迷失正途"；而靡菲斯特的看法与天帝完全相反，他不相信历史的发展与进步，认为人必然堕落，而且他确信自己能够诱惑浮士德走入歧途。于是他们打了赌，靡菲斯特前去找浮士德。全剧没有首尾紧密连贯的故事情节，而是以浮士德在"小宇宙"和"大宇宙"中不断追求和探索贯穿始终。在经历了知识的追求和知识的悲剧、感官的追求和爱情的悲剧、权势的追求和从政的悲剧、美的追求和艺术的悲剧以及事业的追求和事业的悲剧之后，浮士德按照契约倒地而死。但是天地却派"光明圣母"把他的尸体和灵魂一起接到了天堂。

浮士德就像自囚在无休

一法国画家 E．德拉克洛瓦所绘的油画《靡菲斯特再访浮士德》。

止的推石运动里的西西弗斯一样，推着自己信念的石头，向着真理的山顶进发。虽然永远也没有到达的时刻，但是他却从来不曾放弃。他的一生，是不断追求，而又不断失败的一生。他行为的动力来自于他刻骨铭心的矛盾和痛苦——渴望最大限度地实现人生价值而不得。一方面，生命的本能使他常常在名利、地位、权势和美等现实的欲海中沉浮；另一方面，他又不甘于沉沦，一次次地从欲海中挣脱，一次次地超越自己，不断地走向新生命。在这种绝望与期待的循环往复中，浮士德痛苦地挣扎着：

有两种精神居住在我的心胸，

一个要想同另一个分离！

一个沉迷在迷离的爱欲之中，

执拗地固执着这个尘世，

另一个猛烈地要离去凡尘，

向那崇高的心灵的境界飞驰。

这是封建的学究气息与资产阶级知识分子的探索精神在激烈交锋，是潜心治学的心情与追寻新生活的渴望在互相撕扯……夹缝中的浮士德成了一个肉体和精神、享乐和节制、趋恶和向善、感性与理性、必然与自由等矛盾对立的统一体。这是一种为绝望而期待，为期待而绝望的生命悲剧。绝望是最完美的期

→歌德画像及其代表作中的场景、人物，从左上角沿顺时针方向依次为：《亲和力》、《塔索》、《少年维特之烦恼》、《铁手骑士葛兹·封·贝利欣》、《根埃格蒙特》、《迈斯特学习年代》、《浮士德》、《赫尔曼和多罗苔》、《克拉维戈》、《伊菲格尼》。

待，期待是最漫长的绝望。在浮士德悲剧的一生中，歌德对文艺复兴至 19 世纪初 300 年来欧洲新兴资产阶级的精神发展历程作了深刻地回顾与总结。浮士德身上这种灵与肉、善与恶、成与毁、上升与沉沦的矛盾，既体现了歌德的辩证法思想，又揭示了人类自身的复杂性和真实性，同时也反映了人类追求真理的艰巨性。这种混合着多种因素的思想，代表着他那个时代人类认识的最高峰。

浮士德衰老的身躯内燃烧着一个自强不息的火热灵魂，浮士德探索的一生体现着人类永无休止的进取精神。为了追求人生的真义，为了体察那至善至美的，然而却又是弹指一挥般的短暂一瞬，他不惜把自己的灵魂押在魔鬼手中，不惜以自己的鲜血作赌注。在他充满了绝望与期待的一生中，时刻经受着外界的诱惑与考验：与靡菲斯特打赌，使早已习惯于书斋的他重新点燃了探索的火焰；悲剧的恋爱结果使他不再追求感官的享受；从政的悲剧使他逃避现实，古典理想的破灭，使他重新回到现实中寻找实现理想的途径。他追求的脚步一刻也不停止，他探索的心灵永远在黑暗中闪光。他的身影是渴望摆脱愚昧、获取真知而勇往直前的资产阶级知识分子的写照，他的追求是人类对社会、人生发出的终极追问。他以自己的一生，把一个大大的"人"字书写在人类文明的天空。在荷马的史诗、但丁的《神曲》、莎士比亚的剧本构筑的坚实基础上，歌德的《浮士德》构建了近代人类的精神大厦。

《浮士德》的第一部发表后，歌德停顿了20年，然后才继续挥笔，呕心沥血，于他逝世的前一年完成了第二部。然而，此时的歌德并没有发表《浮士德》第一部时的激动和喜悦，而是用绳子把它捆起来，然后盖上自己的印章，将它束之高阁。他对自己的行为解释道："我们的现实生活是如此荒诞，无法理解。我早就相信，为了熬好这锅稀奇古怪的热汤，而付出这样虔诚而长久的劳动，其结果是不好的，无人问津的。"可是令他始料未及的是，"这锅稀奇古怪的热汤"，却成了"近代人的《圣经》"，跟荷马史诗、但丁的《神曲》和莎士比亚的《哈姆雷特》并列为欧洲文学最璀璨的四大星座。

第二节　铁与火：席勒

如果天空中只有太阳，那么太阳会非常孤独；如果天空中只有月亮，月亮也会十分寂寞。太阳和月亮注定要出现在同一片天空下，就像歌德和席勒要共同出现在德国的文学天空下一样。

在歌德出生后10年，席勒也出生在内卡河畔的马尔巴赫。他的父亲是部队的军医，母亲是面包师的女儿。在席勒年仅13岁的时候，就被公爵强迫进入卡尔·欧根军事学校学法律。席勒在这个管束极严、与外界隔绝的"奴隶培养所"度过了8年青春岁月，并在毕业后被派

启蒙运动

启蒙运动

启蒙运动被历史学家用以描述18世纪的思潮与生活层面，其特点在于某些欧洲作家致力于以理性批判，将心灵从偏见、未经检验的权威，以及教会或国家的压制下解放出来；其目的则为动员广大民众参与到铲除封建主义的伟大运动中来。启蒙运动综合了文艺复兴人文主义、新教改革运动以及当时进步的科学力量，其标志为对传统存疑、个人主义与经验主义的趋向以及致力于科学的推论。这运动发展出许多支派宗教、政治、科学、道德，甚至美学，并且在18世纪后期，激发了法国大革命，将欧洲最大的封建专制统治彻底击垮，推进了全欧洲的民主平等运动。

怀疑是通向哲学殿堂的第一步。

——德尼·狄德罗

启蒙运动之滥觞

英国首先在政治、哲学和科学等领域奠定了整个欧洲启蒙运动的基础。牛顿的万有引力定律的发现及瓦特的蒸汽机的发明标志着英国自然科学进入高度发展的阶段，也使人类重新认识了自身价值。而后又出现了洛克的经验主义哲学（他认为思想的来源是通过感觉而铭记于空白心灵的缘故）、霍布斯的反对"君权神授"以及关于"自然状态"等理论强化了新的非宗教信仰。18世纪的英国正处于海外扩张的极盛时期，这一时期的英国文坛主要有三种风格的作品盛行：以笛福为首的表现新兴资产阶级强烈地开拓新世界的欲望的作品；以斯威夫特、菲尔丁为代表的揭露并批判当政的资产阶级所暴露出来的种种罪恶的作品；还有由理查森首开先河、哥尔斯密为代表的"感伤主义"文学通过描写情感的小说达到讽恶劝善的目的。

启蒙运动之中心

这时期的特色在法国是最显然的，因为统治阶级的权势正面临严重的挑战。只有在法国是有组织的运动，哲人所标举的口号是理性、宽容与进步，维持现状是其大敌。启蒙主义思想家认识到，科学的发展、社会的进步都是人理性思维的产物，要改造社会，就要有理性和符合理性的科学知识来武装头脑。狄德罗组织大批启蒙主义思想家以近30年的时间编撰了《百科全书》，就是要传授所有的知识，因为他们认为知识"是通

一在波茨坦的无忧宫，伏尔泰（桌前左三）与普鲁士弗里德里克大帝共同进餐。伏尔泰后来回忆说："世界上任何其他地方都不会像这里可以这样自由交谈。"

图说世界文学史

往幸福之路"。18 世纪的法国文坛出现了哲理小说、书信体小说或对话体小说等新样式，思想家们深入浅出的写作手法令高深的理论变得易于接受。其间有孟德斯鸠的讥讽法国制度及祈求理性、正义与宽容的《波斯人信札》，有伏尔泰的描写英国文学、思想及自由和宽容的《哲学书简》，更有卢梭主张只有符合人民意愿的政府才是唯一合法政府的《社会契约论》。

→德尼·狄德罗是法国哲学家、讽刺作家、小说家、戏剧家和艺术批评家。他与阿朗贝尔（下图）合作主编的《百科全书》引起了巴黎政界和宗教界的反对，但同时令此书的影响波及全球。

启蒙运动之扩展

18 世纪的德国"在政治和社会方面是可耻的，但是在德国文学方面却是伟大的。"在英法的启蒙主义思想以及"狂飙突进运动"的双重影响下，德国伟大作家歌德、席勒等创造了欧洲文学的奇迹。更有甚者，长期落后的俄罗斯也被启蒙运动的春雷撼醒，经过彼得一世的改革和叶卡捷琳娜二世的统治，俄国农奴制进入极盛，文学也迎头赶上，出现了感伤主义文学作家卡拉姆辛、诗人杰尔查文和讽刺文学的代表冯维辛等。

启蒙运动影响最深远的是其革命精神，它打破了人们习以为常的神话，提出自身的新神话，并就人性本身寻求解决之道，认为人类应在其本性所及范围内，掌握自己的命运，使现世的人生更趋完善、更臻最高境界。

一本图绘知名的启蒙主义思想家在乔弗朗夫人（前排右一）著名的文艺沙龙交流思想的情景。一位演员正在作者半身塑像下朗诵伏尔泰的剧本。在场的人中有哲学家卢梭和阿朗贝尔。

> 人是生而自由的，但无往而不在枷锁之中；自以为是其他的一切主人的人，反而比其他人更是奴隶。
> ——节选自卢梭《波斯人信札》

→让—雅克·卢梭生于瑞士，是 18 世纪最伟大的欧洲思想家之一。

往斯图加特某步兵旅当军医。然而，具有诗人的浪漫气质的席勒，坚决无法忍受这样的生活，两年后他便逃到了曼海姆，后来在各地流浪。

他的流浪生涯正处于德国"狂飙突进"时期。席勒自由地呼吸着暴风雨所带来的清新空气，他的灵魂也随着那澄澈天地的风暴一起飞扬。他不由自主地便成了风暴的一分子，以自己满腔的怒火，对着腐朽的专制统治发起了猛烈的冲击。1782年，一部反抗封建暴政、充满狂飙突进精神的悲剧作品《阴谋与爱情》，诞生在这位热血青年的笔下。

一席勒，德国戏剧家、诗人、历史学家、哲学家和美学家，德国文学巨匠之一，与同时代的歌德是德国古典主义的主要代表。

正如这部剧本的名字一样，《阴谋与爱情》写的是一个与爱情有关的阴谋。宰相华尔特是一个在封建朝廷权势斗争中玩弄权术的老手，曾经用阴谋害死他的前任。他的儿子费迪南爱上了提琴手密勒的女儿露易丝，并把当时严格的封建门第观念置之脑后，决心要和她结婚。而这时，公爵出于政治目的考虑要娶一位夫人，为此他必须与他的情妇表面上分手，给她找一个假丈夫，制造一个骗局。宰相为了进一步控制公爵，巩固自己的地位，不惜牺牲儿子的幸福，让费迪南与公爵的情妇结婚。为了使这一阴谋顺利实现，宰相和他的秘书伍尔姆布又设置了一个阴谋，借口密勒对公爵不敬，逮捕了密勒夫妇，以此要挟露易丝写了一封给她不认识的宫廷侍卫长的情书，并且不能说出真相。不明真相的费迪南看到这封假情书后，跑来责问露易丝，但露易丝无法说出实情。悲恸之极的费迪南，竟下毒毒死了露易丝。露易丝临死前才说出真相，这时费迪南后悔莫及，也服毒自尽。

宰相害死前任的阴谋、公爵与情妇的阴谋、宰相控制公爵的阴谋、以假情书拆散一对情侣的阴谋……这些大大小小的阴谋组成了一个曲折悠长的迷宫。在这个由权力话语的掌握者所操纵的迷宫里，可怜的费迪南和露易斯就像被冰冷的铁丝缚住了自由的笼中之鸟一样，纵然费尽了所有的气力展翅高飞，却依然无法摆脱那罪恶的囚笼。他们永远也找不到迷宫的出口，只能徒劳无功地四处碰壁，最终怀着对爱情的渴望累死在寻找的路上。在阴谋与爱情这一组象征邪恶与正义、恶与美的矛盾冲突中，封建贵族的寡廉鲜耻与新兴市民阶级的软弱性格被凸现了出来，作品强大的悲剧力量也因此得到了彰显。

创作《阴谋与爱情》的18世纪80年代初，正是青年席勒的狂飙气质最鲜明的时候。满腔的反封建激情喷薄而出，造就了这部作品对腐朽的封建制度和堕落的封建贵族的强烈批判。宰相身为一国重臣却阴险暴虐、厚颜无耻；伍尔姆布出身平民而堕落变质，与统治者狼狈为奸，图谋私利。最高统治者公爵虽然没直接出现，他丑恶的面目却暴露无遗：他为了给情妇送结婚贺礼，竟然把7千名士兵卖给英国政府，让他们当炮灰，参加美洲的殖民战争，然后用这笔收入为她从意大利购得珠宝。由于这一场戏的揭露过于尖锐，所以每当上演时，总要被官方删去。正是由于腐朽邪恶的封建贵族视人民如草芥、视良心为无物的专横暴虐，才导致了悲剧的发生。这出悲剧，是一个义愤填膺的热血青年对黑暗世道的强烈控诉。因为其中蕴含着的尖锐的反封建气息，这部作品被德国评论家认为"它达到了一个革命的高度，在它以前的市民阶级戏剧还未达到这样一个高度。"

与封建统治阶级联系在一起的，是新兴市民阶层的独立自尊意识和反抗精神。音乐师密勒虽然社会地位卑微，但他耿直、自尊，从不向权贵谄媚，面对统治者的迫害他也敢于当面对抗，甚至对宰相下逐客令。露易斯美丽而纯洁、善良，她与费迪南的爱情完全是出于真挚的感情，而不是利益的驱动。她向往打破森严的等级界限，追求"人就是人"的美好未来，渴望人与人的平等和婚姻的自由。然而，市民

→ 1788年，席勒在为魏玛的奥古斯特公爵表演并朗诵了他的《唐·卡洛斯》的第一章后，公爵认命席勒为其领地的事务顾问，但公爵并没有提供席勒所期望的财务帮助。

93

阶级身上宿命的软弱性，使得他们有自觉性而不完全，有反抗性而不彻底。密勒只求平安无事，保住家庭的安宁，并不想突破现有的社会秩序；露易斯无法忍受权贵的侮辱，但内心里又缺乏积极主动的反叛精神。当黑暗力量向她袭来时，她对光明的未来毫无信心，宁可牺牲自己的爱情，而投入宰相设下的罗网。他们的软弱折射着整个德国市民阶层在政治上不成熟和经济上不强大的历史现状。

费迪南的身份则比较特殊。他虽然出身于统治者阶层，他的思想和行动却显示着他是封建贵族阶层的逆子贰臣。他痛恨贵族门第的幌子下隐藏着的罪恶现实，拒绝继承父亲"造孽的家当"。他敢于蔑视封建贵族的等级偏见，大胆地对抗父权，追求自己的爱情。然而，他的悲剧就在于，长期的养尊处优使他无法领会到一个贫民女子的苦衷和露易丝与他父母之间那种相依为命的情感，因此一旦他看到那封信的时候，他自认为崇高无比的爱情就受到了致命打击，使得嫉妒的毒蛇咬噬着他的灵魂，让他失去理智，向敌人忏悔，毒死情人。他的悲剧说明，在资产阶级新思想的冲击下，封建社会的叛逆者开始从旧的封建壁垒中分化、决裂出来，从而使得封建关系从内部瓦解崩溃。然而一些先天的局限，使得他们还不能完全消除旧阶级的烙印，从而为悲剧的最后发生点燃了导火线。

风暴之后，天地总会重新归于宁静与安详。在结束了激情四射的、"狂飙"式的青年时代后，席勒开始了理性的思考与探索。1787 年 7 月，他来到了当时的开明国度魏玛，并于两年后经歌德推荐任耶拿大学历史教授。两位巨人最终历史性地走到了一起。他们在创作上互相鼓励，互相促进，共同开创了德国文学史上的古典时期。他们也因此而成为德国文学史上最耀眼的双子星座，几百年来照耀着德意志的夜空。

第三节 丰饶奇突的诗才：海涅

歌德和席勒照亮了德意志文学的天空，然而落后腐朽的封建体制，却依然使落后的德意志处在黑暗之中。1795 年，席卷欧洲的拿破仑军队曾开进莱茵河流域，用改革的利刃刺进了德国顽固而衰朽的封建制度。尽管德法之间有着宿命的仇恨，尽管这位不可一世的天才军事家受到了封建势力的极端仇视，但打破了德国封建壁垒的拿破仑，却无

席勒主要作品

● 戏剧
《强盗》、《斐爱斯柯在热那亚的谋叛》、《露易斯·密勒》（后改为《阴谋与爱情》）、《唐·卡洛斯》。
● 诗歌
《激情的自由思想》（后改为《卡冬》）、《听天由命》、《欢乐颂》、《国外来的姑娘》、《地球的分裂》、《被束缚的珀伽索斯》、《理想》、《理想与人生》、《散步》、《信仰的言词》、《铃之歌》
● 历史剧
《玛丽亚·斯图亚特》、《奥尔良的姑娘》、《墨西拿的新娘》、《威廉·退尔》

图说世界文学史

疑是德国革命原理的传播者和旧的封建社会的摧残人。尽管后来拿破仑失败了，但他留下的革命精神却长留在这片土地上。就在他的铁骑开进德国后两年，继歌德之后最伟大的德国诗人海涅，就出生在莱茵河畔杜塞尔多夫一个破落的犹太商人家庭。

童年和少年时期经历的拿破仑战争，使海涅年轻的灵魂很早就接受了法国资产阶级革命思想的洗礼，这决定了他今后一生的思想与创作的方向。1819 至 1823 年，海涅先后在波恩大学和柏林大学学习法律和哲学，在此期间开始了文学创作，以诗歌的武器为自由和进步奋斗。"我跟一些人一样，／在德国感到同样的痛苦，／说出那些最坏的苦痛，也就说出我的痛苦。"（《每逢我在清晨》）这滚烫的诗句，凝结着封建专制下一个热爱自由的个体所受到的压抑以及找不到出路的苦恼。他的早期诗作《青春的苦恼》、《抒情插曲》、《还乡集》、《北海集》等组诗，大都以个人遭遇和爱情苦恼为主题，于 1827 年收集出版时，题名为《诗歌集》。它们表现了鲜明的浪漫主义风格，感情淳朴真挚，民歌色彩浓郁，受到广大读者欢迎，其中不少诗歌被作曲家谱上乐曲，在德国广为流传，是德国抒情诗中的上乘之作。

1825 年大学毕业后，海涅接受了基督教洗礼并获得法学博士学位。之后因为身体疾病的缘故，他前往黑尔戈兰岛养病。1830 年 7 月，巴黎燃起了七月革命的战火。正在养病的海涅受到了极大的鼓舞。他又重新拿起所向披靡的武器，准备"头戴花冠去做殊死的斗争"。怀着对法国革命的无比向往，他离开故国流亡到巴黎，开始了新的生活。在巴黎他认识了巴尔扎克、雨果、大仲马、肖邦等艺术大师，并在 1843 年结识了无产阶级革命领袖马克思。

1843 年 10 月，海涅回汉堡看望母亲。

这是这位浪子在流亡法国 13 年之后第一次返回祖国。让他日夜眷恋的祖国依然处于昏睡和停滞之中，到处弥漫着中世纪、天主教和封建制度的霉烂气息。在英国和法国早已经将这种落后制度扔进历史的垃圾箱的 19 世纪，德国却依然在这种制度的束缚之中举步维艰。而德国的反动政府依然在苟延残喘，企图利用假象、伪善和诡辩来掩饰自己的罪行，把这种腐烂透顶的制度延续下去。这种逆历史潮流而动的荒谬行为，注定只能像童话故事中的一个幽灵的梦幻，注定要破灭。目睹了祖国现状的海涅，在同年 12 月回到巴黎后，就热情洋溢地把这一切反映在了他的作品中。这就是《德国——一个冬天的童话》。

一这是埃尔德为海涅著名诗歌《罗雷莱》中的主人公罗雷莱创作的塑像，她被称为莱茵河少女，经常坐在莱茵河两侧的高山上引吭高歌，过往行人因其歌声与美貌的吸引常忘我而导致船毁人亡的恶果。曾有许多诗人写过关于她的诗作，惟有海涅的诗最为别致。

在这首杰出的长诗中，诗人以自己的行踪为线索，把德国的丑恶现实都剖现在阳光之下。当诗人一踏上故土，听到弹竖琴的姑娘在弹唱古老的"断念歌"和"催眠曲"时，他立刻感到，这些陈词滥调与祖国的壮美山河，与日新月异的时代，与自己的思想感情都格格不入。于是，诗人立即唱出一支新的歌，来启发人们在德意志的大地上建立"天上王国"的理想：人人都过着幸福的生活，"大地上有足够的面包、玫瑰、常春藤、美和欢乐"。

当然，现实的德国根本不是"天上王国"，当姑娘正在弹唱时，诗人受到普鲁士税收人员的检查。这种检查并不是检查什么走私品，而是在竭力封锁外来的进步思想。这种既恶毒又愚蠢的行为，使诗人看在眼里，恨在心里。诗人尽情地嘲弄那些翻腾箱子的蠢人：

可怜虫们！你们竟在行李中搜查？！

在那儿什么也找不到！

我从旅途上带来的违禁品，

只在我头脑里藏着。

寥寥数语，既刻画出了那些"可怜虫"的愚蠢，又展现了落后的封建制度对进步思想的恐惧。而作者对德国封建制度的批判也由此引出。诗人来到亚琛的时候，看到了驿站招牌上的一只象征普鲁士统治的鹰。这只鹰张牙舞爪、恶狠狠地俯视着诗人。瞬间，诗人的内心充满了对它的仇恨，随即愤怒地咒骂和嘲弄这只"丑恶的凶鸟"说：

你这丑恶的鸟，什么时候

你若落在我手里，

我就撕去你的毛羽，

用利斧斩断你的脚爪。

然后把你放在竿上，

高高向空中撑起，

再召集莱茵州的枪手，

来一次痛快的射击。

在愤怒中，诗人许下诺言：谁要是把这只凶鸟的尸首射下来，我就把王冠和权杖授给这个勇敢的人，并向他欢呼："万岁，国王！"这种充满了革命激情的火热语言，对封建专制的嘲讽是何等的大胆而露骨啊！

不在沉默中爆发，就在沉默中死亡！面

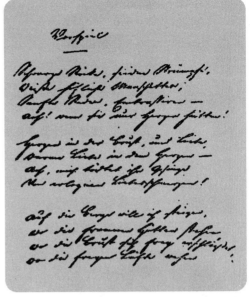

→海涅的经典作品《哈次山之旅》的序言手稿。

对丑恶的现实，海涅隐隐地预感到了"山雨欲来风满楼"的大革命征兆。在长诗的第 26 首《德国将来的气息》中，海涅描写了他遇见汉堡女神的情景。在女神的指引下，诗人从女神祖传的椅子下看到了德国的将来，嗅到了三十六个粪坑——德意志三十六个联邦发出来的令人窒息的臭气。诗人指出，治疗德国的"沉重病病"，"不能用玫瑰油和麝香"，只有轰轰烈烈的社会大革命才能涤荡这三十六个粪坑的恶臭，才能还世界一个朝气蓬勃的德意志。

晚年的海涅由于备受瘫痪的病魔困扰，一直在病榻上度过。欧洲革命的低潮，加上他肉体上的痛苦，使他在精神上也趋于消沉，最终于 1856 年在巴黎与世长辞。然而晚年的矛盾心理，并不能抵消他激情四射的辉煌过去。作为一个革命性的诗人，海涅以他讽刺与幽默的风格，完成了对德意志的批判，也奠定了自己在德国文学史上的地位。他的讽刺与幽默，是对德国民间歌诗传统的出色继承。无论是叙事谣曲的运用，反浪漫立场的确立，还是讽刺与幽默的自由运用，都体现出海涅对这一伟大而自由的诗歌传统的伟大理解与伟大创新。难怪天才的哲人尼采可以重估一切价值，唯独却对海涅诗歌与诗学理想推崇备至。

第四章

不朽的法兰西

缪斯女神似乎格外地垂青法兰西这片土地。在 19 世纪，当法兰西的资产阶级们拿起武器，在惊天动地的呐喊声中冲向封建社会的堡垒时，法兰西的时代歌手也接二连三地诞生了。从开拓者司汤达，到现实主义的巴尔扎克，再到浪漫主义的雨果，法兰西丰收的景象令人嫉妒。他们因法兰西而成就，法兰西也因他们而不朽。

第一节　"为 20 世纪而写作"的大师：司汤达

巴黎七月革命的前夜，1828 年，一位贫困的法国作家陷入了对社会、人生的深深绝望之中。他前后立下了 6 份遗嘱，打算以自杀作为对这个世界的抗议和对自己的最后解脱。然而命运之神却让他活了下来。两年后，一部震撼世界的名著就诞生在这位自杀未遂者手中，为这位作家赢得了"现代小说之父"的巨大声誉。这部作品便是《红与黑》，这位作家名叫司汤达。

—司汤达

图说世界文学史

司汤达（1783～1842）出生于法国格勒诺布勒城的一个资产阶级家庭。他的本名叫亨利·贝尔。他早年丧母，父亲是一个有钱的律师，信仰宗教，思想保守，脾气暴躁，一心只想赚钱。这样的家庭氛围使思想活跃的司汤达感到分外的束缚和压抑，因此从小就憎恶他父亲。在当时轰轰烈烈的革命氛围感染下，司汤达和当时所有的中下层阶级的年轻人一样热血沸腾。他曾经为处死暴君路易十六而大声欢呼，为雅各宾派激进的言论鼓掌叫好。而且他并不甘于只做一个革命的旁观者，而是要以自己的行动做一个革命的诠释者。十七岁时，他便离开学校投笔从戎，三次跟随拿破仑铁骑的鹰徽南征北战，横扫欧洲各国的封建王朝。在意大利，他英勇战斗，大显身手；在普鲁士战场，他出色地完成征粮任务，博得拿破仑的赞赏；远征莫斯科时，虽然法军遭到了灾难性的失败，但司汤达却在军粮供应方面立了奇功。滑铁卢一役的彻底失败，使被打倒的贵族卷土重来，把法国又拉回到大革命前的黑暗年月。曾经拥护和支持拿破仑的人，这时遭到了通缉和镇压，从此司汤达流亡米兰，正式开始了文字生涯。

尽管拿破仑失败了，但他的革命精神却一直留在司汤达心里。司汤达从 1816 年便着手写《拿破仑传》，还敢于把自己写的《意大利绘画史》献给被囚禁在圣赫勒拿岛上的拿破仑。1821 年，意大利烧炭党人的起义遭到镇压，司汤达被当局视为危险分子，被迫离开米兰回巴黎。在这个万马齐喑的年代，他一边写作，一边关注着支持各国的革命活动。他深信，贵族的统治不会长久，复辟只是贵族阶级暂时的回光返照。凭着这种直觉和信念，他思索着，他酝酿着。终于，素材来了。

1828 年 10 月，司汤达在《司法公报》上读到一起谋杀案的报道：格勒诺布尔神学院的青年学生昂图瓦纳在一个贵族家当家庭教师，诱奸了这家人的女儿。丑事被揭发后他遭到了神学院的开除。绝望之中，他枪杀了这家主妇然后举枪自杀。不久，司汤达又在《罗马漫步》上读到另一则消息：一个叫拉法格的巴黎木匠，杀死了企图用金钱勾引他的妻子的资产者。

→ 1830 年的七月革命是一场资产阶级反对封建复辟势力的革命，虽然被金融资产阶级掠夺了胜利果实，但这"光荣的三天"却加快了封建势力步入坟墓的进程，也鼓舞了文坛有志之士更大的创作热情。同月，《红与黑》付梓，它反映了作者对复辟王朝的憎恶、对拿破仑时代的追念以及对自由平等的追求。

　　这两个案件使长期酝酿的司汤达灵感忽至。他敏锐地捕捉到了这两起案件中隐藏着的亮点:伟大情感和行动能力在上流社会那里已经丢失,却依然完好无损地保留在下等阶级中。在短短几个月里,他就完成了这部19世纪欧洲批判现实主义的奠基作品。

　　《红与黑》围绕主人公于连个人奋斗的经历与最终失败,尤其是他的两次爱情的描写,广泛地展现了"19世纪初30年间压在法国人民头上的历届政府所带来的社会风气",强烈地抨击了复辟王朝时期贵族的反动,教会的黑暗和资产阶级新贵的卑鄙庸俗,利欲熏心。主人公于连·索雷尔是一个木匠的儿子。他聪颖好学,从小受到启蒙思想的影响,渴望像拿破仑那样去奋斗,改变自己的地位。一个偶然的机会,他被市长德·雷纳请去当孩子们的家庭教师。由于和市长夫人产生了暧昧关系,他被迫离开小城,进了贝尚松神学院学习。在恩师的推荐下,他做了侯爵的秘书。凭借着出色的才干和谨慎的作风,他赢得了侯爵的赏识,并获得了侯爵女儿的好感,两

→这是一幅名为《思考者的俱乐部》的讽刺画,成因源于卡尔斯巴特会议,在这次会议上讨论了一些镇压政策;对媒体要作有预防性的指责;对大学进行监视;设立调查委员会以防范有颠覆性的阴谋等。此图中成员们正在思考一个非常重要的问题:到什么时候思想才能自由?

人发生了关系，并使侯爵女儿怀孕。老于世故的侯爵立即将于连封为贵族，并安排他尽早结婚。正当于连沉浸在对未来的憧憬之中时，市长夫人的一封揭发信毁掉了他的辉煌前程。在痛恨之下，他在星期天赶到教堂，向德·雷纳夫人连开两枪。事后他才知道，这封信是德·雷纳夫人在他的忏悔神父的强迫下写的。悔恨不已的于连在狱中不断申诉，而且拒绝接待探监的小姐，而只愿意和夫人相处。他最终被送上了断头台，夫人也在三天后死去。

在于连短暂的一生中，充满着善与恶、正与邪、美与丑等多方面的激烈冲突与矛盾统一。他有时像匹暴躁不安的烈马，毫无畏惧地朝着自己的目标奔驰；有时候却又像是一个自暴自弃的懦夫，对自己妄自菲薄。当他在为自己成功地进入上流社会阶层而沾沾自喜时，在灵魂的深处，一种原始的纯真却谴责自己为了野心而丧失了良心。种种迹象表明，他一度曾想要改变本性，向上流社会作彻底的屈服与妥协，然而内心深处的理智却使他浪子回头。在监狱中，他真诚地反省了自己，为自己的过去忏悔，表明他认清了社会的本质，重返内心的自我完善。而他最后的选择是死而不是生，更显示出他与自己追求半生的上流社会生活决裂的勇气和决心。总之，

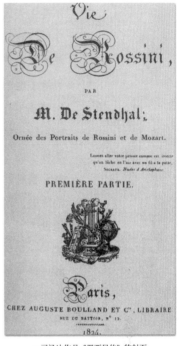

→司汤达作品《罗西尼传》的封面。

他是一个自尊、自爱、勇敢、真诚，而又自卑、怯懦、虚伪的矛盾的统一体。他一生都在追求，但他却不是命运的宠儿，每一次胜利在望的时候都受到沉重的打击。他身上体现着法国复辟时期小资产阶级知识分子个人奋斗的典型。然而他既不同于那些甘愿出卖灵魂、与上流社会同流合污者，也不同于那些碌碌无为、只求温饱者。他属于那种在资产阶级革命思想的熏陶下，有远大理想和抱负，不满于现状，要求民主平等，富于反抗精神的青年。于连的两次爱情都在成功的边缘功亏一篑，是因为在复辟时期，封建势力对市民阶层进行了猖狂地反扑。于连不是统治阶级圈子里的人，那个阶级绝不会容忍于连那样的人实现其宏愿。他的悲剧揭示了资产阶级革命的深刻影响、资产阶级咄咄逼人的上升势头、平民阶层的激烈反抗和贵族教会的腐败统治等时代的综合因素。于连可以说是以爱情为武器，向上层社会进攻的拿破仑。

他射向德·雷纳夫人的两颗子弹就是射向整个上层社会的，他在法庭上的演说，更是向上层社会挑战的檄文。

在1830年七月革命的前夕产生的这部作品，表现了司汤达惊人的历史预感和敏锐的社会洞察力。曾亲身经历了三次革命，并目睹了多次政权更迭的司汤达注意到，现代工业的诞生与发展，将会给社会变革注入强大的动力。在那个风云变幻、暗流涌动的动荡时代，旧的秩序已被打乱，新的秩序尚未建立，法国社会期待着一场风暴来改变丑恶的现实。社会在逼迫于连这些个人为了生存、为了幸福而斗争的同时，也给了他们成功的机会。果然，就在《红与黑》付梓的1830年7月，巴黎数十万下层人民走上街头，用浴血奋战来追求于连要用不太光彩的手段达到的目的。《红与黑》敢于大胆地描写一个品质卑下、做事不择手段，然而才能突出的主人公，展示一种阴暗与血腥，然而充满奋斗精神的美，这对统治了人们几百年的传统审美情趣是一种颠覆性的突破。司汤达的伟大之处就在于，它不仅仅是把这种丑陋的美展示给世人看，而且还从深层次上揭示了这种丑陋的社会根源。在于连追求——幻灭——再追求——再幻灭的人生悲剧中，一种严密的内在逻辑性把贵族、富人、教士的腐朽堕落，与受过教育、富有才干的下层青年对立起来，把上流社会的虚荣、谎言、保守、自私，与资产阶级青年摧毁性的自信对立起来。于连的卑下、虚伪，为的是对抗整个社会的卑下、虚伪，使自己免遭伤害。总之，于连的"恶"是整个社会的"恶"的产物，于连的悲剧，是当时整个资产阶级的悲剧。

司汤达从观念学的先驱那里，演绎发展出一种精益求精的艺术加工技艺来。它要求排除满纸激情，然而又不切实际的空想和幻想，在对现实的真实描摹中反观人类自身，用细节、事实来获得一种呼之欲出的质地感。这种现实主义的追求，形成了《红与黑》冷静客观地描写人物以及如抽丝剥茧般引出内心独白的写作方法。现实主义作家都强调细节的真实，但与巴尔扎克不一样的是，司汤达并不致力于人物生活的客观环境的描绘，而是尽可能地把人物的内心活动刻画得细致而逼真。他经常对人物的内心活动进行洋洋洒洒、不惜笔墨的描写，对爱情心理的描写更是丝丝入扣，动人心弦，而对人物行动、周围环境则是惜墨如金，常常只用三言两语就交代过去。这种方法给20世纪的作家提供了借鉴。我们从意识流作家乔伊斯、普鲁斯特和60年

图说世界文学史

代法国新小说派作家那里都可见到他的影响。正是因为他在《红与黑》中表现出的卓越的心理描写天才，他被后代的评论家称为"现代小说之父"。

第二节　民族的秘史：巴尔扎克

1799 年的 5 月 20 日，在文艺复兴巨人拉伯雷的故乡木尔城，上帝为"美丽的法兰西"带来了一个忠实的书记官，他的一生注定就是为法兰西的历史准备的。他以如椽的巨笔，精确地描摹出 19 世纪上半叶的法兰西五彩斑斓的社会画卷。这就是巴尔扎克和他的《人间喜剧》。

巴尔扎克（1799 ~ 1850）的父亲原是个进城的农民，后来在大革命时代靠着巧妙钻营大发横财，成了暴发户。他母亲的生活信条是"财产于今就是一切"。巴尔扎克从小就被父母所厌弃，2 岁时被送到一个警察家里寄养，8 岁时又被送到当地的一所教会学校寄读。学校的环境肮脏闭塞，教师冷漠残酷，学习单调乏味，制度严格古板，天性活泼好动的巴尔扎克只有靠看书来打发时光，学习成绩总是处于下游。父母和老师对他都不抱任何希望，觉得他将来不会有什么出息。整个童年时代，巴尔扎克都是在这样一种缺少关爱的冰冷世界中度过。这种心理的永恒创伤，为他在后来的作品中大量地揭露资本主义社会的人情冷漠奠定了基调。

1816 年，巴尔扎克根据父母的旨意进入巴黎大学法律系读书，课余时间在律师事务所当文书。巴尔扎克后来把这些事务所称为"巴黎最可怕的魔窟"。通过这个魔窟的窗口，他初次看到了千奇百怪的巴黎社会，丰富了生活的经验。大学毕业后，他坚决地放弃了当时人人羡慕的律师职业，宣布要当作家。他和父母达成协议：给他两年时间从事文学创作，如果他成功了，就让他当作家；如果不成功，就重操法律的旧业。两年中，他写了很多浪漫主义作品，但都没引起多大反响。

一巴尔扎克，法国作家，公认是最伟大的小说家之一。其毕生最重要的作品《人间喜剧》在小说史中占有突出的地位。巴尔扎克以其无尽精力，和拿破仑般的复杂性格，独辟蹊径，与同期之文学巨匠雨果、大仲马等天才型人物并驾齐驱。

然而巴尔扎克不甘心就此放弃当作家的理想，父母也因此断绝了他的经济来源。为了生存，他曾经做过出版商，出版莫里哀和拉封丹的作品，也办过印刷厂，但结局都是债台高筑。几年经商下来，他欠下了高达6万法郎的债务。饱尝了失败的痛苦后，他决定重返文学的家园。他在自己书房的壁炉上放了一尊拿破仑像，并在雕像的剑柄上面刻着自己的一句话："这把长剑所没有完成的事，我要用笔来完成。"

一下图是巴尔扎克笔下的著名人物形象——高老头，一个在物欲横流的资本主义社会中被金钱毁灭了的父爱的典型形象。

从1829年起，巴尔扎克雄心勃勃地开始实施一个宏伟的创作计划：写137部小说，分风俗研究、哲理研究、分析研究三大部分，全面反映19世纪法国社会生活，为后人提供一部法国的社会风俗史。他给这一个伟大的计划起名叫《人间喜剧》。为了完成他的旷世巨著，也为了还清他一屁股的债务，他辛勤地劳作着，平常每天都要创作10多个小时，而在1834年11月间，每天甚至要干20小时。一部作品完成了，立即开始写第二部，而且常常好几部同时进行。而且一旦他创作起来，又是那么的专心专意，心无旁骛，甚至连去他的情妇那里的时候，都能够保持他那僧侣式的生活规律。长期的辛劳严重损害了巴尔扎克的健康，刚过50岁，他就重病缠身了。1850年8月18日晚上11点半，巴尔扎克永远闭上了他那双洞察一切的眼睛，结束了他辛勤劳累的一生。到他逝世时，《人间喜剧》已完成了91部小说。这些小说中最有名的就是《欧也妮·葛朗台》和《高老头》。

《欧也妮·葛朗台》是巴尔扎克"最出色的画幅之一"。小说描写了外省一个贪婪、吝啬的暴发户如何毁掉自己女儿一生的幸福。老葛朗台原来是个箍桶匠，在大革命期间，他靠着浑水摸鱼、投机钻营发了大财。他不择手段地攫取金钱，成了百万富翁。他虽然有钱，却从不舍得花，家里过着穷酸的日子，甚至连自家的楼梯坏了也不修一修。他把自己的女儿当作鱼饵，诱惑那些向女儿求婚的人，自己好从中渔利。他的女儿欧也妮像只洁白的羔羊一样纯洁，她爱上了自己的堂兄弟查理，老葛朗台却将查理从家里赶走，还把欧也妮关在阁楼上惩罚她，每天只让她喝冷水，吃劣质面包，冬天也不生火。后来，老头在黄金崇拜的狂欲中死去。给女儿留下 1800 万法郎的遗产，可女儿已失去了青春、爱情和幸福。

通过葛朗台这一形象，巴尔扎克把资产阶级罪恶、血腥的发迹史展现在人们面前，也把由金钱崇拜带来的社会丑恶与人性沦丧展现在人们面前。葛朗台在大革命期间暴发后，利用商业投机和高利贷盘剥、公债投资、囤积居奇等罪恶手段大量地聚敛财物。这个典型的资产阶级暴发户的发迹史，每一个脚印都刻着肮脏两个字。他的历史说明，当时的资产阶级"新贵"是依靠侵夺大革命的胜利果实和剥夺人民的财富而发家致富的。在金钱的驱动下，他表现得贪婪、狡狯、阴狠而又极其吝啬。甚至对自己最亲的家人，他也没有任何感情可言，一切都以金钱为衡量标准。这位生前在家庭和社会生活中奴役别人的人，在精神上却受着金钱和致富欲的奴役。巴尔扎克指出了发财的欲望怎样使葛朗台心灵空虚，禽兽的本能又怎样在他身上蔓延并把他身上人类的感情摧残殆尽。对金钱的贪婪吝啬使他成了吝啬鬼中的吝啬鬼，他的发迹正是资产阶级暴发户的血腥罪恶史。

拉封丹

拉封丹（1621～1695），法国 17 世纪寓言诗人。以其《寓言诗》（1668）闻名于世。《寓言诗》约有 240 篇，其中扮演着不同角色的普通农民、希腊神话中的英雄以及故事中常出现的动物皆具有超越时代的普遍意义。《寓言诗》内容之丰富，讽刺之尖锐，达到了惊人的地步，是当时社会各阶层的镜子，反映了时代的思想和政治问题。在法国，《寓言诗》家喻户晓、雅俗共赏，获得 20 世纪著名作家纪德、瓦莱里和季洛杜等的高度评价。

→这是《欧也妮·葛朗台》的情景绘画，表现了老葛朗台用女儿来做诱饵，诱惑那些求婚者，以便从中渔利。

如果说《欧也妮·葛朗台》是以简洁的构思蕴含动人心弦的力量见长的话，那么，在另一部巨作《高老头》里面，巴尔扎克则通过纷繁的头绪表现社会各阶层的现状而更显现实主义的功力。《高老头》的故事发生在1819年末至1820年初的巴黎。在偏僻的伏盖公寓，聚集着各色各样的人物。年轻的大学生拉斯蒂涅从外省来巴黎求学，客居伏盖公寓，和退休商人高里奥老头为邻。高老头是个靠饥荒牟取暴利发家的面粉商。他有两个女儿，一个嫁给了雷斯托伯爵，一个成了银行家纽沁根的太太。高老头对两个女儿宠爱有加，并给她们巨额陪嫁，然而两个女儿却将父亲视为摇钱树，像吸血鬼似的榨取父亲的钱财。当高老头被榨得一贫如洗，卧病在床时，两个女儿却置之不理。拉斯蒂涅守在高老头身边，将他埋葬。

高老头是在物欲横流的资本主义社会中被金钱毁灭了的父爱的典型形象。通过高老头的悲剧，作者批判了建筑在金钱基础上的"父爱"和"亲情"，对物欲横流、道德沦丧的社会给予了有力地抨击。在这个时代里，金钱是衡量一切的标记，而亲情则成了过时的宗法制残留。高老头就在这两者之间轮流出演角色。在社会上，他是个顺应时代、追逐金钱的资产者，在家庭内，他却是个落伍于时代的父亲。他对亡妻依然心存眷恋，他对女儿的溺爱更是达到了病态的、疯狂的地步。然而，他虽然把亲情摆到高于金钱的地位上，但是这种亲情却是以大量的金钱为媒介的。这个父性的基督，最终就像野狗一样，惨死在公寓里，正是因为他的金钱绝了，由金钱铺垫的亲情也随之而绝。高老头的惨死，正是资本主义社会金钱关系毁灭人性、败坏良心、破坏家庭的明证，他的悲剧，是封建宗法观念被资产阶级金钱至上的道德原则战胜的悲剧。

《高老头》的另一条线索是青年野心家拉斯蒂涅的堕落史。拉斯蒂涅出生于外省破落的贵族家庭，原本是个涉世未深、未被污染的好青年。他原打算来巴黎求学，可是刚到巴黎就掉进了社会的大染缸，产生了找女人做靠山向上爬的邪念。在他向上爬、找女人过程中，遇到两个老师。第一个老师是他的远房表姐，上流社会的社交皇后鲍赛昂子爵夫人。她以温文尔雅的贵族语言教导他用不见血的合法手段"利己拜金"。第二个老师是苦役犯伏特冷，他用赤裸裸的强盗语言教导他用血淋淋的非法手段"利己拜金"。在这两个老师的教唆下，在上流社会挥金如土、灯红酒绿的糜烂生活的刺激下，他发现，不管是"高贵的门第"还是"胆略与智谋"，不管是"真挚的爱情"还是"崇高的父爱"都斗不过金钱。他的良心开始萎缩，野心开始膨胀，堕落开始加剧。他埋葬了高老头的同时，也随之埋葬了他作为年轻人的最后一滴眼泪，从此他良心泯灭，欲火炎炎地投向利己拜金的赌场，由贵族青年蜕变为资产阶级野心家。《高老头》中主要描写了他野心家性格形成的过程，在《人间喜剧》以后的一系列作品中，他更加的一发不可收拾，靠出卖道德和良心、靠下作

→本图描绘当时贵族举办沙龙的情形。

的手段和卑劣的行径，竟当上了副国务秘书和贵族院议员。由贵族到资产阶级是他阶级属性的改变，由纯朴的外省青年变成寡廉鲜耻的野心家则是他道德品质的堕落。拉斯蒂涅的蜕变表现出贵族子弟经不起金钱的引诱，投入资产者怀抱的时代变迁。这正是贵族衰亡的一个表现和途径。

　　《高老头》是巴尔扎克的典范之作，《人间喜剧》的基本主题在此得到体现，其艺术风格最能代表巴尔扎克的特点。它就像《人间喜剧》的一个枢纽，开启着通往历史长廊的大门。在这篇小说中，作者第一次使用他创造的"人物再现法"，让一个人物在许多部作品中连续不断地出现。这样的艺术手法不仅使我们得以从宏观上看到人物性格形成的不同阶段，而且也使一系列作品构成一个血肉相连、骨架完备的整体，成为《人间喜剧》的有机部分。这扇大门一打开，一些主要人物如拉斯蒂涅、鲍赛昂子爵夫人、伏特冷纷纷登场亮相，《人间喜剧》由此拉开了序幕。

　　《人间喜剧》是一部人被金钱异化的"人"的悲剧史。葛朗台一生只认金钱不认人，他把爱奉献给了金钱，把冷漠无情留给了自己，成了家中的绝对权威，也成了索莫城经济上的主人；高老头的女儿榨

巴尔扎克主要作品
●小说
《人间喜剧》
《幻灭》
《塞萨尔·毕洛多兴衰记》
《最后的保皇堂》(后改名《保皇党人》)
《生活景象》
《荣耀与灾祸》
《驴皮记》
《欧也妮·葛朗台》
《高老头》
《蓓特表妹》
●诗歌
《幽谷百合》
《克伦威尔》

干了父亲的血汗后，踩着父亲的尸体登上了巴黎社会的高层；吕西安出卖灵魂而平步青云，大卫为了坚守良知而锒铛入狱，身败名裂……诸如此类的迹象表明，在资本的力量面前，人性遭到了前所未有的异化，伦理和道德的约束被人们忘得一干二净，名利成了人们的行为准则。谁能将灵魂交出来，把金钱的上帝请进自己的身躯，谁就能成为英雄。在艺术性的夸张中，巴尔扎克把握了资本时代人性异化的本质特征，并隐喻着人类发展中的悖论模式：人类在征服自然的艰苦斗争中创造物质文明，物质文明反过来又吞噬人类，使人类成为物的奴隶；在金钱的召唤下产生的物欲，驱动着人们疯狂地积累财富，而欲望之火又反过来将人类吞没；历史的进步是在创造财富的动力下取得的，而创造财富的过程则是人性失落的过程。在对人的生存与发展的现状与历史作了深入的思考后，巴尔扎克深刻地展示了人类文明的发展过程中所要付出的异化的惨痛代价。

第三节　永远的人道主义者：雨果

1885年5月22日，一位经历过波旁王朝复辟、七月政变、雾月政变、欧洲大革命以及巴黎公社革命的法国作家，因为患肺充血而去世，在昏迷状态中还念叨着："人生就是白昼与黑夜的斗争。"6月1日，法兰西共和国政府为他举行了国葬，有两百万人参加了这次葬礼。这是法兰西有史以来最为隆重的一次葬礼。这个最高级别的葬礼献给一

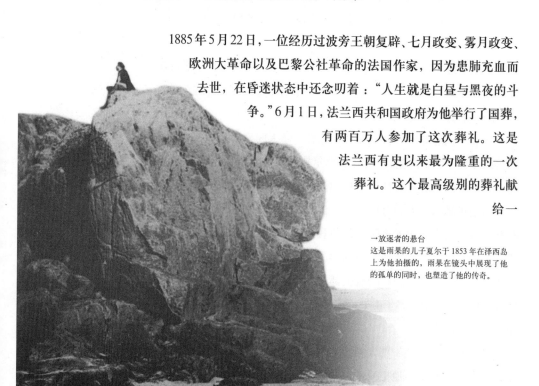

→放逐者的悬台
这是雨果的儿子夏尔于1853年在泽西岛上为他拍摄的，雨果在镜头中展现了他的孤单的同时，也塑造了他的传奇。

位人道主义者，一位民主战士，一位伟大的作家：他就是维克多·雨果。

雨果于 1802 年出生在法国东部的贝尚松。他的父亲曾随拿破仑的大军转战南北，获得将军头衔，母亲则是波旁王朝的忠实拥护者。由于父亲常年征战沙场，无暇顾及家庭，因此年幼的雨果在母亲的影响下，也成了保皇主义的忠实信徒。他从小崇拜法国早期浪漫主义作家夏多布里昂，立誓"要么成为夏布多里昂，要么一事无成"。

→雨果

20 年代法国自由主义思潮的高涨，使青年雨果的思想开始发生了转变。他由保皇主义逐渐转向自由主义的立场，开始攀登"光明的梯级"。1827 年，他发表了韵文剧本《克伦威尔》 和《＜克伦威尔＞序言》。剧本因故未能上演，但是"序言"却成了法国浪漫主义戏剧运动的宣言，雨果也因此成了浪漫主义的领袖。1830 年，他据序言中的理论写成第一个浪漫主义剧本《欧那尼》，它的演出标志着浪漫主义对古典主义的胜利。当剧本在剧院里上演的时候，拥护古典主义和支持浪漫主义的两派观众在剧院里大打出手，史称"欧那尼事件"。雨果以他的剧本打破了古典主义戏剧用理性压制感情、只歌颂王公贵族的清规戒律，提出了将滑稽丑怪与崇高优美进行对照的审美原则，使爱情压倒了理性，最终推翻了古典主义的统治地位。27 岁的雨果也因此成为浪漫主义的领袖，成为法兰西文坛上的一颗灿烂的新星。

真正奠定了雨果不朽地位的，是 1831 年发表的《巴黎圣母院》。这是雨果第一部大型浪漫主义小说。它以美与丑对照的原则，描绘了 15 世纪法国的一幅光明与黑暗斗争的画面：一个贫穷妓女巴格特的私生女爱斯梅拉达从小被吉卜赛女人偷走，长大后来到巴黎卖艺。她的美貌与歌舞给劳苦大众带来欢乐，也激起了圣母院克罗德·孚罗洛副主教的情欲。他疯狂地追逐爱斯梅拉达，不能如愿就横加迫害。尽管乞丐们竭力相救，爱斯梅拉达最后仍惨死在绞刑架下。卡西莫多看透了义父孚罗洛的淫邪和凶残，将他摔死，自己抱着爱斯梅拉达的尸体殉情而死。

《巴黎圣母院》无情地揭露禁欲主义思想对人的腐蚀和毒害，具有强烈的反封建、反宗教色彩。小说以孚罗洛在圣母院钟楼上手刻的"宿命"两字为开端，探讨这痛苦的

→雨果的第一部戏剧，韵文剧《克伦威尔》，此作因其序而闻名。

灵魂为何一定要把这个罪恶的、或悲惨的印记留在古老教堂的额角上之后才肯离开人世。孚罗洛年轻时深受宗教禁欲主义的影响，只读书本，不近女色。但人的天性、人的情欲是禁锢不了的，爱斯梅拉达的出现激起了他对爱情的向往，但这种人性的追求与根深蒂固的宗教思想产生了深刻的矛盾。正常的人类情感不能宣泄，造成了他扭曲变态的畸形恋情，由疯狂的爱变成疯狂的恨，同时他自己也长时间地忍受着痛苦的煎熬。他既是宗教思想的迫害狂，又是禁欲主义的牺牲品。读者从小说的总体构思与重点着墨中都可看出雨果的反宗教倾向。作者对孚罗洛的痛苦挖掘越深，其对宗教思想的批判就越犀利。小说揭露了宗教的虚伪，宣告禁欲主义的破产，歌颂了下层劳动人民的善良、友爱、舍己为人，反映了雨果的人道主义思想。

1848年的欧洲大革命，彻底粉碎了雨果对君主立宪不切实际的幻想。当大多数资产阶级代表人物站到了反革命方面，反动派阴谋消灭共和时，雨果却成了坚定的共和主义者。1851年，路易·波拿巴发动政变，雨果试图组织抵制活动，失败后不得不逃到比利时，从此开始

→本图描绘"欧那尼事件"的场面。因雨果浪漫主义剧作《欧那尼》的上演，引发了古典主义拥护者和浪漫主义拥护者之间的大打出手，甚至前来为雨果助威的巴尔扎克头上也挨了一棵白菜根。不过，演出仍以喝彩声及雷鸣般的掌声大获全胜。

了长达 19 年的流亡生活。苦难的流亡生涯没能使雨果放弃他的人道主义理想。1861 年 6 月，在大西洋上的盖纳西岛流亡的雨果，完成了他又一部气势恢宏的巨著——《悲惨世界》。

《悲惨世界》就像一部波澜壮阔的英雄史诗，展示了一个劳动者坎坷、艰辛而富有传奇色彩的一生。主人公冉阿让原本是个善良纯朴的工人，由于失业，收入无法养家糊口，不得已打破橱窗的玻璃偷面包，结果被抓住并判了 5 年刑。由于他一再越狱，他最终在监狱中度过了 19 年的苦役生活。获得假释后他无事可做，摆在他面前的只有继续行窃一条路。然而米里哀主教的慈善感化了他，使他决定改邪归正。他改了名字，办起了企业，成功后还被推为市长。但不久却因为暴露了身份而再次被捕。他开始了新的逃亡生活。一次，他从一个坏蛋手中救出了已故女工芳汀的孤女珂赛特，带她逃往巴黎。

→法国画家 E·巴阿德为雨果《悲惨世界》作的插画。

从 1793 年大革命高潮的年代，到 1832 年的巴黎巷战，《悲惨世界》将整整半个世纪历史过程中，法兰西的社会悲惨现状一一展现了出来。黑暗的监狱，可怕的法庭，恐怖的坟场，悲惨的贫民窟，阴暗的修道院，郊区寒酸的客店，惨厉绝伦的滑铁卢战场，战火纷飞的街垒，藏污纳垢的下水道……这是一个充满了不幸和痛苦的悲惨世界。雨果在《悲惨世界》的序言中曾经说："只要因法律和习俗所造成的社会压迫还存在一天，在文明鼎盛时期人为地把人间变成地狱并使人类与生俱来的幸运遭受不可避免的灾祸；只要本世纪的三个问题——贫穷使男子潦倒，饥饿使妇女堕落，黑暗使儿童羸弱——还得不到解决；只要在某些地区还可能发生社会的毒害，换句话说，同时也是从更广的意义来说，只要这世界上还有愚昧和困苦，那么，和本书同一性质的作品都不会是无益的。"这几句话道出了形成这个悲惨世界的根本原因：社会压迫。冉阿让、芳汀和珂赛特，则是这个悲惨世界的三个典型。冉阿让本是一个本性善良的劳动者，他被监禁 19 年，所犯的"罪行"只不过是偷了面包而已。芳汀本是个天真善良的姑娘，被贵族家的公子哥欺骗有了私生女之后，就被工厂开除，丢了饭碗。为了活命，她流落街头，从卖头发、卖牙齿，一直到卖身，最后贫病交加而死。小珂赛特在儿童时代就遭受非人的

夏多布里昂

夏多布里昂(1768～1848)，法国外交家和浪漫主义作家，也是法国早期浪漫主义的最早代表，对当时的青年影响至深，他所著回忆录为传世之作。他一生所著以《基督教真谛》(1802)最为后人称颂，当时曾经获得保王党和拿破仑的好评。《基督教真谛》充满了对历代帝王的陈迹旧习的描绘和赞颂，对中世纪衰朽事物的无限缅怀和崇拜，这反映了夏多布里昂对美的看法：恐惧、神秘和神圣。在他的影响下，复古颓废的情调成为早期浪漫主义文学的典型特征。

待遇。她才五岁就要办杂事，打扫房间、院子和街道，洗杯盘碗盏，甚至搬运和她弱小的身体极不相称的重物，而且随时随地都会受到主人的虐待。冉阿让、芳汀和珂赛特，男人、女人、儿童——他们三个人代表了所有的穷人，代表了整个下层社会的悲惨世界。由他们三个人的踪迹所展示的社会场景，就是一幅穷人受难图。

雨果之所以描写这个悲惨世界，根本的目的就在于要消灭这个悲惨世界。雨果是一位充满人道主义激情的作家。他的人道主义思想，不仅是他同情劳动人民的出发点，也是他进行社会批判的一种尺度。他将阶级对立视为一种道德问题，认为法律惩罚不能消除犯罪，只有通过饶恕来感化灵魂，才能从根本上消除社会罪恶。雨果还把人道主义的感化力量视为改造人性与社会的手段，企图以仁爱精神去对抗邪恶。小说中的米里哀主教是一个理想的人道主义者，在他的感化下，冉阿让后来也幡然悔悟，最终成了大慈大悲的化身。在他们身上不仅有无穷无尽的人道主义爱心，而且他们这种爱，还能感化凶残的匪帮，甚至统治阶级的鹰犬。与此同时，作者在悲惨世界里创建了滨海蒙特勒伊这样一块穷人的福地，真正的"世外桃源"。人道主义的仁爱在小说里就成为一种千灵万验、无坚不摧的神奇力量。法国人在纪念雨果的时候，认为雨果的思想是法兰西共和国的价值基础，其实雨果对人性的追求和人道的关怀是整个现代文明的价值理念基础。他虽然是一个法国作家，但却有一种世界的胸怀。

在雨果的流亡期间，他曾经轻蔑地拒绝了拿破仑第三做出的大赦。他发誓，只要这个政权一天不灭亡，他就一天不回法国。1870年，法兰西第二帝国终于倒台。就在法兰西第三共和共成立后的第二天，雨果结束了自己长达19年的流亡生涯，回到了阔别已久的祖国。1881年2月26日，也就是他80岁的生日那天，大约60万仰慕者走过雨果巴黎寓所的窗前，庆祝这位民主战士、伟大作家的寿辰。4年后的春天，他带着一生的迷惘与痛苦、辉煌与荣耀离开了这个世界，留给世界的，是永远挖掘不尽的人类精神宝藏。

雨果作品

小说
1823	《冰岛魔王》
1829	《一个死囚的末日》
1831	《巴黎圣母院》
1834	《穷汉克洛德》
1862	《悲惨世界》
1866	《海上劳工》
1869	《笑面人》
1874	《九三年》

戏剧
1827	《克伦威尔》
1829	《玛丽蓉·德洛麦》
1830	《欧那尼》
1832	《逍遥王》
1833	《吕克莱斯·波尔吉》、《玛丽·都铎尔》
1835	《昂杰罗》
1838	《吕伊·布拉斯》
1843	《卫戍官》

诗集
1822	《颂诗集》
1824	《新颂诗集》
1831	《秋叶集》
1835	《黄昏之歌》
1837	《心声集》
1840	《光与影》
1853	《惩罚集》
1856	《静观集》

→18世纪墨水瓶架。

对苦难人们的爱活在我的心中，
情同手足，我和他们心心相印；
可是啊，怎样捍卫穷人的权利？
怎样帮助彷徨漂泊的人们？
用什么语言安慰他们，使人平静？
痛苦，贫穷，还有繁重的劳动——
这一切问题让我永远忧心如焚。
　　　　　　　　　　——雨果

一雨果时代的法国是浪漫主义的中心，而巴黎更是伟大的浪漫主义者聚集的地方。图中演奏钢琴者为著名的钢琴大师李斯特，周围是雨果（左二）、大仲马（左一），以及法国浪漫主义女小说家乔治·桑（右一）、意大利作曲家与19世纪主要小提琴演奏大师帕格尼尼（左三）等。

第五章

俄罗斯的熹微晨光

相比起欧洲其他国家，俄罗斯文学的高潮，就像它现代化的脚步一样姗姗来迟。就在欧洲大多数国家已经完成了资产阶级革命的时候，这片苦难的土地却依然在农奴制的枷锁中挣扎；就在欧罗巴的文学天空已经群星璀璨的时候，唯独在这片世界最辽阔的天空里却是漆黑一片。而这一切都到了要结束的时候了！在长久的沉寂中积蓄的俄罗斯力量，最终要在 19 世纪汇成一曲惊天动地的壮歌，唱出俄罗斯早晨的美丽景象！

→莫斯科普希金纪念像。

第一节　俄国的太阳：普希金

一切溢美之词在这个名字前面都显得黯淡无光。无论是在野蛮的沙皇时代，还是在强大的苏联时代，抑或是在眼下动荡不定的俄罗斯，普希金都是这个世界最辽阔的国度上最受爱戴的诗人。他的作品既天真烂漫、充满幻想地伴随孩童成长，又忠实诚恳地陪着俄罗斯人度过漫长的一生。他升起了俄罗斯文学的第一轮太阳。

1799 年，"俄国文学之父"普希金出生在莫斯科一个没落贵族的家庭。耽于享乐的父母对普希金关心很少，普希金很小的时候就被交给一个深谙民间文学的奶妈照管。这位农奴出身的善良妇女不但用自己的乳汁哺育了普希金，而且也用民间故事和传说的养料滋养着年少的普希金，在他幼小的灵魂深处种下了想象力和民间立场的种子。

在普希金 12 岁的时候，他被送入彼得堡近郊的贵族子弟学校皇村中学学习。在这里，他受到了法国启蒙主义思想的熏陶，并和一些十二月党人有了接触。卫国战争中俄罗斯人民

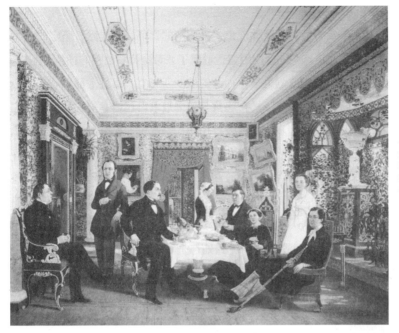

→俄国贵族在 19 世纪愈益欧洲化，意识形态开始认同乌托邦式的法国社会主义、浪漫主义和德国的理想主义。这幅画表现了 1830 年知识分子们在圣彼得堡沙龙品茶的情景。

的爱国热情和随后弥漫全国的改革思潮，开启了普希金的民主主义思想，使他在今后的人生中，逐步成长为一个坚定的民主战士。

从皇村中学毕业后，普希金到俄罗斯外交部任职。他参加了由十二月党人直接领导的绿灯社，与十二月党人建立了生死交情。在他们的爱国热情和追求自由的热情的鼓舞下，普希金写下了大量反对暴政、歌颂自由的政治抒情诗，如脍炙人口的《自由颂》、《致恰达耶夫》、《致普柳斯科娃》等闪烁着浪漫主义光辉的诗篇。在《自由颂》中，普希金毫不掩饰地表达着自己对农奴制度的痛恨：

你专制独裁的暴君，

我憎恨你，憎恨你的宝座！

我以严峻和欢乐的目光，

看待你的覆灭，你儿孙的死亡！

在《致普柳斯科娃》中，普希金则尽情地展现着自己追求自由的不屈灵魂：

我只愿歌颂自由，

只向自由奉献诗篇，

我诞生到世上，而不是为了

用羞怯的竖琴讨取君王的欢心。

诗句自然、朴素，却又充满了火热的激情；语言简洁明了，却又富有独特的音韵美；既洋溢着一种"深刻而又明亮的悲哀"，又充满

冈察洛夫

冈察洛夫（1812～1891），俄国小说家和游记作家，他的作品反映了俄国的社会变革，最著名的成就是他的三部长篇小说：《平凡的故事》、《奥勃洛莫夫》和《悬崖》，其中以《奥勃洛莫夫》为冠，主人公奥勃洛莫夫是一个禀性宽宏但优柔寡断的贵族青年，将自己心爱的女人输给了讲求实效而朝气蓬勃的朋友。这个形象有着普希金笔下的奥涅金的影子，亦从此衍生出了俄国术语"奥勃洛莫夫性格"。

扫码获取更多资源

了强烈的反叛精神；既体现出一种明朗的忧郁，又透露着坚定的追求自由的信念。这些综合的因素，形成了普希金诗歌独特的抒情诗品质。这些诗篇就像闪电划过黑暗如漆的俄罗斯夜空，点燃了郁积在人民心中的反抗怒火，鼓舞人民奋起抗争，去追求自己的幸福和自由。它们在十二月党人和进步的贵族青年中间广为流传，那篇著名的《致恰达耶夫》中的诗句，甚至被刻在十二月党人秘密的徽章后面。激进的普希金常常在公开场合抨击农奴制，甚至公然表示：如果革命爆发，他将亲自在农奴主的脖子上勒紧绞索。他的行为激怒了沙皇。亚历山大一世曾经愤恨地说："应该把普希金流放到西伯利亚去，他弄得俄罗斯到处都是煽动性的诗，所有的青年都在背诵这些诗。"由于一些教师的说情，普希金才免于被流放西伯利亚，而是被放逐到南俄，在这里度过了4年的艰苦岁月。

1826年9月，双手沾满十二月党人鲜血的新沙皇尼古拉一世在莫斯科召见了普希金。沙皇问普希金："如果12月14日你在莫斯科，你会参加起义吗？"普希金毫不犹豫地说："我的朋友都参加了，我一定会参加的。"气急败坏的沙皇加强了对普希金的限制和监控。在半

→普希金，俄国诗人，被评论为俄国历史上重要的作家，如同英国的莎士比亚、意大利的但丁。他为19世纪俄国艺术和文学的繁荣创造了各种技巧和水准，并使俄国文学的语言不再局限于上流社会中。

→1815年1月8日公开学术演讲会上的普希金。

116

软禁的状态下，普希金写出了歌颂农民起义领袖的《斯金卡·拉辛之歌》、《阿里昂》，以及闻名世界的《致西伯利亚的囚徒》等诗篇。

　　1829 年，普希金在一次舞会上认识了美丽的冈察洛娃，经过两年的追求，他获得了对方家庭的许可，准备结婚。1830 年秋天，普希金到波尔金诺办理父亲赠送给他的财产过户手续，正遇上该地区霍乱流行，交通断绝。普希金只得在波尔金诺待了 3 个月。不料，这 3 个月却成就了文学史上有名的"波尔金诺"之秋。在这短短的 3 个月里，普希金完成了包括《驿站长》等 5 个短篇小说在内的《别尔金小说

> 一提到普希金的名字，就立刻会想到俄罗斯民族诗人。事实上，在我们的诗人中，没有一个及得上他，而且没有一个人能更适宜于被称为民族诗人……在他身上，俄罗斯的大自然，俄罗斯的精神，俄罗斯的语言，反映得这样的纯洁，这样的净美，犹如凸出的光学玻璃上面所反映出来的风景。
>
> ——果戈理

集》，还有 4 个小悲剧，1 部长诗，1 部小说，30 多首抒情诗，为普希金，乃至整个俄罗斯文学都添上了光辉的一页。最重要的是，他完成了他的代表作，也是俄罗斯现实主义文学的奠基之作：诗体小说《叶甫盖尼·奥涅金》。

　　《叶甫盖尼·奥涅金》的主人公是彼得堡的一个贵族青年。当他厌倦了上流社会空虚无聊的生活的时候，他年迈的伯父正好病故。为了继承伯父财产，他来到了风光秀美的乡村，开始了新的生活。邻村女地主拉林娜的女儿达吉亚娜被他不同凡响的贵族气之所吸引，向他表白了爱情，却遭到他的拒绝。这时，奥涅金的好友连斯基爱上达吉亚娜。奥涅金恶作剧般地向达吉亚娜献殷勤，结果激怒了连斯基，两人发生了决斗。结果在决斗中奥涅金将连斯基打死。良心受到谴责的奥涅金离开村庄四处漂泊，历经波折后回到莫斯科，发现达吉亚娜已经成了将军夫人。这时的奥涅金心中反倒燃起了爱情，给她写了一封热情洋溢的信。得到的答复却是：我已经嫁人了，我将对他永远忠实。绝望的奥涅金开始了新的流浪。

　　奥涅金是俄国封建农奴制社会贵族青年的一种典型。他虽然受过资产阶级民主思想的启蒙，却没有自己明确的政治主张；他不满于贵族社会的庸碌，但是在现实生活中又找不到别的出路；他和周围的人格格不入，却早已经在贵族的生活中被淘空了灵魂；他希望改变现状，

莱蒙托夫

莱蒙托夫（1814～1841），俄国诗人及小说家，其诗人地位仅次于普希金，被视为俄国浪漫主义的先驱，散文方面则树立了心理写实的传统。1837 年 1 月，普希金在决斗中受伤致死，莱蒙托夫写了一首挽歌《诗人之死》，表达对已故诗人的爱戴，以及对凶手和宫廷贵族的谴责，这导致其被尼古拉一世逮捕并流放到高加索。在那里，他以当地的主题和形象写就俄国第一本心理写实小说《当代英雄》。该书充满传奇色彩，主人公毕巧林是一位自视为命运代理人的青年军官。

但又不可能与这个社会彻底决裂。这些综合的因素形成了他的苦闷、彷徨、忧郁、痛苦，以及内心深处的极端脆弱。其结果，就是面对现实无能为力，毫无作为。像他这样徒有聪明才智、在社会中找不到自己的位置，甚至在爱情上也失败的贵族青年，大量地充斥在俄罗斯的街头。奥涅金是俄国文学中第一个"多余人"的形象，开启了俄罗斯文学的"多余人"人物系列。在此后，不管是莱蒙托夫笔下的毕巧林，屠格涅夫笔下的罗亭，还是冈察洛夫笔下的奥勃洛莫夫，他们身上无不或多或少地有着奥涅金的影子。这一系列人物，是19世纪俄罗斯文学的独特成就。

在俄罗斯文学史上，普希金第一个把诗的抒情性和散文的叙事性有机地结合起来，从而创造出他所说的"自由的形式"的"诗体长篇小说"。在这部巨著中，既有浓郁的抒情性，又有对人物性格的精细刻画。这种全新的艺术形式，是普希金的独创。作品采用四音步抑扬格十四节诗行的诗体格律，既有利于表达诗人内心丰富的情感，又体现了一种清新自然的风格，读来奔腾起伏、自然流畅，富有音乐感，后人也因此而把这种诗节称为"奥涅金诗节"。《叶甫盖尼·奥涅金》真实地展现了普希金的情感、观念和理想，是普希金最真诚的作品，是富有浪漫气质的诗人"幻想的宠儿"。

1831年2月，普希金终于和冈察洛娃结婚了。在结婚的那天，他手中的蜡烛曾经突然熄灭。普希金吓得脸色苍白，他预感到自己的婚姻将会不幸。而命运也不幸地验证了这一可怕的征兆。当时，包括沙皇尼古拉在内的很多人都对冈察洛娃的美貌垂涎三尺。从法国逃亡来的军官丹特士则几次公开地追求诗人的妻子。为了捍卫家族的荣誉，为了自己不可侵犯的尊严，也为了妻子的名声，忍无可忍的普希金选择了最直接，也最残酷的方式——决斗。1837年2月8日，普希金在决斗中受了重伤，两天后便不治而亡。俄罗斯诗歌的太阳就这样陨落了，但他反对专制、追求自由的精神却激励着一代又一代的俄罗斯人民。

第二节　含泪的微笑：果戈理

1836年春天的一个晚上，俄罗斯的彼得堡大剧院正上演一出戏。这是个讽刺喜剧，剧本写得很精彩，演员的表演也非常出色，观众完全被征服了，不时爆发一阵阵欢快的笑声和热烈的掌声。

这时，从一个豪华包厢里站起来一个人，他是沙皇尼古拉一世。只听他恨恨地对身边的王公大臣说："这叫什么戏！我感到它在用鞭子抽打我们的脸，其中把我抽打得最厉害。"说罢，他出了包厢，气呼呼地回到了宫中。贵族大臣们早就感到不痛快了，戏好像专门讽刺他们似的，沙皇走了，他们一个个都溜掉了。戏还在演，观众还在热烈地鼓掌和欢笑。这是部什么样的戏，为什么沙皇如此讨厌他，而观众却又如此地喜欢它？写这部戏的究竟是什么人？

这部名为《钦差大臣》的杰做出自于俄罗斯批判现实主义文学奠基人果戈理（1809～1852）的笔下。他出生在乌克兰波尔塔瓦省的一个地主家庭里。从中学时代起，深受普希金诗歌和法国启蒙学者著作影响的果戈理，就立下了要为祖国服务、造福人民的志向。由于父亲早逝，家境窘迫，他在20岁那年便离家去彼得堡谋生。几经周折，才谋得了一份抄写公文的工作。在饱尝了世态炎凉和小职员度日的艰辛之后，严酷的社会现实使他从理想的梦幻中渐渐觉醒过来。透过京城那富丽堂皇的外表，他看清了官场的黑暗与腐败以及普通民众身受的苦难和不平。

在彼得堡，果戈理有幸结识了当时著名的诗人茹可夫斯基和普希金，这对于他走上创作道路有很大的影响，特别是他与普希金的友情与交往被传为文坛的佳话。1831年至1832年间，年仅22岁的果戈理发表了一部以《狄康卡近乡夜话》为题的短篇小说集，步入文坛。这部小说集是优美的传说、神奇的幻想和现实的素描的精美结合，以明快、活泼、清新、幽默的笔调，描绘了乌克兰大自然的诗情画意，讴歌了普通人民勇敢、善良和热爱自由的性格，同时鞭挞了生活中的丑恶、自私和卑鄙。它是浪漫主义与现实主义创作相结合的产物，被普希金誉为"极不平凡的现象"，从而奠定了果戈理在文坛的地位。

1834年秋，果戈理曾在圣彼得堡大学任教职，一年多以后即弃职专门从事文学创作。在此期间，他又相继出版了《密尔格拉德》和《小品集》（后来又称为《彼得堡故事》）两部小说集。作家一改在《狄

茹可夫斯基

茹可夫斯基（1783～1852），俄国诗人、翻译家，在形成俄国的诗风和诗歌语言方面是普希金最重要的前辈之一，同时他也是浪漫主义文学运动领袖 N·卡拉姆津的追随者，反对古典主义，认为诗歌应当成为一种感情的表达方式。茹可夫斯基在1812年曾参加过拿破仑战争，1815年成为沙皇的侍从之一，后于1841年退居德国，他一生翻译了众多英国、德国著名作家的作品。他的4卷文集于1959～1960年出版。

俄罗斯民间文学

罗斯有丰富多彩的文学传统,而先于书面文学的民间文学曾对俄罗斯数代文坛伟人产生巨大影响,尤其是普希金,他的作品广泛取材于充满抒情与魅力的民间文学。另外,民间文学的题材与形象也出现在芭蕾舞剧和歌剧中。

俄罗斯民间文学中有一类重要的文体是壮士歌,是一种抑扬顿挫的长篇叙事诗。这类文体的主题大多是与1552年的喀山包围战有关的历史事件,或是传说中的英雄事迹,如《伊里亚·穆罗梅茨》(Ilya of Murom)。现在最早的文本是由英国人詹姆斯(Richard James)于1620年根据口述记录下来的。演唱这种作品的是到处旅行的专业艺人。而另一种与壮士歌的风格有某种联系的"灵修诗篇"是由四处漂泊的苦行僧吟诵的。

俄罗斯民间传说还包括许多优美的民歌,在丰收庆典、节日、婚礼、丧葬仪式以及形式各异的迷信活动中演唱。短歌中以四行诗这种形式最为流行,这是一种要押韵的四行抒情诗。然而,俄罗斯民间传说中最为发达的当数民间故事,亦称民间童话。它与西欧的童话故事极为相似,只是在这之中仙女从不露面,而且它们一向是由口述的方式来传播,内容异常丰富:食人妖魔、怪龙、神秘的火鸟(伊戈尔·斯特拉温斯基的芭蕾创作就是因它而获得灵感)、长相奇异的女巫、王子和公主,还有使用魔力赢得公主的爱的愚蠢的伊凡。许多俄罗斯民间故事已经编辑成书并已出版,其中足以称道的当数阿法纳西耶夫(1855~1863年编纂)和翁丘科夫(1903年编纂)所编之书。在这些书中,那些故事里超自然的人物及超自然的情节被展示得活灵活现,巧妙生动。

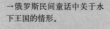

→俄罗斯民间童话中关于水下王国的情形。

→这是一本带插图的出版于1901年的俄罗斯童话故事书,其主人公大多为人们所知,如伊凡王子、火鸟以及灰狼等等。

一这是一幅18世纪手绘画，图绘半人半鸟的悲伤之神阿孔诺斯，她以其美丽的容貌和婉转的歌声施展魔法，或施予人们保护，或置人于死地。

一骑着灰狼的伊凡王子怀里抱着公主，他用魔力赢得了公主的心。关于伊凡王子的故事在俄罗斯民间广为传颂，妇孺皆知。

康卡近乡夜话》中对恬静的田园生活的迷醉之情，而将讽刺的笔触转向了揭露社会的丑恶、黑暗和不平，对社会底层的小人物的命运寄予了深切的同情，标志着他的创作走上了一个新阶段。特别是1837年普希金不幸逝世之后，果戈理将批判现实主义的创作方法推向了新的高度，无愧地站在普希金遗留下的位置上，共同成了俄国批判现实主义文学的奠基人。

1836年，果戈理发表了讽刺喜剧《钦差大臣》，它改变了当时俄国剧坛上充斥着从法国移植而来的思想浅薄、手法庸俗的闹剧的局面。《钦差大臣》描绘了一幅封建农奴制度下的官场群丑图：市长平时贪污受贿，做贼心虚，成天担心受到清算。他召集手下大大小小的官吏

一果戈理出生在乌克兰波尔塔瓦省的一个地主家庭里，这里大自然的诗情画意、人民的善良朴实以及热爱自由的性格给果戈理留下了深刻的印象，这些出现在后来他的作品《狄康卡近乡夜话》中。下图即为俄罗斯画家库茵芝所绘《乌克兰的傍晚》。

开会，第一句话就是："钦差大臣要来了。"于是这些人个个心惊胆战，因为他们平时作恶多端，唯恐被戳穿后受到处罚。这时，有个彼得堡的小官吏赫列斯达可夫路过小县城。官僚们以为他就是钦差大臣，争先恐后地奉迎巴结，排着队向他行贿。市长把他请进家里，甚至把女儿许配给他。赫列斯达可夫起初莫名其妙，后来索性假戏真唱，在猛捞了一大笔钱之后偷偷溜了，市长这才明白自己上了当，正要派人追赶赫列斯达可夫，这时真正的钦差大臣到了。官僚们听了这个消息面面相觑，个个呆若木鸡。

《钦差大臣》就像把锋利的匕首一样，一下子剖开了腐朽的封建农奴制度的干尸，把它肮脏的实质展现在世人面前：法官收受贿赂，

督学不学无术，慈善医院的院长阴险残忍，邮政局局长专爱偷拆别人的信件。至于那个市长，则更是干尽了贪污受贿、敲诈勒索的无耻勾当。果戈理用喜剧这面镜子照出了当时社会达官显贵们的丑恶原形，从而揭露了农奴制俄国社会的黑暗、腐朽和荒唐反动。正是因为剧本的这种批判性和颠覆性，才出现了剧院里的那一幕。

《钦差大臣》震惊了俄国，也使果戈理感到不安。他的本意是要以"笑"达到劝善惩恶的目的，他原本是想把他所知道的"俄罗斯的全部丑恶集成一堆来同时嘲笑这一切"。因此，当俄国官僚和反动批评界猛烈攻击《钦差大臣》的时候，果戈理的思想陷入了深深的苦闷之中。他匆匆离开祖国，先后旅居德国、瑞士、法国、意大利等地，继续他在《钦差大臣》之前就已经开始的《死魂灵》的创作。

《钦差大臣》和《死魂灵》的题材都是普希金提供给果戈理的。《死魂灵》构思于 1835 年，完成于 1842 年。这部杰作被公认为"自然派"的奠基石，"俄国文学史上无与伦比的作品。"它的问世，就像响彻长空的一声霹雳，震撼了整个俄罗斯。

小说描写"诡计多端"的投机家乞乞科夫为了发财致富而想出一套买空卖空、巧取豪夺的发财妙计，在 N 市及其周围地主庄园贱价收购在农奴花名册上尚未注销的死农奴，并以移民为借口，向国家申请无主荒地，然后再将得到的土地和死农奴名单一同抵押给政府，从中渔利。作者通过乞乞科夫遍访各地主庄园的过程，展示了俄罗斯外省地主的肖像画廊。通过对地主种种丑恶嘴脸的生动描写，作者令人信服地表明，俄国农奴制已到了气息奄奄的垂死阶段，灭亡是它最后的归宿。由于思想的局限，果戈理并未指出俄国的出路在哪里，但《死魂灵》以俄国"病态历史"而震撼了整个俄罗斯。它的意义和价值，就在于第一次对俄国封建农奴制度进行这样无情地揭露和批判。因此，《死魂灵》历来被认为是 19 世纪俄国批判现实主义文学的奠基作品。

《死魂灵》出版后引起了比《钦差大臣》更加激烈的斗争。反动文人对这部小说加以大肆地诋毁和诬蔑，说"它充塞着一些不寻常的和空洞的细节……其中人物每一个都是前所未有的夸大"，因而是不能称之为艺术的。在压力下果戈理的思想开始动摇。再加上晚年的果戈理远离祖国，脱离了俄国进步势力，在他的周围都是保守的斯拉夫派，因此他头脑中根深蒂固的地主阶级意识和宗教意识开始抬头。在这种矛盾的精神状态下，果戈理构思和创作了《死魂灵》第二部，企图让乞乞科夫成为改过从善的地主阶级的英雄。然而这样的形象无疑是违背现实和历史潮流的，他一再地修改，一再地重写，也没有使自己满意。1852 年，果戈理在贫困、疾病和精神的折磨中去世，临终前把全部手稿付之一炬，维护了《死魂灵》第一部的崇高声誉。

在果戈理 20 年的创作生涯中，他创作了一系列佳作，极大地丰富了俄罗斯文学的宝库，终于成为 19 世纪俄国现实主义文学的一代宗师，并影响了一大批批判现实主义作家。陀思妥耶夫斯基曾坦言道："我们所有的人都是从果戈理的《外套》中孕育出来的。"果戈理被誉为"俄国散文之父"，而普希金是俄国文学中的诗歌之父，因此，他们两人一向被誉为俄国文学史上的双璧。

第三节　诗的控诉书：屠格涅夫

在徒劳的挣扎中，曾经给俄罗斯大地带来了帝国辉煌的沙皇统治，勉强地苟延残喘到了 19 世纪 50 年代。虽然它还想和新鲜的时代气息作一番殊死较量，但是在每个毛孔里都充满了腐烂气息的农奴制的崩溃已不可挽回。苦难的俄罗斯民族到底该走向何方？这个问题像大山一样横亘在每一个进步知识分子的心头。每一个有识之士都在为民族的出路探索着，思考着。屠格涅夫的长篇小说，就是在这个时期酝酿构思和呈献给读者的。屠格涅夫既是这些知识分子的编年史作者，又是他们的歌手和裁判者。

1818 年，屠格涅夫出生在俄罗斯中部奥略尔省的一个贵族家庭。他的父亲是个性情温和的退职军官，母亲则是个脾气暴躁的农奴主。在他很小的时候，父亲就去世了，母亲的暴戾和任性都在年幼的屠格涅夫脑海里留下了阴暗的回忆。9 岁的时候，他随全家迁居莫斯科，并于 1833 年考

→屠格涅夫，俄国小说家、诗人、剧作家。其著作一般为主题鲜明并具有承诺性的文学，所描写的优美的爱情故事及犀利的人物心理刻画具有普遍的感染力。

入莫斯科大学文学系。在这里他受到了资产阶级启蒙思想的影响，对农奴制度的罪恶有了清醒地认识。

从1847年开始，屠格涅夫经常住在国外。席卷欧洲的1848年大革命在他的心里投下了一枚重磅炸弹，激起了他革命的激情，尽管他只是革命的旁观者，但他一直站在人民的立场为革命欢呼，为革命的失败而叹息。1850年，母亲去世后，屠格涅夫继承了巨额的财产。他立刻在自己的庄园中进行农奴制改革。1852年果戈理去世后，屠格涅夫不顾当局的严令禁止，发表了悼念果戈理的文章。为此，他被逮捕并遣回原籍流放一年半。在此期间，他开始了长篇小说的创作。

《罗亭》是屠格涅夫的第一部长篇小说。1853至1856年的克里米亚战争俄国遭到惨败，这既彻底暴露了沙皇制的无能腐败，让人们深刻地为农奴制下俄国军事和经济的落后而感到刻骨的悲哀，又迫使人们去思考祖国的命运和前途，寻求能够改造社会的力量并探索强国富民之路。《罗亭》就是这样一个时代的产物。

小说主人公罗亭是当时贵族

→屠格涅夫与列夫·托尔斯泰和为《现代人》杂志撰稿的作家们在一起，前排左二为屠格涅夫，后排左一为托尔斯泰。

→ 19世纪俄国的教育状况仍然十分落后，尽管政府也做出改革，但收效甚微，图为当时俄国的乡村课堂。

青年的一个典型，他身上集中体现着 40 年代俄国进步贵族知识分子的优点和缺点。他受过良好教育，接受了当时哲学思想中最主要思潮的影响，有很高的美学修养；他信仰科学，关心重大社会问题，追求崇高的人生目标并有为理想而奋斗的决心；他热情洋溢，才思敏捷，口才出众，能感染人、吸引人。然而他徒有过人的天赋和才智，却不会将其正确运用；他纵有先进的思想，却缺乏付诸斗争、实践的勇气和毅力；他想改变现实，但他的行为却脱离了人民，因此他一切的改革尝试都失败了，成为"语言的巨人和行动的侏儒"。罗亭的不幸在于脱离人民，得不到人民的支持，因而注定一事无成。

由于社会的黑暗和自身的缺点，罗亭最终不能实现自己的理想和抱负，因此成了一个"多余人"。在追求——幻灭的过程中，他表现出了积极或消极的奋争和反抗精神，体验到了苦闷、彷徨、欲进不能、欲罢不能的情绪。而恰恰是这种真实的精神面貌和情绪状态，展现出了高度的概括性和典范形，因而成了后世一笔丰厚的财产。屠格涅夫将自己同时代许多进步知识分子如巴枯宁、赫尔岑、格拉诺夫斯基等等的性格特征都融合到了他的身上，展现了整个时代的追求与理想、苦恼和迷惘。

如果说在《罗亭》中，屠格涅夫是在着力表现贵族知识分子在风起云涌的社会变革中的思想状态的话，那么到了 60 年代，在时代趋势

巴枯宁

巴枯宁（1814～1876），俄国著名的革命鼓动者，19世纪无政府主义的主要宣传家和多产的政论作家。他曾去莫斯科参加别林斯基、屠格涅夫、赫尔岑等人的文学活动。1864年初移居意大利，提出了无政府主义的主要学说。巴枯宁的两部主要著作《德意志专制帝国》及《国家与无政府状态》直接反映了他与马克思的冲突，他始终鼓吹以暴力手段推翻现有的秩序，但反对中央集权的政府和对革命领袖的服从，他的无政府主义终于成为马克思的共产主义的对立物。巴枯宁和蒲鲁东并称为19世纪无政府主义的鼻祖，但巴枯宁始终没有阐明一个完整的思想体系。

→列宾的著名油画《伏尔加河上的纤夫》反映了19世纪中后期俄国人民的苦难生活。

图说世界文学史

的要求下，他已经把自己睿智的目光转移到了代表更决绝的斗争精神的平民知识分子身上。

《父与子》描写的是父辈与子辈冲突的主题。年轻的贵族基尔沙诺夫大学毕业后，回到自己的田庄，同时带来了自己的同学、平民出身的巴扎罗夫。巴扎罗夫的到来在一向平静如水的基尔沙诺夫庄园掀起了波澜。他冷漠的性格、粗鲁的举动和蔑视一切的思想几乎使庄园的每一个老贵族都无法忍受。基尔沙诺夫的大伯父巴威尔·基尔沙诺夫挑起了与巴扎罗夫的决斗，结果却是自己受伤。后来在一次舞会上，巴扎罗夫爱上了富有的贵族遗孀奥金佐娃，却遭到了拒绝。后来，巴扎罗夫在解剖一具因为伤寒而死的尸体时，不慎割破手指，感染而死。

巴扎罗夫已经不再是贵族知识分子的追随者，而是一个全身都充满了革命细胞的新时代主人。他充满自信，生气勃勃，具有锐利的批判眼光。在第一次与巴威尔的交锋中，巴扎罗夫便以他特有的简洁、粗鲁的话语进行了强有力的反击，显示出一种初生牛犊不怕虎的可贵精神。他有着自己独立的人格和评判事物的标准，决不盲目地屈从于权威，体现了年青一代无所畏惧的斗争精神和独立思考的处世态度。尽管他也不可避免地带有年轻人在由稚嫩走向成熟的过程中的固有弱点——极端和偏颇，但他还是以毋庸置疑的精神优势压倒了对手。当然，如果这个人物仅仅停留在这个层面上的话，那他很可能又是一个罗亭。

他身上已经体现出与罗亭的根本不同，那就是：他既是精神的强者，又是行动的巨人。他抨击贵族的泛泛空谈，自己首先从小事做起；他具有突出的实践意识和良好的实践能力，注重对自然科学的研究；他以自己的价值标准来支配自己的行动，"凡是我们认为有用的事情，我们就依据它行动"。这些特征都把他和那些"多余人"区别开来。

巴扎罗夫代表了19世纪60年代的年轻一代——激进的平民知识分子。而巴威尔和尼古拉则代表了保守的自由主义贵族的老一代。尼古拉是一个温和派，希望与子辈有所沟通，希望跟上这个瞬息万变的新时代，只不过他自身的阶级属性已经决定了他不会成功。巴威尔则是一个固执的保守派，他信奉贵族自由主义，对年轻人的反叛耿耿于怀。巴扎罗夫与巴威尔之间的冲突，是两种文明、两个阶层的冲突。而最后巴扎罗夫的胜出，是血气方刚的新生代对那些躲在衰朽的农奴制的温棚里苟延残喘的封建贵族的胜利。通过巴扎罗夫的形象，屠格涅夫向这个时代骄傲地宣布：贵族地主阶级已经没落，彻底失去了生命力，成了社会前进的绊脚石；具有强大生命力的平民知识分子，才是这个未来时代的主人，俄罗斯的新时代就要到来了！

从60年代后，屠格涅夫就长年居住在法国。这期间他认识了许多法国作家，乔治·桑、福楼拜、左拉、莫泊桑都和他交往密切。1883年8月，他因为脊椎癌而病逝于巴黎附近的巴热瓦尔。按照他的遗嘱，他的遗体被运回祖国，安葬在彼得堡沃尔科夫公墓别林斯基的墓旁。

赫尔岑

赫尔岑（1812～1870），社会哲学家、政治评论家和回忆录作者，19世纪俄国知识分子急进传统的创立者之一。他提出走向社会主义的独特的俄罗斯方式及农民民粹主义的理论。1857年，在伦敦创办了第一个俄罗斯刊物《钟声》，其目的是为了引起政府和民众关心农民的解放和俄罗斯社会的自由化。另外，赫尔岑还以散文形式创作了论述他生涯的伟大作品《往事与沉思》。

乔治·桑

自然给了我们的生命，
智慧使得生活美好。

美是最高的善；
创造美是最高级的乐趣。

乔治·桑（1804～1876），原名阿芒丁-奥罗尔-吕西尔·杜德望，乔治·桑是其笔名。法国浪漫主义女小说家，以她的乡村小说和许多风流韵事而闻名。她的婚姻最初几年比较幸福，可后来她对她那心地善良但感情有些迟钝的丈夫感到厌倦。她先后与一个年轻的法官保持柏拉图式的友谊，及与一个邻居陷入热恋，从而从中得到安慰。这多少反映在她的使她声名鹊起的小说《安蒂亚娜》中，它反映了她对那种不顾妻子的感受而将其束缚在丈夫身边的社会传统观念的强烈抗议，也是为女主人公抛弃不幸婚姻而自寻爱情之举所做的辩护。后来，她曾与著有《卡门》的法国文学家梅里美、法国诗人兼剧作家缪塞以及波兰作曲家兼钢琴家肖邦有过恋情。在此期间也激发了她的创作激情，《瓦朗丁》、《莱莉亚》、《她和他》、《一个旅行者的书信》、《马约凯的冬天》、《莫普拉》、《里拉琴的七根弦》及《魔沼》、《弃儿弗朗索瓦》、《小法岱特》等皆为这一时期的佳作。晚年，她回到老家诺昂，成为人们眼里的"善良的诺昂夫人"，写出了一系列小说和剧本，比如，《我的一生》和《一位老奶奶的故事》。

第六章

美洲的拓荒者

美洲，那是一片肥沃而又拥有着悠久文明的热土，在雄伟壮丽的安第斯山脉与浩渺无际的密西西比河哺育下，这里的人民创造出了独具特色的文化传统。然而，玛雅文明却早已销蚀在历史的雾霭里了，新的文学命脉需要普罗米修斯的火种，而这粒火种就来自金色的欧罗巴——邪恶的殖民者却充当了一次盗火者！

所以，最早的美洲文学里，一直闪烁的是欧洲的灵光，但是，环境在其更深刻的意义上为这种文学注入了新的质素。正是这微不足道的新鲜质素，后来却日见昌大，终于衍为洪波巨浪，成为美洲文学园地那最初的拓荒者。

第一节　现代主义的先驱：爱伦·坡

爱伦·坡（1809～1849）生于波士顿一个流浪艺人的家庭。他的父亲因为难于维持家计，酒后出走，从此杳无音讯。祸不单行，在他3岁那年，母亲也与世长辞。孤苦无依的爱伦·坡由富商爱伦太太收养，从此接受了良好的教育，过上了舒适的生活。但是因为酗酒和玩忽职守，他先后被多所学校开除，其中包括著名的西点军校。

一爱伦·坡，美国诗人和作家。他是人类心灵阴暗角落的第一位伟大的开拓者，其作品展现了在人类的幽暗心灵中，脱俗之美与带有疯狂梦魇的潜意识交织缠绕的现象。

离开西点军校后，爱伦·坡开始了长期的写作生涯，他写过诗歌、小说，也写过文学批评。他发现哥特式的恐怖小说很畅销，所以将注意力转向了这个方面，并取得了不俗的成绩。在事业走上坡路的时候，爱伦·坡的个人生活却极为不幸。1835年，他和表妹喜结良缘，但十余年后，心爱的妻子因病去世，他从此终日借酒浇愁，酗酒无度。1849年，爱伦·坡在巴尔的摩再次酗酒，在一次彻底的痛醉中结束了自己才华横溢却又短暂凄凉的一生。

爱伦·坡在1846年提出了"为艺术而艺术"的口号。他认为，文艺的任务不是反映客观现实，也不是抒写作家的内心世界，而是在于制造某种特殊气氛，给人以美的享受。他把艺术看作是表现纯主观思维的过程。他的创作早期集中于诗歌，他的诗往往从怀才不遇的情绪出发，描写古怪、奇特、病态的现象，表现出浓重的忧郁、低沉和颓废的色彩。

从 30 年代起，爱伦·坡开始写小说，他一共创作了 70 个短篇，后来都收进《述异集》中。这些小说大致可以分为两类：一类是恐怖小说，如《厄舍古屋的倒塌》、《黑猫》等；一类是推理小说，如《莫格街的谋杀案》、《金甲虫》等。这些小说中不少是他所推崇的"哥特式小说"，它们的特点是色调阴暗，气氛恐怖，情节荒诞，形象病态，手法特别，充满了悲观和神秘色彩。作品常以犯罪、死亡、颓败和变态心理为主要内容，力图表现"邪恶本来就是人心的原始动机"这一奇特的主题。

一爱伦·坡的很多作品都以推理的语调来演绎哥特式的恐怖。如下图所绘的《血色死亡的面具》即讲述在遭受一场瘟疫后，贵族统治开始衰败的故事。

《厄舍古屋的倒塌》就是最典型的例子。为了达到预先设置的效果，作者一开始就进行有效的铺垫。从荒凉的垣墙，枯萎的橡树，到阴森森的水池，以及从这些死寂的景物中散发出来的毒雾都给人一种阴暗、窒息的压抑。而墙上弯曲的不规则的裂缝更是让人联想起题目中的"倒塌"一词，作者通过这一系列独特的布景，向人传达一种强烈的不祥之兆。

而公馆内的情景尤其让人透不过气来，四壁的黑幔，残破的家具，这一切的一切都在向人预示着这是它的末日。公馆的主人洛德瑞德是家庭的单传，也是这个世家最后一位成员。这种孤独本身已给人浓厚的衰亡感，而他们世代相传的病症更是剥夺了他最后起死回生的希望。

这篇小说主要是为了营造一种恐怖的效果，因此小说所有的构成因素如时间、地点、人物、情节、气氛和笔调都围绕着这种目的而发挥着自己的作用。通过一系列的烘托和铺垫，小说最后进入了高潮——玛德玲在极为恐怖的气氛中死而复活，公馆轰地倒塌，这就造成了作者所要达到的异乎寻常的恐怖气氛。

推理小说也是爱伦·坡小说中的重要组成部分，但和恐怖小说一意宣扬恐怖心理不同的是，在推理小说中，他虚构了一个业余侦探杜宾的形象，让主人公运用严谨的逻辑，设身处地地进行犯罪推理，使罪犯不得不承认自己犯罪的事实，然后再口若悬河地解释犯人犯罪的全部过程。这种叙述方式基本上形成了后来一百多年侦探小说的模式，从这个意义上，爱伦·坡可以说是现代侦探小说的鼻祖。

爱伦·坡刻意地遵循着自己的写作原则进行创作，同时公开宣称自己的写作原则是把"滑稽提高到荒诞，把害怕发展到恐惧，把机智夸大为嘲弄，把奇特变成怪异和神秘"。他的创作理论和实践，是西方现代主义的先声，对西方现代派的诗歌和现代派小说的发展产生了深远的影响。

第二节　心理罗曼史：霍桑

霍桑（1804～1864）生于美国东部新英格兰一个以航海为业的家庭。还在他少年时候，父亲就去世了，一家人过着拮据的生活，在他外祖父的资助下，他进入了大学学习。毕业后，他决心从事文学事业。

然而霍桑的文学之路并不平坦，在他38岁的时候，霍桑以健壮的体格、潇洒的仪表，赢得了苏菲娅·庇包狄的青睐，他们组成了一个幸福的小家庭。在谋求种种职业都失败了后，霍桑陷入了生活的重压之中。在最困难的时候，他的妻子开导他、鼓励他潜心写作，而朋友们经济上的帮助，出版商的合作，终于使他能够信心百倍地写完他的成名之作《红字》。作品的发表，为他赢得了空前的声誉，也奠定了他在文坛中的地位。1860年他回到美国后，在进行另一个长篇的写作时突然去世。　《红字》以发生在新英格兰殖民地时期的一个爱情悲剧为素材，通过海斯特·白兰和狄姆斯台尔之间的情爱关系，探讨了一个深刻而现实的问题：他们所做的一切，究竟是不是犯罪？我们应该如何对待他们的行为？

小说的女主人公海斯特·白兰无论外表还是内心，都不像是一个罪犯，而更像是一个圣者。她五官端正，面貌姣好，仪态万方。因为不合理的婚姻制度，她嫁给了一个年老、阴沉、畸形的人，因而无法感受到爱情或者情爱。对于自己的感受，她也从不隐瞒，她积极地为自己寻找新的真正的目标。就这样，青年牧师狄姆斯台尔走进了她的世界，他们终于走到了一起，并且生下了私生女珠儿。但从此以后，她不得不面对来自夫权、教权和政权的重重压力，不得不忍受来自世俗的轻蔑侮辱和孤立包围。但她并没有屈服，更没有退缩。她只是以自己的目光和心灵法则来判断这世间的一切并决定自己的行动，她主动邀狄姆斯台尔一起逃走，但狄姆斯台尔却无法承受这种犯罪的压力，倒在地上溘然长逝，她独自承担了所有的一切。

海斯特·白兰从不以怨报德，对每一个人都乐善好施，纯洁无瑕，以致人们都不相信她胸前佩戴的红字"A"是"通奸"的意思，他们把这个"A"字解释为能干。作者在这里大胆地赞美了海斯特·白兰宝石一样的品质和水晶一样的心灵。

小说中的另一个人物狄姆斯台尔是作为海斯特·白兰的陪衬而塑造的。他长于辞令，富于宗教热情，英俊潇洒，但性格软弱，不能承受精神上的打击和恐吓。他在当地教区是一位受人尊敬的牧师，他有着强大的自制能力，可是仍不能遏止对海斯特·白兰的爱情。他们有了关系后，海斯特·白兰被人们公开惩罚，而狄姆斯台尔则因为隐瞒自己的过错而受到良心上强烈的谴责。他经常对自己的过错进行反省，更为自己不能承认自己犯罪的事实而焦灼不安。在这样长期的折磨中，他终于提前走到了人生的尽头，在临死前袒露了自己和海斯特·白兰之间的爱情。

→霍桑，美国作家，作品种类涉及小说、短篇故事和杂文等。其经典之作《红字》为他奠定了19世纪美国本土小说家的领导地位。

作者通过两位主人公之间痛苦的爱情悲剧，满怀同情地控诉了宗教法律残酷无情地扼杀了人性中与生俱来的爱情，并危害了人性中的善良。宗教的清规戒律使得美丽善良的海斯特·白兰不得不面对丑恶和羞辱之间的艰难选择，也使青年牧师狄姆斯台尔一生都背上了沉重的道德十字架：在双重压力下，他过早地失去了自己的生命和美好的年华。作品以震撼人心的力量披露了殖民地政教合一统治的荒谬性和残酷性，作者对两位主人公之间痛苦的爱情悲剧的描写充满了浪漫主义的色彩，以诗一样的笔调赞扬了人性的美好，品德的高尚与心灵的纯洁。主人公的人性美像一道闪电劈开了世界的黑暗。作品最后说道："一片黑地上，刻着血红的A字。"这是对人性之美的希冀和憧憬，显示了作者美好而博大的胸襟和善良的愿望。

在艺术成就方面，《红字》是一部寓意深刻、耐人寻味的浪漫主义杰作，在人物心理刻画和分析方面获得了独特的成就。这部作品真正打动作者的不是生动的细节描写，也不是紧张的故事情节，而是作品里发自内心的呼喊式的心理独白。这是故事中主人公的呼喊，也是作者的呼喊，更是当时善良的人们共同的呼喊。

作品在思想和艺术上也存在着一些不足。作者意在控诉宗教对人性的伤害，却又流露出浓厚的宗教意识；在心理分析和象征手法的运用上又不时表现出悲观和神秘的灰暗色彩。但从整体上看，《红字》作为当时名噪一时的佳作，它在揭示人物心理冲突，探索潜伏在事物背后的隐秘的意义方面，做出了光辉的典范，因此人们称他的小说为"心灵的罗曼史"。作为心理分析小说的开山之作，《红字》在小说史上的地位是不容忽视的。

第三节　带电的肉体：惠特曼

真正的美国诗歌是从一个伟大的诗人开始的，这位诗人就是沃尔特·惠特曼（1819～1892）。

惠特曼出生在一个海边的小村庄，小时候家境贫寒，只上了5年学，但已经饱尝了生活的酸甜苦辣。而此后的人生道路更为艰难——他当过信差，当过排字员，在艰难的生活中不断地学习，积累了丰富的知识；他任过乡村教师，和孩子们建立起了深厚的感情；他还当过编辑，对文学产生了强烈的兴趣。

1841年以后，惠特曼开始在事业上取得了骄人的成就。他成了一家大报的主笔，他不断撰写反对奴隶制的文章，在政治上为南北战争创造了良好的舆论氛围。当西欧革命的消息传来后，他写了不少诗歌讴歌革命，表达自己的激动和热情。1850年后，他离开了新闻界，在从事木匠和建筑师这些职业的同时，创作了他的诗集《草叶集》。这为他成为美国乃至世界的著名诗人打下了基础。南北战争后，他写了大量诗篇来赞美北方的奴隶解放措施，对林肯惨遭暗杀写下了沉痛而充满斗志的诗《哦，船长，我的船长！》，在当时引起了强烈的反响。

由于一生都过着颠沛流离的生活，再加上在南北战争中劳累过度，1892年，惠特曼因病辞世，享年73岁。

《草叶集》最后出版时共收录了惠特曼的383首诗歌。诗人自己曾说过，全集最核心的内容就是"民主"。是的，讴歌民主和自由是《草叶集》的主要内容，而作者将诗集命名为"草叶"，是有深刻寓意的。在其中最长的诗《自己之歌》的第六节，一个孩子问道：

草是什么呢？

诗人从几个方面作了回答。首先，草代表理想和希望：

我猜想它必是我的意向的旗帜，由代表希望的碧绿色物质所织成。

其次，它在各族人民中间同样生长：

在宽广的地方和狭窄的地方都一样发芽。

在黑人和白人中都一样生长。

惠特曼可被视为美国文学无韵诗之父，他很少使用押韵。其中他的一首歌颂林肯的诗歌《哦，船长，我的船长！》中，他在歌剧的宣叙部、英文圣经、莎士比亚及希腊和拉丁演讲术的翻译材料中找到适合其诗歌内容的形式典范，同时漫无边际地从其他语言中，尤其是法语中自由地寻找习惯片语词汇、选定的单词。其诗一般使用口语形式，在韵律和音调方面从慷慨激昂的演讲到模仿鸟喉的咏叹调，都有很大变化。

最后，它还象征着发展，象征着发展中的美国和全人类：

一切都向前和向外发展，没有什么东西会消灭。

—惠特曼，美国诗人，代表作为《草叶集》。

在惠特曼看来，"草叶"是最普通，也最富于生命力的东西，是普通人的象征，是发展中美国的象征，是他心目中民主和自由的理想和希望。《草叶集》中所有的诗的主题，就是通过一个普通美国人的生活、情感、思想，来表现他的国家和他的时代的普通人。这个普通人就是作品中看不见而又无处不在的"我"。

在惠特曼的笔下，出现最多的是普通的劳动人民，诗人对他们的纯朴、强壮、沉静和漂亮都进行了毫无保留的赞扬。因为劳动人民总是和自然紧紧联系在一起，所以惠特曼诗歌中对大自然也就充满了热烈的赞美和奔放的激情。诗人热情洋溢地歌颂美国壮丽的山河，美丽的草原，静静的田野，奔腾的大海。在作者乐观的笔下，祖国的一切都是那样美好，那样可爱，从而激发人民不由自主的爱国情感。

《草叶集》的思想和内容都离不开民主和自由，而它给读者的印象也是民主和自由的化身。具体来说，诗集中的民主精神首先表现在废除农奴制的立场上。诗人顺应历史潮流，坚决参加废奴运动，用火一样的诗歌点燃了废奴运动的热情。诗集的民主精神还表现在诗人对劳动人民的热爱和同情之中。在他的诗集中，赶车人、船夫、屠夫、铁匠、黑人、木匠、纺纱女、排字员、筑路者等等，无一不是健康而壮美的。这种健康和壮美也就是作者心中的民主观念在他们身上的具体体现。也正是这种民主精神，诗人一再宣扬"人类之爱"，并以乐观主义的笔调描写大自然，意气风发地歌唱人，歌唱人生，歌唱人的世界。

惠特曼的诗歌冲破了英国文学的影响，以其广阔的现实主义画面，浓重的浪漫主义笔调，用一种健康的、时代迫切需要的资本主义民主开创了一代诗风。他的诗没有什么清规戒律，显得豪放粗犷，十分接近散文和口语形式，但却有一股内在的激情贯穿其中。他的诗不是以形式或辞藻取胜的，他是凭借一种对民主的渴望与呼吁来表达自己的思想。

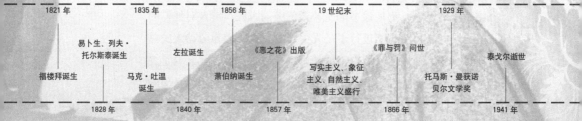

1821 年		1835 年		1856 年		19 世纪末		1929 年
福楼拜诞生	易卜生、列夫·托尔斯泰诞生	左拉诞生	《恶之花》出版	萧伯纳诞生	写实主义、象征主义、自然主义、唯美主义盛行	《罪与罚》问世	托马斯·曼获诺贝尔文学奖	泰戈尔逝世
	1828 年		马克·吐温诞生 1840 年		1857 年		1866 年	1941 年

第二编

壁立千仞的大家气象

（19到20世纪传统文学的发展）

dajia

如果说，从文艺复兴开始，西方文学已经进入了暖意融融的春天，那么，从19世纪开始，我们便不得不承认，西方文学的全面繁荣正好比那充满了浓烈色彩的地中海之夏。在工业革命欢快的马达声中，西方文学以一种与资本主义的疯狂扩张相颉颃的旺盛势头高歌猛进，从而开拓了一个全面辉煌的时代。正是在这个世纪，雨后春笋般的大家们为后世奠定了文学史的基本格局，甚至规定了文学的基本面貌。我们对于文学的基本认识和概念，无疑都是从这儿来的。正是19世纪以来那一个个春雷般响亮的名字，为我们薄薄的文学史增加了永远无法衡量的重量。

第一章

法兰西：全新的号角

在法兰西的历史上，从来没有一个时代像 19 世纪这样充满着如此多的动荡与不安。七月革命，拿破仑战争，雾月政变，巴黎公社……频繁爆发的革命和战争，使得整个社会弥漫在永无休止的硝烟之中。然而，也没有一个时代能在文学方面取得 19 世纪这样辉煌的成就。由巴尔扎克、雨果这些大师组成的群峰看起来已经高不可攀了，福楼拜、波德莱尔、莫泊桑等人却依然能够走出另一条阳光大道来。不同于那些大师的是，他们已经开始走出传统小说的理念，探索着法兰西现代小说的可能性。

第一节 医生般冷静的艺术家：福楼拜

←福楼拜，法国著名小说家，有写实小说家之称，堪称 19 世纪最伟大的文学大师之一。

在七月王朝和第二帝国时期，曾经风光一时的法国资本主义社会，开始褪去其炫目的七彩光环，暴露出腐朽的本质来。丑恶的社会现实，使一位年轻的作家内心充满了深深的失望和由衷的憎恨。他把自己所目睹的丑恶现实深刻地揭示在虚拟的艺术世界中，用自己的小说吹响了法兰西艺术全新的号角。这就是《包法利夫人》，一纸反映七月王朝和第二帝国在"经济繁荣"的掩盖下残酷剥削农民的檄文，一部揭露社会平庸卑劣、腐化堕落风气的力作。他的作者就是福楼拜。

居斯塔夫·福楼拜（1821～1880），生于法国西北部鲁昂城一个世代行医的家庭。他的父亲是鲁昂市立医院院长兼外科主任，他的童年就在父亲的医院里度过。早年他一度受过卢梭感伤主义的影响，曾经"在疯狂和自杀之间徘徊"。然而，外科医生的家庭背景，医生世家的冷静风格，都已经在他灵魂的深处种下了理性的种子。在成长中，他逐渐变得像外科医生一样冷静起来，以至于在以后的文学创作中也明显带有医生的细致观察与剖析的痕迹。

福楼拜从中学时代起就开始尝试文学创作。1841 年他就读于巴黎法学院，然而在 22 岁时，他被怀疑患有癫痫病，并从此辍学，一直住在家乡鲁昂，专心从事创作，终生未婚。

正如塞万提斯的《堂·吉诃德》是对骑士小说的清算一样，在某种程度上，《包法利夫人》是对浪漫主义与浪漫小说的清算。小说叙述了一个很简单的故事：爱玛·包法利是外省一个富裕农民的女儿，在青年时代，她和当时大多数年轻女性一样进入修道院学习。然而这最刻板最压抑的地方，却无法扑灭一个少女心灵深处幻想与浪漫的火种。令人窒息的宗教神秘气息，使她压抑的情感通过另一种形式更加猛烈地爆发出来。她对修道院的枯燥生活感到厌倦，于是向一位老妇借小说看。当时社会上流行的夏多布里昂、拉马丁等的作品，使她沉醉于贵族情调和罗曼蒂克的幽会的幻想之中。尽管成年后嫁给了平庸、迟钝、不解儿女柔情的乡镇医生包法利，但这种不切实际的浪漫主义火焰却一刻也没有熄灭过。她厌恶没有变化的乡下，厌恶愚劣的小资

→关于《包法利夫人》的绘画。

139

产阶级，更厌恶单调乏味的乡下生活，一心想过上自己理想中的幸福日子。她满脑子都是浪漫主义的爱情奇遇，渴望有一天遇到自己真正的幸福。终于，她遇到一个难得的机会离家出走，先后成为风月老手、地主罗多尔夫与书记员莱昂的情人。为了取悦莱昂，维持奢华的生活，她挥霍了丈夫的财产，还借了高利贷。然而她得到的回报却是欺骗与抛弃，高利贷也不断地向她逼债。在现实世界和精神世界的双重打击下，她吞下了砒霜，结束了自己悲惨的一生。

这便是爱玛——一个由单纯走向堕落的女性。《包法利夫人》一诞生，就有人指责爱玛是个无耻的荡妇。然而发出这些评论的人，都没有勘透作者在虚构人物背后隐藏着的良苦用心。如果爱玛没有进过修道院，如果她没有嫁给包法利，如果没有那个趁火打劫的债主，爱玛会是这样的结局吗？作者用一个血淋淋的悲剧事实书写了一个大大的问号——真正杀死爱玛的是谁？是她自己吗？不，是爱玛所生活的残酷环境，是人们置身于其中的黑暗社会。

19世纪中叶的法国外省，是个单调沉闷、狭隘闭塞的世界，它容不得半点对高尚的理想的追求，更不要说像爱玛这种对虚幻的"幸福"的渴望了。爱玛一心要追求传奇式的爱情，却成了别人的玩物；她想模仿贵族风雅的生活，却成了高利贷盘剥的对象；她想律师求援，却被律师乘机占有……她一次次地被骗，又一次次地遭到遗弃，最终以自杀结束了自己悲剧的命运。爱玛，不过是冷酷无情的资本主义社会中受摧残的妇女中的一个而已。

福楼拜自称是艺术家，而他也的确配得上这个称号。他写作《包法利夫人》，共花了4年零4个月，每天工作12小时，正反两面的草稿共写了1800页，到了最后定的时候，却总共剩下了不到500页。他对小说语言艺术的要求可以说是极度地苛求，每一章，每一节，每一句，甚至每一个字，都是他呕心沥血的结果，每一个场景、每一个细节都来自他仔细地观察或亲身体验。

→上 《包法利夫人》的插图。
下 1869年福楼拜的作品《情感教育》的插画。

拉马丁

拉马丁（Alphonse de Lamartine, 1790～1869），法国诗人兼政治领袖，法国浪漫主义运动的领导人物之一。他曾当过外交官，1848 年革命时期为临时政府成员，任外交部长，最终全身心投入文学创作。1820 年他的第一卷诗《沉思集》出版，立即获得成功。这卷表达个人情感及宗教信仰的诗集，以其新颖的音乐节奏及生活热情，与枯燥的 18 世纪诗歌形成强烈对比，正是这卷诗集使他成为法国文学史中浪漫主义运动的主要人物之一。1823 年又有《新沉思集》及《苏格拉底之死》问世。他欣赏英国诗人拜伦，这种感情渗透于《哈罗尔德游记终曲》（1825）中。1829 年当选为法兰西学院院士，翌年出版的《诗与宗教的和谐集》是充满宗教热忱的赞美诗。后期作品有《吉伦特史》（1847，8 卷），以及关于法国王政复辟史、1848 年革命史和记录当时其他事件的著作。拉马丁晚年光景异常凄凉，不得不为还债而写作。1869 年在巴黎去世时，几乎已经被人们遗忘。

"一句好的散文应该同一句好诗一样，是不可改动的，是同样有节奏，同样响亮的。"福楼拜响亮的宣言，道出了他艺术世界的真谛。

"这本 19 世纪的小说宣告了 20 世纪小说的诞生。"法国作家梅尔勒这样评价《包法利夫人》。这部在今天进入文学教科书的不朽作品，一经发表就引起了当时文坛的轰动，然而在它发表的第二年，却遭到了当局的指控，罪名是败坏道德、诽谤宗教。多亏了辩护律师塞纳的崇高名望和精彩辩护，才使得法庭最后无奈地宣布福楼拜无罪。这场官司的结果，是《包法利夫人》成为当时最畅销的书，也使福楼拜的名字更加炫目地走向世界。

第二节　邪恶之花：波德莱尔

自从启蒙的闪电划破黑暗的中世纪夜空后，西方世界的先行者就借助理性的波涛，涤荡着《圣经》为人类规定的"原始罪恶"，力图以人类本体的力量达到至善至美。从但丁到莎士比亚，从拜伦到雨果，这些生命力极度强大的诗人，纷纷以居高临下的姿态尽情地诅咒现实世界的污浊与腐恶，并以先知的眼光勾画一个美好的未来世界。而波德莱尔却颠覆了这一传统，他就像佛教

啊！危险的女人，啊！诱人的风光，我不会爱你的雪，又爱你的霜？我可以严寒的冬天里获得那种快乐，它比冰和铁更刺人心肠。
——《乌云布满的天空》

中著名的维摩诘一样，跟着污浊的世俗一起污浊，随着邪恶的世道一起邪恶。他是第一个掘出人类内心里的那个地狱的人。

1821年，波德莱尔生在一个受过法国大革命洗礼的美术教师家中。6岁丧父，7岁时母亲改嫁，继父奥皮克上校独断专横，幼小的波德莱尔从此陷入了忧悒之中，被一种"永远孤独的命运感"支配了一生。由于拒绝踏上继父所设定的人生道路，他被家庭断绝了经济来源。在巴黎路易大帝中学就读时他成绩优异。然而在他18岁时，由于拒绝揭发一个同学，他被学校开除，并于次年跌入了一个犹太妓女的掌握之中，从此他开始了自己的堕落。

22岁时，为反抗冷漠无情的继父家庭，波德莱尔带着先父的遗产离家出走，过起了浪迹天涯的花花公子生活。他挥霍无度，整天花天酒地、吸食大麻，很快就把遗产挥霍一空；他身患梅毒，心情压抑，曾多次企图自杀。在他四十几岁的时候，他看上去已经比一个60岁的老人还要苍老。这个曾以雄辩的口才和清晰的思路而闻名整个欧洲的天才，在他生命的晚年已是身患梅毒、瘫痪、失语等重症。在他病重时，他先是被收容在天主教办的疗养院，后来返回家中，在母亲的陪伴下他过了最后的时光。1867，这位开创了一个时代的诗人，这个在极度纵欲和极度痛苦中耗尽了自己全部生命的浪子，在母亲的怀中微笑着闭上了眼睛，年仅46岁。

一波德莱尔，法国诗人，象征主义运动的先驱，被视为20世纪初期最具影响力的现代诗人，最著名的诗集为《恶之花》。

使波德莱尔在生前遭受了恶名，但在身后却赢得了至高声誉的《恶之花》，就创作于他浪迹天涯的过程中。1857年，这本象征主义诗歌开山之作的出版使波德莱尔一举成名，也使他背上了"恶魔诗人"的骂名。法兰西帝国法庭曾以"有伤风化"和"亵渎宗教"罪起诉，查禁《恶之花》并对波德莱尔判处罚款。

《恶之花》是在资本

象征派作家 (Symbolists) 是指 19 世纪末的一群法国和比利时作家，他们反对被他们视为过度僵化的、法国传统诗歌的修辞原则。他们抛弃因袭的艺术观念，致力于直接传达个人独特感情经验的根本性质，这一点与印象派画家相似。他们在外部世界里探求真与美的内心世界的象征。

象征派运动产生于对波德莱尔的《恶之花》的普遍赞美，同时也受到了爱伦·坡的批评理论和诗歌创作实践的影响。重要的象征派作家还有兰波 (Arthur Rimbaud)、魏尔兰 (Paul Verlaine)、马拉美 (Stephane Mallarme)、拉弗格 (Jules Laforgue) 等。其中，比利时的剧作家梅特林克 (Maurice Maeterlinck) 将象征派理论运用于戏剧；古尔蒙 (Remy de Gourmont) 将其运用于评论；胡斯曼 (Joris-Karl Huysmans) 将其运用于小说。后来的克洛岱尔 (Paul Claudel) 被看作这一运动的直接继承人，而普鲁斯特 (Marcel Proust) 的小说一般被认为是象征派的生活方式和美学观点的伟大压轴戏。

到了 1900 年以后，象征主义逐渐衰退，发展成为颓废的、过度追求装饰的艺术形式。这时的许多象征派作家一度自称为"颓废派" (decadent)，他们以其极度精致的文明含意表达对于唯物主义社会的蔑视。叶慈 (William Butler Yeats)、艾略特 (T.S.Eliot) 以及乔伊斯 (James Joyce) 与此运动相联系，并且经由他们的作品使象征主义影响了现代文艺思想的广阔领域。

主义社会丑陋、罪恶的病态土壤中结出的病态花朵。波德莱尔曾经说："在这部残酷的书中，我注入了自己全部的思想，全部的心灵，全部的信仰以及全部的仇恨。"是的，《恶之花》要做的，就是把过去人们在文学作品中最忌讳的"丑"当作一种残酷的美来描写，从中挖掘由"恶"所产生的资本主义善恶关系。这里的恶指的不但是邪恶，而且还有在"恶"包围下所产生的忧郁、痛苦和病态之意，而花则是善与美的象征。与浪漫派认为大自然和人性中充满和谐、优美的观点相反的是，在波德莱尔看来，"自然是丑恶的"，自然事物是"可厌恶的"，罪恶"天生是自然的"；美德是人为的，善也是人为的；恶存在于人的心中，就像丑存在于世界的中心一样。他认为应该写丑，从中"发掘恶中之美"，表现"恶中的精神骚动"。波德莱尔以惊世骇俗的反叛姿态，推翻了统治人类千百年的善恶观，以一种前所未有的独特视角来观察恶，认为它既有邪恶的一面，又散发着一种特殊的美。它一方面腐蚀和侵害着人类，另一方面又充满了挑战和反抗精神，激励人们与自身的懒惰和社会的不公做斗争。这朵花之所以病态，邪恶，是跟它所生长的病态、邪恶的环境密不可分。因此，要得到真正的善，只能通过自身的努力从恶中去挖掘。采撷恶之花就是在恶中挖掘希望，从恶中引出道德的教训来。波德莱尔这种以丑为美，化丑为美的观点，在美学上具有开天辟地的创新意义，而由他所开创的这种美学观点，则成了20世纪现代派文学遵循的原则之一。

诗人对恶之花的采撷，首先从对自身的丑的大胆剖析开始。正如《恶之花》中开头的《致读者》这首诗中所说的那样：

倘若凶杀、放火、投毒、强奸

还没有用它们可笑的素描

点缀我们可怜的命运这平庸的画稿，

唉，那只是我们的灵魂不够大胆。

> **长长的送葬**
> 行列，没有鼓声也没有音乐，在我的灵魂里缓缓行进，被战胜的希望在哭泣，而残酷暴虐的苦恼又在我低垂的头上竖起它黑色的旌旗。
> ——《忧郁之四》

作为一个在资本主义的泥潭中打滚的纵欲者，波德莱尔写作《恶之花》全凭着一种惊人的勇气，一种将自己内心的恶昭然于人面前，让别人看到一个真实而丑陋的灵魂的勇气。他曾经说，"透过粉饰，可以掘出一个地狱来"，他就是首先掘出了自己内心里的那个黑暗地狱。这是一种直接切入事物本质的方式，让人类恶的本性直接暴露在阳光下。与那些表面上从事着光明的事业，内心世界却一片黑暗的人比之起来，这更是一种值得钦佩的率真，一种值得回味的真实。这种刀锋般犀利的态度抒情方式，真正宣告了文学的现代性的到来。

在展现人类内心世界的丑恶的同时，诗人把资本主义社会的残酷、腐朽现实也剖现在人们面前。在诗人笔下，那浪漫、华靡的巴黎风光在本质上是阴暗而神秘的，整个城市都充满了被社会抛弃的穷人、盲人、妓女，甚至不堪入目的女尸。丑恶的现状令人窒息，糜烂的生活令人绝望，这是资本主义社会的真实写照。

一这幅反对教权主义的法国卡通画揭示了教会与其反对者之间的对抗，这种对抗影响了19世纪和20世纪初的社会政治生活，同时也对知识分子的创作发挥了关键性的作用。

VOILA L'ENNEMI!

144

尤其典型的是，在《忧郁之四》一章中，锅盖、黑光、潮湿的牢狱、胆怯的蝙蝠、腐烂的天花板、铁窗护条、卑污的蜘蛛、蛛网、游荡的鬼怪、长列柩车、黑旗等令人恶心的、丑陋的，具有不祥意味的意象纷至沓来，充塞全诗，既展示了资本主义社会糜烂丑恶的现状，也显示出了被丑恶现实所折磨的叛逆者的"精神的骚动"。

作为一个以诗歌来狙击整个现实社会的诗人，波德莱尔是一个即使是走到上帝面前，也有足够的资本微笑的叛逆者。当他把诗歌的艺术力量张扬到美好和邪恶的临界境地的时候，他已经可以不朽。高尔基把波德莱尔列入那些"具有寻求真理和正义的愿望的"艺术家中，认为是"生活在邪恶中却热爱着善良"，阿尔蒂尔·兰波则在他那篇著名的《洞察者的信》中有这样的名言："波德莱尔是最初的洞察者，诗人中的王者，真正的神。"

第三节 自然，并且主义：左拉

19世纪的工业革命，不仅以它强劲的马达，把在落后的生产方式中苦苦挣扎的人类拽出了泥泞，同时也给人类带来了科学的认识论和方法论。法国哲学家孔德在批判神学和形而上学的基础上创立的实证主义哲学，掀起了一股崇尚科学精神、强调真实和精确的思潮；而人类科学进步的里程碑，达尔文的《物种起源》的出版，更是以它严谨的科学精神震撼了全世界。一时间，科学主义蔚然成风，自然科学的方法被推广应用到生活的各个方面。自然主义，就是在这种科学主义的影响下，在浪漫的法兰西王国出现的写

→ 1891年，左拉描绘金融的小说《金钱》发表。这里，枯燥的股票交易所变成了吸引人的战场，变成了一个令人疯狂的金钱世界。它被拍成电视剧并且保有充足的日发行量。本图即为关于此书的宣传海报。

145

实流派。而左拉，就是这一流派理论体系的建构者和创作的集大成者。

　　爱弥尔·左拉 1840 年 4 月生于巴黎。7 岁时，他的父亲患肺炎离开了人世，从此孤儿寡母就过着饥寒交迫的生活。19 岁时，左拉在巴黎参加中学毕业会考失败，加之家境贫寒，他从此失去了上学的机会。青年时代的左拉经常处于流浪和无所事事中，有时候做抄写员，有时候在郊区流浪，有时候又穷得到当铺典当衣物。在这样艰苦的条件下，他一边用面包蘸着植物油充饥，裹着毯子御寒，一边仍坚持着他心爱的文学创作。

　　1862 年，左拉进入了阿舍特出版社工作，从此他的人生出现了转机。一开始他在发行部干打包裹的差使。由于他突出的文学才华，他很快便被调到广告部任职，不久又被提升为广告部主任。其间，他结识了很多作家和新闻记者，并为出版社写些散文和中短篇小说。1865 年，他的第一部长篇小说《克洛德的忏悔》发表了。这本书被官方斥之为"有伤风化"，警察还因此而搜查了他的办公室，发现他和一些进步人士交往密切，还为政府反对派的报纸撰写文章。为了不连累出版社，

→在左拉的葬礼上，法国文坛 19 世纪后期的重要人物法朗士曾激动地说："左拉的文学作品篇幅浩瀚……他的作品不仅形式上庞大，思想上也很充沛。这是善良的精神，左拉是个善良的人。他有颗崇高的心，单纯和简朴。他有高尚的情操。他描写罪恶，既有艰辛，也有正直良心……"；上面笔迹为左拉亲笔手书。

左拉在 1866 年辞去了出版社的工作，从此走上了专业创作的道路。

受当时风靡法国的实证主义哲学、遗传论以及实验医学的影响，左拉初步形成了自己再现现实、描摹现实的自然主义文艺创作理论。为了实践自己的理论，他决心创作一部像巴尔扎克的《人间喜剧》那样多卷本的巨著。从 1868 年《卢贡家的发迹》的成书，到 1893 年《巴斯加医生》的脱稿，经过长达 25 年的辛勤耕耘，左拉终于完成了这部包括 20 部小说的宏伟史诗——《卢贡－马卡尔家族》。

《卢贡－马卡尔家族》着力展现的，是第二帝国时代一个家族的自然史与社会史。深切地感受着社会动荡不安、社会形态剧变的左拉，一方面要通过一个家族血缘遗传与命定性的科学研究，展示生物意义上的人类怎样互相联系、互相争斗，并形成以生物性为纽带的社会，这个社会又是怎样地反过来制约人类；另一方面，他要如实地展现从 1851 年拿破仑第三发动政变，到 1870 年普法战争结束，这段充满了疯狂与耻辱的时代的社会风俗长卷，从中揭示"第二帝国"的腐朽本质和生产方式变迁所带来的社会动荡。

《卢贡－马卡尔家族》的第九部《娜娜》，是左拉"自然史"的代表，其单行本首发日一天就售出 5.5 万册，不愧为左拉的杰作。小说的主人公娜娜是个歌剧院的女演员。喜欢酗酒的父亲经常在醉后对她施以暴力，不堪忍受的她最终离家出走。而一旦她进入了纸醉金迷的上层社会，便沾了种种恶习而不能自拔。作为演员，她演出了下流喜剧，诱惑了无数公子王孙，腐蚀了巴黎的整个上层社会；作为妓女，她用自己的肉体迷惑男人，使他们心甘情愿地为她挥霍大量金钱。她的肉体是腐蚀剂，是生活在底层社会的贱民对上层社会的报复。作者从生理学的角度揭示出，娜娜由一个可怜的女孩变成一个"落在谁身上就把谁毒死"的淫荡娼妓，是有着遗传因素的。由于遗传，娜娜"在生理上与神经上形成一种性欲本能特别旺盛的变态"。左拉的这样的艺术安排并非一时的心血来潮，而是先通过家族史的第 7 部《小酒店》描写娜娜父母的酗酒，然后引出娜娜的堕落。酗酒的原因是贫穷，而酗酒则又会导致返祖遗传。贫穷——酗酒——卖淫，构成了一部完整的堕落史。当然娜娜身上也有一些可取之处：她厌恶卖笑生活，憧憬过一夫一妻的小康生活；她同情、怜悯穷人，把仅有的钱捐给穷人；她是一个慈爱的母亲，为了儿子的安全而死于天花。然而这些闪光点

《卢贡－马卡尔家族》

《卢贡家的发迹》 (1868)
《贪欲》 (1871)
《巴黎的肚子》 (1873)
《普拉桑的征服》 (1874)
《莫雷教士的过失》 (1875)
《欧仁·卢贡大人》 (1876)
《小酒店》 (1877)
《爱的一页》 (1877)
《娜娜》 (1880)
《家常琐事》 (1882)
《妇女乐园》 (1883)
《生活的欢乐》 (1884)
《萌芽》 (1885)
《作品》 (1886)
《土地》 (1887)
《梦》 (1888)
《人面兽心》 (1890)
《金钱》 (1891)
《崩溃》 (1892)
《巴斯加医生》 (1893)

最终未能形成一束划破黑暗的耀眼光芒，她始终未能与纸醉金迷的娼妓生活一刀两断。娜娜个人悲剧的深层原因就在于，第二帝国时期的法国社会太腐败，恶势力太强了，凭借她个人的力量无法摆脱那万恶腐朽的环境，无法打破套在她身上的枷锁。

这部家族史的第十三部《萌芽》，则是"社会史"的经典之作。它的创作有着现实的基础。1884年，法国北部的采煤区发生大罢工，左拉闻讯赶往现场，进行实地调查，回来后便创作了这部文学史上第一次正面表现产业工人罢工斗争的自然主义巨著。作者锋利的笔触深入到了资本主义生产关系中的工人恶劣的劳动环境和极度贫困的生活：资方为了追求最大的利润，让设备年久失修，危机四伏；坑道在几百米深的地底下，工人必须跪着、爬着、仰面躺着干活；混合着瓦斯、粉尘的恶劣空气使人窒息。就是在这样的工作环境下的艰辛劳动，也换不来最基本的温饱，即使是最勤劳、最熟练的工人也逃脱不了饥饿的命运。恶劣的生活环境、残酷的资本剥削，是工人贫困的真正原因，也是罢工爆发的深刻根源。为了抵抗这不公平的现实，为了争取自身的生存权利，工人们自发地组织起来，勇敢地向资产阶级公开挑战。更重要的是，这场罢工是在国际工人联合会领导和支持下进行的，

一在拿破仑三世统治下突如其来的商业革命中出现了众多的大型商场，在那里商品丰富、品种齐全，而且价格固定。小说家爱弥尔·左拉从中提取主题写成小说《妇女乐园》。

有着正确的思想指导。尽管在罢工的初期仍有捣毁机器泄愤的现象，但这次罢工不仅提出了经济要求，而且还破天荒地触及到了政治权利——要求废除镇压和束缚工人的里卡多法案。这是一个阶级的真正觉醒，这是一曲无产阶级同资产阶级英勇搏斗的英雄赞歌，这是无产阶级第一次作为整体力量出现在文学作品中。尽管罢工最后以失败告终，但是无产阶级愤怒的力量已经足以使资产阶级心惊胆战。左拉并没有因为罢工的失败而悲观，他相信，工人复仇的大军正在田野里慢慢生长，革命力量的稚嫩萌芽，就要冲破厚重的泥土，成长为参天的大树。

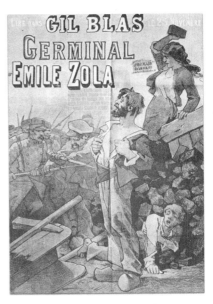

→《萌芽》插图

由于左拉在作品中大量地描写丑恶的社会现实，由于他对当局毫不妥协的对抗态度，更由于他公开地反对资本，歌颂劳动社会化，他被当时的右翼分子视为眼中钉、肉中刺。因此，当1902年9月他在寓所因煤气中毒逝世后，一直有人怀疑他是被人所害。1906年，法兰西政府为这位伟大作家补行了国葬，他的骨灰也被转移到先贤祠。

第四节　短篇小说之王：莫泊桑

当资本主义社会以它充满致命病菌的资本细胞腐蚀着人类，使人类成为金钱和权利的奴隶的时候，西方的艺术家们切实地体会到了人类异化所带来的巨大痛苦。面对痛苦，很多人选择了理想主义的回应，塑造出一种超凡脱俗的圣洁气质作为对丑恶现实的反击；又有很多人则选择了现实主义的态度，把蠕动在资本主义社会中的"灰色动物"身上自私而卑怯的特性剖开来给人看。

居伊·德·莫泊桑就是这样一位致力于挖掘小人物的批判现实主义作家。他于1850年8月5日出生于法国诺曼底的一个破落贵族家庭。母亲出身于名门而且有着良好的文学修养，舅父是诗人与小说家，在这种家庭氛围的熏陶下，

你那资产者的面孔多么惟肖！没有一个不成功的；高尼岱绝妙而且真实，满脸小麻子的修女，好极了，而伯爵，口称"我亲爱的孩子"，还有那结尾！可怜的妓女哭泣着，而另一位在唱《马赛曲》，妙！
——节选自福楼拜读完《羊脂球》样稿后给莫泊桑的信

写实主义与自然主义

写实主义（Realism）和自然主义（Naturalism）用以指19世纪下半叶至20世纪初期发生在欧洲和美国的文学运动。此两个运动皆发源于法国，强调要忠于真正的生活体验，不相信唯心论和任何非物质来源的价值。他们都是对19世纪逐渐发展的科学发出的艺术的回应。

虽然这两种流派表面上有许多相同点，但写实主义者重视物质世界本身，重视其中发生的事件和值得注意的原因，尤其是客观地传达他们的意义深长的责任；而自然主义者则在表达上有哲学倾向，他相信人的生活和行为是由遗传、环境和自然法则所决定的。基于此，他把作品当作实验室来检验处于控制条件下的生活。

写实主义源于19世纪30年代在法国出现的与当时具有领导地位的浪漫主义唱反调的文学思潮，他是以物质和真实为基础。而这一名字的由来则借用了库尔贝对自己的绘画艺术的称呼。巴尔扎克是法国第一位伟大的写实主义作家，后继者为福拜雷；英国主要的写实主义作家为穆尔（George Moore）和季辛（George Gissing）、萨克雷（William Makepeace Thackeray）、狄更斯（Charles Dickens）、艾略特（George Eliot）、本涅特（Arnold Bennett）以及高尔斯华绥（John Galsworthy）；托尔斯泰和屠格涅夫为俄国写实主义大家；在美国，写实主义为借自法国和俄国的自我意识运动，由豪威尔斯（William Dean Howells）和詹姆士（Henry James）精确表达。

自然主义以左拉的小说和理论文章为首倡，左拉为他论述自然主义的基本主张题名为《实验小说论》，除此以外，自然主义还包括决定论的唯物论学，它与写实主义在意识上是截然相反的。左拉的20部长篇连续性小说《卢贡－马卡尔家族》是整修自然主义小说的缩影；自然主义在英国仅存在表面上的影响；而在德国，戏剧却相对小说更受自然主义影响，代表人物为霍普特曼（Gerhart Hauptmann）；美国自然主义作家中蜚声国际文坛的只有德莱赛（Theodore Dreiser），他的《嘉莉妹妹》（1900）表现了两位主人翁面临如何适应生存环境的问题。

20世纪末期，存在主义渐渐被一些严肃的小说家于摒弃写实主义与自然主义的经验形式下塑造出来。存在主义为作家们带来了自由，使单独的个体而不是物质对象或自然法则成为生活的中心。

莫泊桑幼小的心灵中就已经种下了文学的种子。13岁的时候，莫泊桑进入伊弗托的教会学校学习，却因为写诗讽刺束缚身心的教规而被开除教籍。1868年，他到里昂中学学习，并与当时的著名诗人路易·布耶通信。在这位前辈的鼓励下，年轻的莫泊桑开始了多种文体的习作。

1870年，令法国遭受了奇耻大辱的普法战争爆发了。年轻的莫泊桑也应征入伍，被分配到里昂第二师的后勤处。在这里他不但亲眼看见了法军的溃败，而且自己也险些作了普鲁士人的俘虏。战争结束后，莫泊桑在巴黎定居下来。从1872年起，他先后在海军部和教育部供职，前后长达数十年。这段经历使他对处于社会底层的小职员的生活状况及精神境界有了深刻的认识，成为他日后小说创作的重要主题。在此期间，他利用业余时间进行文学创作，并于1873年做出了对他的人生具有决定意义的选择——拜福楼拜为师。福楼拜是莫泊桑舅父及母亲的好友，他把现实主义的创作原则深深地印在了莫泊桑的脑海中，那就是仔细观察生活，保持客观的写作风格，揭露和鞭挞资产阶级偏见。

《羊脂球》是莫泊桑发表的第一篇小说，但它一出现就形成了一个巅峰——不管是对莫泊桑自己的创作，还是对整个欧洲短篇小说。小说以普法战争中被普军占领的里昂城为背景，写十个市民同乘一辆马车逃离敌占区。这十位乘客中，有贵族地主、暴发户、资本家和他们各自的妻子，还有两位天主教的修女，一位自称"革命家"的假爱国者，以及一位外号"羊脂球"的妓女。途经多特镇时，普军军官要求羊脂球陪他过夜，却遭到了羊脂球的拒绝。为了使这位女同胞屈从普鲁士军官的无耻要求，从而实现顺利过关的目的，这几位道貌岸然者想尽了阴谋：暴发户主张把羊脂球捆起来交给敌人，贵族地主则主张用花言巧语使她就范。最后，是两个修女拿出了赶路救护患了天花的士兵的借口，并以《圣经》故事说明，只要用意正当，动机纯洁，就算是不好的行为也会受到上帝的原谅。这种冠冕堂皇的理由和宗教力量的说教打动了善良的羊脂球的心，她为了全车人的安危，终于牺牲了自己的肉体和尊严。然而一旦马车安全离开，全车的人却似乎完全忘记了刚才发生的事情。他们各自享用着自己的美味佳肴，没有一个人关照一下为了一车人的生命牺牲了贞操，而且在慌忙之中没有准备食物的羊脂球。在羊脂球悲伤的哭泣和呜咽声中，小说画上了一个令人深思的句号。

　　从传统的贵族地主，到新兴的暴发户；从上流社会的资本家，到四处活动的"革命党"；从披着圣洁外衣的修女，到做着肮脏事业的妓女，这辆小小的马车包罗了当时法国社会的各个阶层。那些看起来道貌岸然的"上等人"，在面对国家的灾难、个人的尊严的时候，无一例外地都表现出了卑躬屈膝、贪生怕死、虚伪堕落。车中的三位资产者，一个是为了躲避战争的灾难，一个是为了转移财产，另一个是为了发国难财而出走的。当他们遇见普鲁士军官时，个个唯唯诺诺地鞠躬致意，暴发户甚至不失时机地推销了一批葡萄酒。他们的太太先是觉得与妓女同车受了玷污，继而又大嚼妓女的食物而没有任何嫌弃。出卖羊脂球本来是关系到走与留的大事，可她们说起猥亵下流的话题时竟然忍不住心花怒放，虚伪的本相一下子暴露无遗。清谈爱国的"民主党人"高尼岱也是一路货色，他一上车就对羊脂球动手动脚，结果挨了"结实的一拳"；他义愤填膺地责骂别人出卖羊脂球，是源于他对羊脂球姿色的垂涎；他恨有产者的卑鄙自私，可他自己却连吃四个鸡蛋而看着羊脂球挨饿。这些人自私、卑鄙、下作的行为，让人自然联想到在战场上溃逃的法兰西将军们。正是他们懦弱的本性和深入骨髓的自私，才使得法国失去了土地和自由。

　　而身份最下贱的妓女，却是这群人里面精神最高贵的一个。她是因为不堪忍受普鲁士士兵的侮辱而逃，在车上遇到高尼岱的暗中调戏时用拳头给予了回击，她好心地把自己的食物分给大家吃，她严词拒绝了普鲁士军官。在一车人中，只有她表现出了国难当头时，一个真正的法国人所应该具有的民族气节和个人尊严。莫泊桑的高明之处就在于，他描写了妓女在精神上的高贵，从反面衬托出了那些"上等人"的娼妓本质——他们是一群道貌岸然的衣冠禽兽，是一群道德沦丧的精神娼妓。小说无情地鞭挞了贵族资产阶级的虚伪堕落，表现出了对受凌辱的底层人民的同情和对国家灾难的忧思。在小说结尾，高尼岱吹着《马赛曲》，羊脂球却在低声哭泣。这混合了两种深刻寓意的声音，实际上是整个法兰西民族泣血的悲歌。

　　1892 年，长期的疾病折磨使莫泊桑精神失常，自杀未遂，此后一直未能恢复清醒。18 个月后，莫泊桑在布朗什大夫的疗养院里去世了。由于他在小说中对于农村题材和普法战争题材的开拓，更因为他在小说中高超的语言技巧和独具匠心的结构营造，人们献给他"欧洲短篇小说之王"的桂冠。

第五节　欧洲的良心：罗曼·罗兰

　　在资本主义向垄断资本主义过渡的 19 世纪末，原本就多灾多难的人类世界更呈现出一派阴霾密布的气氛，整个世界笼罩在战争的浓雾里，到处都可以嗅到硝烟的气息。在这样的时代，"个人自由"与"精神独立"的口号被许多作家提了出来，以表达对不可复返的资本主义自由竞争时代的怀念与眷恋。《约翰·克利斯朵夫》就是这个时代的贫瘠土地上结出的耀眼奇葩。

罗曼·罗兰（1866～1944）出生于法国中部高原上的小镇克拉姆西。父亲是公证人，母亲是个富有音乐修养的天主教徒。罗兰从小就受母亲的影响酷爱音乐、笃信上帝。贝多芬和莎士比亚，是照耀了他童年和少年时代的两颗明星。16岁那年，父母为了他的前途而举家迁到巴黎。1886年，他考入了著名的巴黎高师。在那里，他如饥似渴地阅读着文学作品，并斗胆向文学泰斗托尔斯泰写信请教。出乎意料的是，他不久就收到了托尔斯泰给他的回信，信中说："只有把人们结合在一起的艺术，才是唯一有价值的艺术"。托尔斯泰的艺术观和他的人道主义，给了罗曼·罗兰一生的影响，他在大学时代就立下了"不创作，毋宁死"的铮铮誓言，决心走文学创作的道路。

高师毕业后，罗曼·罗兰被派往罗马考察，并于1895年获得了博士学位，此后便在他的母校巴黎大学教书。在很长时间里，罗曼·罗兰在巴黎一幢五层小楼顶层的两间小屋里离群索居，默默耕耘，以十数年如一日的热情进行创作。1912年，从最初构思到最终完稿共花费了20多年时间的长篇巨著《约翰·克利斯朵夫》终于问世了。这部伟大的作品使他在1915年获得诺贝尔文学奖，也使得罗曼·罗兰为全世界所瞩目。

→罗曼·罗兰

就在罗曼·罗兰成名的那年，第一次世界大战爆发了。对人类荒谬的自相残杀与各国当局可耻地欺骗人民的现象痛恨不已的罗曼·罗兰，公开地发表反对战争、主张人道主义的进步言论。在一个普遍被民族沙文主义涨昏了头脑的荒谬年代，他马上成了法国报纸咒骂的中心，国人攻击的众矢之的。幸而当时他住在瑞士，如果在法国的话，他很可能被狂热的"爱国者"所暗杀。二战期间，在疯狂的纳粹德国的包围之中，罗曼·罗兰在沦陷的法国，以年迈多病之身泰然自若地坚持他的写作，表达他对侵略战争的抗议。1944年8月，巴黎光复，11月7日，罗曼·罗兰抱病参加了十月革命的纪念活动，不久便在故乡与世长辞。

《约翰·克利斯朵夫》以贝多芬为原型，写了一个平民音乐家奋斗的一生。克利斯朵夫出生在德国莱茵河畔的一个小城的音乐世家，祖父、父亲都是宫廷乐师。他从小就显示出与众不同的音乐天分，13岁就当了宫廷乐队的第一提琴手，被称为"再世的莫扎特"。他不满于德国艺术世界中的欺诈，却不被人理解。由于搭救被士兵欺负的农民，他打死了一名士兵，不得不亡命法国。他原以为经历了大革命风暴的法国会是一个自由、幸福的乐园，然而摆在他面前的却是和德国一样丑恶的现实。他试图闯出一条新的道路，然而在资产阶级的腐朽文化的面前，在伪艺术泛滥成灾的现实面前，他进步的艺术思想总是碰得头破血流。在一次"五一"节的游行中，他的好友奥里维为了救人与警察发生了冲突致死，愤怒的克利斯朵夫在打死一名警察后逃到了瑞士避难。在一战过后，克利斯朵夫已经是享誉欧洲的大音乐家了，然而半生的痛苦与挫折，已经熄灭了他心中反抗的火焰，使他整个人变得温和、恬静起来。当他告别了瑞士的隐居生活，重新回到法国时，早期鼓荡于他血液中的那种狂飙式的反抗精神已经完全消失。晚年的他避居在意大利，潜心于宗教音乐的创作，直至死去。

通过克利斯朵夫的幻想、追求与奋斗历程，罗曼·罗兰以细腻的笔触展示了在一个动荡的年代里，小资产阶级极度的精神不安，从而谱写了一部宏大的"现代心灵的道德史诗"。坎坷的遭遇和不公的现实使克利斯朵夫对现实不满并进行反抗，然而小资产阶级的地位又决定了他不能完全与统治阶级决裂而对之抱有一定幻想；受排斥的阶级地位使他性格坚强，而个人主义的偏见和一些因袭的思想又使他软弱无力；日趋没落的社会经济地位使他同情人民、接近人民，然而个人英雄主义的意识又使他对人民群众的力量抱有怀疑态度；正义感和使命感使他与丑恶的社会现实尖锐对立，小资产阶级与生俱来的动摇性则使他常常对现实妥协。在帝国主义和无产阶级革命的时代，他还幻

图说世界文学史

想用资产阶级上升阶段的思想武器来对抗疯狂膨胀的垄断资本主义，失败的结局早已经在冥冥之中被上苍所注定了。克利斯朵夫由一个疾恶如仇、顽强反抗的艺术界斗士，蜕变为一个隐忍恬退的旧世界的妥协者，他的悲剧是新的历史时期一代资产阶级知识分子个人奋斗的悲剧。他的悲剧宣告着资产阶级革命时代的结束和无产阶级革命的到来。他的形象浓缩了俄国十月革命以前，整整一代具有民主思想的知识分子的思想面貌和精神面貌，因此具有鲜明的时代气息和典型意义。

在展现克利斯朵夫的艰辛奋斗的同时，小说入木三分地描写了资产阶级文化和精神的堕落。克利斯朵夫曾把巴黎看作自由的天堂，艺术的乐园，然而他在巴黎亲身感受到的，却是出版商像猛兽等待猎物一样专门等待艺术家走投无路。文学作品里充斥着淫荡和肉欲，弥漫着精神卖淫的风气，艺术变成了现代工商业化的一种副产品。议员一心想捞到财产和再次当选，贵妇人精神空虚，只求享乐，文艺界的高级社会场所就像一个农贸市场……垄断资本主义的文化和精神已经颓废到了极点，只有等待一个新的世界的出现来终结它。而《约翰·克利斯朵夫》，正是要在完结一个世界的同时，诞生另一个世界。

《约翰·克利斯朵夫》不只是一部小说，而是人类一部伟大的史诗。它所描绘的不是征服外界，而是征服人类内心世界的战绩；它所要歌咏的也不是人类在物质方面，而是在精神方面所经历的艰险。它是千万生灵的一面镜子，是古今中外英雄圣哲的一部历险记，是贝多芬式的一阕气势磅礴的交响乐！

第二章

日月双悬

　　从地中海到西伯利亚，从彼得堡到伏尔加河，俄罗斯广袤而辽远的黑土地上终于孕育出了蓬勃而鲜活的生命力。在前一编的第七章里，我们已经感受到了这块肥沃的土地上所喷薄而出的熹微晨光：普希金、果戈理、屠格涅夫，这些响亮的名字如朝日初升、月华遍洒般出现在俄罗斯文化的上空，似乎就已经预示了，甚至可以说是宣告了一个被后世学者与读者所惊讶赞叹，甚至不解迷惑，但又不可否认其存在的真理：这个世纪属于他们，属于思想和痛苦着的俄罗斯！

　　更为重要的是，历史总是喜欢选出自己的代言人来，在给他无与伦比的苦难时，也给他代表一个时代的天赋权力与崇高地位。高尔基曾充满激情地赞叹道"托尔斯泰和陀思妥耶夫斯基是两个最伟大的天才，他们以自己的天才的力量震撼了全世界，使整个欧洲惊愕地注视着俄罗斯，他们两人都足以与莎士比亚、但丁、塞万提斯、卢梭和歌德这些伟大的人物并列。"的确，一如日月经天，他们君临于苦难而不幸的俄罗斯上空，也君临于世界文学的上空。

第一节　拷问人类的心灵：陀思妥耶夫斯基

　　陀思妥耶夫斯基（1821～1881）不但是俄罗斯文学史上，甚至也是世界文学史上最为复杂的作家之一。他的复杂与单纯、深刻与片面、矛盾又统一、冷漠而悲悯，无不是那个时代的集中反映，甚至是文学乃至于人类自身的集中反映。

　　陀思妥耶夫斯基出生在19世纪俄罗斯这样一个以门阀自矜的时代中。不幸的是，他出生在一个平民家庭，但幸运的是，他在这种环境中养成了对下层人民异常关注的情感趋向，这也成了他一生文学生命的核心与主轴，并且为其文学创作灌注了更为深厚而感人的内蕴。不过，事情并非如此简单，他的父亲在担任医官期间取得了贵族身份，并置有两处田产。1839年，在陀思妥耶夫斯基刚满18岁的时候，他的父

图
说
世
界
文
学
史

→这是陀思妥耶夫斯基的未完作品《卡拉马佐夫兄弟》的原稿。

亲因虐待农奴而被激愤的农奴殴打致死，这一猝然变故对他的影响，应当不在后文要提到的被宣判死刑之下。

年轻的陀思妥耶夫斯基本来在一所军事工程学校学习，但他却对文学产生了浓厚的兴趣。1844 年，他翻译巴尔扎克的《欧也妮·葛朗台》出版，这给予他以莫大的激励。而两年之后，他的成名作《穷人》出版，不仅坚定了他走文学之路的

→陀思妥耶夫斯基，俄国小说家，也是欧洲文学史上最具原创力的作家之一。他之所以被视为破除偶像的思想家，主要是因为他在表达方式上的创造力，而非在抽象思想上的创新。其作品的深远影响不仅遍及现代文学，而且更深植现代人的思想中。

决心与信心，而且也奠定了他在当时文坛上的地位。《穷人》继承了普希金和果戈理描写小人物的传统。别林斯基说过："许多人可能会认为作者想通过杰符什金这个人物描写一个智力和能力都受到压抑、被生活压扁了的人。""实际上作者的思想要深刻得多，仁慈得多——他通过玛卡尔·杰符什金这个人向我们显示：一个天赋极其有限的人的天性中，有着多么美好、高尚与神圣的东西。"而真正带有他独特的创作个性的作品，却是那部并不如何成功的小说《双重人格》。在这部作品中，他精雕细刻地描绘出了病态心理和分裂性格，这种对人性深层世界的挖掘的努力，正是他今后成功的轻柔序曲。

1847 年，陀思妥耶夫斯基与他一向敬爱的别林斯基们决裂了，他不能接受别林斯基对文学那种过于富有社会功利色彩的界定，从其接下来的创作情况来看，我们不能不承认，他们的决裂是迟早的、必然的结果。然而，他对别林斯基的敬仰依然如同儿时的经历一样无法磨灭。1849 年，他因在一个会议上宣读别林斯基那封致果戈理的反农奴制的信而被捕，并迅即被

判处死刑。可就在他从精神上已经熄灭了自己生还的希望之灯的时候，沙皇尼古拉一世却突然赦免其死罪并改判苦役，这一经历给了他精神上永远无法平息的心灵创伤，也深刻地改变了他今后的创作轨迹。

1866年，陀思妥耶夫斯基的代表作《罪与罚》问世了。这部作品为作者赢得了广泛的世界声誉，同时也被许多学者认为是最能代表他的艺术风格的作品。

小说表面是写了一起谋杀事件，然而，作者那八面玲珑、无微不至的笔锋却时时刺向社会，插到人物的心灵深处，并渗透到社会与道德传统的底层去。

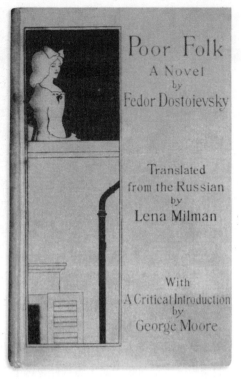

→这是英国艺术家比亚兹莱于1894年为陀思妥耶夫斯基的著作《穷人》英文版所做的封面。一个女人站在阳台上的花盆旁，正冷漠地望向画外，下面有一扇门及一个黑色的管道，这些冷冰冰并且缺乏感性的元素虽与唯美主义理论相悖，但却和陀思妥耶夫斯基的作品基调一致。

穷大学生拉斯柯尔尼科夫在彼得堡已贫困潦倒，苦难的生活把他逼到了绝境。他整日踯躅街头，想找到一个活下去的方法。然而在大街上，他却看到了更多的苦难与悲凉。这个世界仿佛已经到了末日，到处都是罪恶与丑陋，穷困与凄惨。在一个小酒店里，他又碰到了马尔美拉陀夫，一个落魄的九品文官，他因为找不到事干，只好任由其长女索尼亚出去卖淫以维持家中难以为继的日子。马尔美拉陀夫羞愧难当，却整日酗酒，借以忘却此事，但这样却给家人带来更多的痛苦。最后，这个微不足道的小人物在马路上被车轧死。

《罪与罚》的基本情节极像一个惊险、凶杀的小说。然而在这里，陀思妥耶夫斯基表现出了他那如椽的笔力与深邃的悲悯：在这些描写中，他的笔锋饱含着同情与忧伤。这是一个什么样的世界啊，阴森恐怖的现实，挣扎呼号的人们……此时的拉斯柯尔尼科夫已经处于一种精神恍惚的状态中了，他偶尔在酒店中听到有人说一个放高利贷的老

图说世界文学史

太婆如何的为富不仁，他便决定去杀这个老太婆，他甚至认为这是一件好事，可以杀富济贫。就这样，他用斧头杀死了老太婆和她的妹妹。在接下来的巨大篇幅里，作者细致入微地剖析了犯罪之后拉斯柯尔尼科夫精神上的折磨与分裂，他的个人主义思想在道义的鞭挞和良心的谴责下走向了崩溃，最后，在索尼亚基督精神的感召下，他投案自首，以经受苦难而走向新生。

在发表此书的两年后，他又写出了另一部经典性作品《白痴》。在这本书中，他用了全部的笔力写出了一个近于基督的人物——梅什金公爵。这个人物是陀思妥耶夫斯基全部宗教理想的集中体现，他正直、善良、宽容，更重要的是，他对所有的人都充满了信任和温情。而女主人公娜斯塔霞从小父母双亡，长大后变得聪慧美丽，却被收养她的贵族地主托洛茨基所占有。后来，托洛茨基打算娶将军之女为妻，便想把娜斯塔霞推出去。他愿意拿出7.5万卢布的巨款作陪嫁，把娜斯塔霞嫁给将军的秘书，以此作为娶其女的条件。将军也同意此门婚事，一来他可以有一个有钱有势的女婿，更重要的是，他早就对娜斯塔霞的美貌垂涎三尺，希望以后可以有所沾染。秘书对此也洞若观火，但他却贪图那份巨额陪嫁，因而极力促成这件事情。在这笔肮脏的交易中，谁也没有考虑到娜斯塔霞，她的美貌与聪慧只是成了这个肮脏交易的一个不起眼的注脚。然而，这个出淤泥而不染的人并没有逆来顺受，她对这伙肮脏的家伙进行了反抗甚至挑战。她深爱着梅什金公爵，但却觉得自己已经配不上他了，于是，在她的生日宴会上，她表示愿意嫁给出钱10万卢布的商人罗戈任，而后她却将这10万卢布投入了火炉，声称谁用手取出来就是谁的——她拿这些伪君子们所倚仗、所垂涎的东西嘲笑了他们。然而，在撕下那些人的面具的同时，她也毁掉了自己的幸福。她一次又一次地从罗戈任那里跑回到梅什金公爵身边，但却一次又一次地从公爵那里再逃出去，最后终于被丧失理智的罗戈任杀死。

梅什金公爵正是书名中所说的"白痴"，然而，正是由于周围环境目之为白痴，才更彰显出这个社会与其文化传统的堕落与腐朽。陀思妥耶夫斯基写出了自己理想中的基督式人物，但他没有回避那个不可能容忍这个人物的社会。正因为如此，这个瘦弱、忧郁、笨拙而无力的人物的存在，竟使书中所有的一切突然失去了重量，变得如此的从 1825 年到 1840 年，俄国发生了一场知识革命，这在一定程度上受到谢林和黑格尔哲学思想的影响。这场革命形成了一个称为"知识分子"的阶层，该阶层对后来俄国政治和社会思想产生了重大的影响。到了 1840 年，这场运动分化为两个尖锐对立的派别：斯拉夫派和西欧派。前者具有强烈的民族主义思想，极力主张回归到古老俄罗斯的优秀传统中去，并支持东正教的信念和沙皇的专制统治。而西欧派领袖别林斯基（1811 ~ 1848）则以文学作品之社会意义及反映现实的程度来评估文学的价值。他认为俄国的出路在于吸收西欧的进步思想。1838 年别林斯基的《文学理想》发表，这使他声名鹊起。他在文中以炽热笔调评论俄国文学，并反映了谢林的浪漫派国家主义。别林斯基终生主张自由主义，对俄国知识分子深具影响，尤其是陀思妥耶夫斯基及其他 19 世纪的写实主义作家。

不值一提。

梅什金公爵的形象是陀思妥耶夫斯基创作中的一个主轴。在他临死前一年发表的集大成式的作品《卡拉马佐夫兄弟》中，阿辽沙成了这一形象的延续与深化。《卡拉马佐夫兄弟》这本书虽然没有写完，但它仍然成了陀氏文学历程中具有总结意义的作品。以前出现在他作品中的经典性情境在这里均有极为完整而清晰的反映。陀氏一生的文学成绩与其矛盾及深刻的缺陷也都尽萃于此。

陀思妥耶夫斯基的小说不但继承了现实主义文学那敏锐而精准的笔力，而且也以其特出的文学才能为后世现代派文学打开了无尽法门。鲁迅先生曾对陀思妥耶夫斯基有过一段深中肯綮的评价，他说："他

← 《战争与和平》电影海报

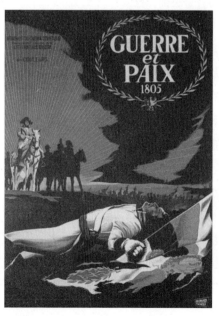

把小说中的男男女女，放在万难忍受的境遇里，来试炼它们，不但剥去了表面的洁白，拷问出藏在底下的罪恶，而且还要拷问出藏在那罪恶之下的真正洁白来。"这句话精确地描述出了陀思妥耶夫斯基的一个巨大贡献，即把文学的探照灯伸入到人类那幽深难辨的心灵世界中去。这是 19 世纪后半期以来文学发展的大势，而陀思妥耶夫斯基，则正是肇其端者。

第二节　绿木棒——一生的追寻：托尔斯泰

在俄罗斯图拉省克拉皮文县有一个安闲静谧的小田庄，名叫雅斯纳雅·波良纳。这里与其他俄罗

斯的小庄园没有什么大不了的区别，有亲切的桦树林，有肥沃的黑土地。但是，人们却常常对这里充满了惊讶和好奇，甚至对这里的一草一木也颇有敬畏。其原因就在于这儿孕育出了一个震惊世界的文学家：列夫·托尔斯泰（1828～1910）。

与陀思妥耶夫斯基不同的是，托尔斯泰系名门出身，其远祖在彼得一世时就得到了封爵。他的父亲也参加了卫国战争，并以中校衔退役。但少年时代的托尔斯泰是不幸的，2岁丧父，9岁丧母，这种遭际给他幼小的心灵世界带来的是什么也许是不言而喻的。幼年的贵族家庭教育形成了他对哲学与文学的兴趣，而大学所学的外语与法律又与他的个性格格不入，于是，在尚未毕业时，他便退学回到了自己的波良纳庄园。此后有一段时间他周旋于上流社会中，但他对这种生活充满了厌倦。1851年，23岁的他便以志愿兵身份到高加索入军服役。并自愿参加了塞瓦斯托波尔战役，在最危险的第四号棱堡任炮兵连长。

1855年，27岁的托尔斯泰回到了彼得堡，这时的他已经发表了一些小说，成为新进作家，据说他当时以不喜欢荷马和莎士比亚而被人们视为怪人。次年，他爱上了邻居阿尔谢尼耶娃，但他经过了很多痛苦的努力也未能如愿。1862年，34岁的他同索菲亚结婚，索菲亚一生为托尔斯泰付出良多，但她并不能完全理解和支持托尔斯泰。二人之不和对托尔斯泰的创作有着极为不良的影响。

结婚的次年，托尔斯泰便全身心地投入到一部巨著的创作中去。直到6年后，他的这部震惊世界的杰作方全部完成：这就是描写1812年俄罗斯卫国战争的巨幅历史画卷《战争与和平》。这部作品描写了俄

→列夫·托尔斯泰，俄国小说家、道德哲学家和社会改革家，也是俄国最受人们喜爱的小说家之一。其作品由于卓越的真实性和写实主义，以及对人物深刻的心理分析而赢得评论家的赞誉。

法会战、波罗金诺会战、莫斯科大火等重大的历史事件。但在这样广阔而宏伟的背景中，还以包尔康斯基、别竺豪夫、罗斯托夫和库拉金四大家庭为触角，从而展现了极为广阔的社会生活画面。通过书中的 559 个人物，托尔斯泰的笔锋伸向了社会的各个角落，全面表现了社会上存在的各种问题。想要用简单的语言来描述这部巨著的概貌似乎是不大可能的，她就像生活本身一样复杂，无数条情节线索交叉并进，又互相冲突、影响、纠正、偏离。每个事情的产生与发展总有许多的事件为之推动，因与果是如此的复杂以至于我们无法清晰地去把握。我们只能被作者艺术的大潮所包围并挟裹着，到达其兴之所至的任何一个地方去。

宏大的结构与严整的布局，迥异的性格与丰富的人物，甚至作者那巨幅的哲理性长篇大论，都成为 19 世纪批判现实主义文学的标志性成果。如果说在《战争与和平》发表之前，托尔斯泰在俄罗斯文坛上还只是一个"怪人"，那么此后，他则无可置辩地成为世界文坛上的巨人。

刚完成这部巨著，他又开始了《安娜·卡列尼娜》的构思，并在 3 年后开始动笔。以后的 4 年中，他原来的构思发生了巨大的变化。本来只是一个上流社会已婚妇女失足的故事，但他那无所不至的笔触仍然伸进了社会的各个层面，特别是他详细地描写了农奴制改革后俄国资本主义发展的灾难性后果，给作品勒上了社会与人生深深的不可漫漶的印痕。

小说由两条几乎平行的线所组成：一是写安娜对其丈夫卡列宁空洞而虚伪的生活感到厌倦，爱上了青年军官伏伦斯基。为此她抛弃了家庭而出走，忍受了上流社会与其亲友的鄙弃，与伏伦斯基生活在一起。然而时间不长，她又被伏伦斯基所厌倦，绝望的安娜终于卧轨自杀。而另一边，托尔斯泰又写了外省地主列文与贵族小姐吉娣的恋爱与波折。这两条线索曾被评论家认为并不有机，而托尔斯泰却曾为此分辩说，这是他写出的结构最为完美的作品。他说，这两条线索就像哥特式建筑拱门两侧的边，刚开始它们是不相干的，但它们发展到穹顶时，却妙合无间，根本找不到二者的接头在哪里。由此可见，托尔斯泰这样写是有其良苦之用意的。

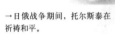

→ 一日俄战争期间，托尔斯泰在祈祷和平。

安娜所生活的社会充满了虚伪，安娜那人性的生机便被这个可怕的社会机器吞去了。伏伦斯基第一次见安娜时，就被其脸上那种压抑不住的生气所吸引。安娜浑身所洋溢着的生机时时要她冲破那个社会的伪善之网，当她偶遇伏伦斯基时，便以为找到了冲决罗网的勇气与理由。然而，她所面对的是整个强大的贵族社会，伏伦斯基也并不例外，她只看到了他风度非凡，却没有看到他与她所要逃离的人群是一丘之貉。于是，在安娜被上流社会所鄙弃时，伏伦斯基却给了她最后同时也是最为致命的一击。临死时，安娜悲凉地说："这全是谎言，全是虚伪，全是欺骗，全是罪恶！"我们可以想像，此时的这个世界对她而言，该是多么黑暗而荒芜，凄清而冰冷！安娜的死是整个文学史上最为绝望的自杀之一，与福楼拜笔下的爱玛·包法利之死同样让人感受到一个痛苦万状、乃至于无法表述的历程：即人的心灵是怎样一步步走入到那没有光的所在的。

而列文则仿佛是另一个世界的人物。他不属于那个虚伪的阶层，而且他也想冲破这令人担忧的现状。但不同于安娜的是，他是从思想上，从理智上，而不是从情感上来探索这些。当然，他的思想探索实际上正是作者自己现实存在着的痛苦历程的反映。而列文最后的"皈依上帝"，似乎也正是托尔斯泰的核心思想。

当然，托尔斯泰对哲理与艺术的探索并未至此而止步。在 1889 到

→反映托尔斯泰亲自耕种的油画。

1899 年这一段漫长的创作历程中，他为后世留下了又一部典范性的作品：《复活》。此书的情节来自于真实的案件：贵族青年聂赫留多夫出席法庭陪审时，发现那个被诬为谋财害命的妓女正是他 10 年前诱骗过的农家少女喀秋莎·玛丝洛娃。这时他的良心开始觉醒，并极力要为她申冤，失败后又甘愿陪同她一同流放西伯利亚。最后，这个已被肮脏的社会所吞噬的少女与这个碌碌而麻木的贵族同时得到了道德与精神上的双重"复活"。

1901 年，对世界文学影响重大的诺贝尔文学奖开始颁发。当时，人们都认为托尔斯泰是当之无愧的人选，因此提名与推荐络绎不绝。然而托尔斯泰并没有获奖，这件事情成了当年文学界争论不休的一件大事。于是在第二年，瑞典文学院不得不对此做出一个答复，他们说托翁之所以未获奖是因为没有具备资格的个人或团体推荐。因此，这一年便有了有关托翁的大量的推荐书，瑞典文学院不得不又发表声明，说这位杰出的作家对社会道德所持的怀疑态度与诺贝尔设此奖的初衷相违，所以绝不会发奖给他。历史已过去了一个世纪，当我们回首往事的时候，我们发现，诺贝尔奖没发给托尔斯泰，并没给他造成什么损害，其实，受到损害的是诺贝尔奖自己。

晚年的托尔斯泰一直致力于他的"平民化"理想，据说他自己扶犁耕地，持斋茹素，甚至种菜、做鞋，甚至还要放弃他的贵族称号和私有财产，这与他的夫人发生了严重的冲突。1911 年 11 月 10 日，他终于冲破了一切限制与顾虑，实现了自己一直以来在艺术世界中反复表达与描绘过的自由境界：离家出走。而这一年，他已经是 82 岁高龄的老人了。但他还是和青年时代一样，为自己内心的思索所激励、所鼓舞，并最终用实际行动完成了他一生的思索。不过，在途中他却不幸感冒，并于 20 日在阿斯塔波沃火车站病逝。

在托尔斯泰幼年时期，他哥哥曾告诉他一个母亲讲过的故事，说在这个世界的某一个地方，埋有一支绿色的木棒，上面有和平、幸福的字样，如果谁在一生中找到这支木棒，那他就可以实现这些人类许久以来的向往。托尔斯泰的一生正是这样一个追寻的一生，他一生的全部创作都可以看作是其追寻时那清亮的空谷足音。据他的大女儿记载，他一直对这个故事念念不忘，1906 年还曾在一次散步中给她讲了这个故事。在他死后，遵照他的遗嘱，人们把他葬在了他幼年听此故事的那个地方，坟上没有墓碑，也没有十字架。

那 个 女 人

整个脸上现出长期幽禁的人们脸上

那种特别惨白的颜色，叫人联想到地窖里储藏

着的番薯所发的芽。她的眼睛是得很黑、很亮，稍

稍有点浮肿，可是非常有生气，其中一只眼睛略为带

点斜睨的眼神。

——《复活》

→进入 20 世纪，在一些国家出现了用卡车载书从城市下乡村卖书的情形，这大大方便了知识在普通百姓尤其是乡村人间的传播。

托尔斯泰主要作品

小说

1851	《昨天的历史》
1853	《袭击》
1855	《伐林》,《弹子记分员传记》
1857	《琉森》
1858	《艾伯特》
1859	《家庭幸福》、《三死》
1863	《哥萨克人》
1864 ~ 1869	《战争与和平》
1875 ~ 1877	《安娜·卡列尼娜》
1898	《什么是艺术？》
1889 ~ 1899	《复活》

非小说作品

1882	《忏悔录》
1884	《我的信仰》
1891	《教条神学研究》
1894	《天国在您心中》
1902	《那么我们该怎么办？》

戏剧

| 1887 | 《黑暗的力量》 |
| 1889 | 《启蒙的成果》 |

天才的十分之一是灵感，十分之九是血汗。

——托尔斯泰

死现在是

促使他恢复对她的爱情，惩罚他，

让他心里的恶魔在同他搏斗中取得胜利的唯一

手段，这种死的情景生动地出现在她的眼前……"那

里，那里，倒在正中心，我要惩罚他，摆脱一切人，

也摆脱我自己！"

——《安娜·卡列尼娜》

→托尔斯泰

第三章

美利坚：新的生命

华盛顿·欧文的故事构架与叙述，霍桑的气氛营造与烘托，爱伦·坡的诡异与奇谲，惠特曼的粗犷与沙哑的柔情……这些作家的个性已经永远被镶嵌在美国文学史的开端处。然而，他们的文学个性却还太过于小家子气，他们还只能是为个人，而非为整个美国文学赢得尊重。

真正为美国文学赢得尊重的人是马克·吐温，这位密西西比河上的水手以他那密西西比河般汹涌澎湃的艺术才力为世界文学史留下了永存的记忆。而欧·亨利则是一个不期然而出现的小说天才，之所以如此说，倒并非他那扬名世界的小说结尾，而在于他无往而不至的艺术感。就在他们的旗帜下，德莱塞与安德森等人才把美国引向了世界！

一幕年的马克·吐温

第一节　美利坚的幽默大师：马克·吐温

马克·吐温（1835～1910）本名塞缪尔·朗赫恩·克莱门斯，马克·吐温是他的笔名，意思是水深12英寸。出生于密西西比河畔一个乡村贫穷律师家庭，从小出外拜师学徒。当过排字工人、密西西比河水手、南军士兵，还经营过木材业、矿业和出版业，后来从事新闻和幽默创作。1865年以《卡拉韦拉斯县驰名的青蛙》一举成名，成为全国有名的幽默大师。

马克·吐温是美国批判现实主义文学的奠基人，他的《竞选州长》（1870）、《哥尔斯密的朋友再度出洋》（1870）等，以幽默、诙谐的笔法嘲笑美国"民主选举"的荒谬和"民主天堂"的本质；长篇小说《镀金时代》（1874，与华纳合写）、代表作长篇小说《哈克贝里·费恩历险记》（1886）及《傻瓜威尔逊》（1893）等，则以深沉、辛辣的笔调讽刺和揭露像瘟疫般盛行于美国的投机、拜金狂热，及暗无天日的社会现实与惨无人道的种族歧视。

《汤姆·索亚历险记》是马克·吐温的四大名著之一。小说描写的是以汤姆为首的一群孩子天真烂漫的生活。他们为了摆脱枯燥无味的功课、虚伪的教义和呆板的生活环境，尝试了种种冒险经历。

汤姆是个聪明爱动的孩子，在他身上集中体现了智慧、计谋、正义、勇敢乃至领导才能等诸多优秀品质。他是一个多重角色的集合，足智多谋，富于同情心，对现实环境持反感态度，一心要冲出桎梏，去当绿林好汉，过行侠仗义的生活。小说塑造的汤姆·索亚是个有理想有抱负同时也有烦恼的形象，他有血有肉，栩栩如生，给读者留下了深刻的印象。在姨妈眼里，他是个顽童，调皮捣蛋，可是她却一次又一次地被他的"足智多谋"给软化了。

小说第二章中出让刷墙权的那段描写，充分展现了汤姆具有杰出的领导才能。本不知不觉地自愿成了汤姆的"俘虏"，他不仅替汤姆刷墙，而且连自己的苹果也赔上了。在第二十三章，汤姆经过激烈的思想斗争，最后勇敢地站出来作证，解救了莫夫·波特，它再次体现出汤姆不畏强暴、坚持正义的优秀品格。

马克·吐温在描写以汤姆为首的一群儿童时并没有仅停留在人物的一般刻画上，而是按照儿童的天性发展，对儿童的心理方面

→《哈克贝里·费恩历险记》曾不止一次被美国的一些图书馆扔出来，原因是审定人员认为哈克对"美国文明"不屑一顾、对现存的"社会秩序"提出挑战，并且胆敢公开嘲弄基督教的教义。最重要的是，他在决定帮助黑人吉姆逃跑后说："好吧，那么下地狱就下地狱吧。"这俨然是一份叛逆的宣言。本图人物就是一心想"全靠打猎钓鱼维持生活"而逃脱酒鬼父亲的控制的哈克。

也作了较深层次的描述。在第三十五章中，当哈克请求汤姆让他"入伙"一起当强盗时，汤姆说："总的说来，强盗比海盗格调要高，在许多国家，强盗算是上流人当中的上流人，都是些公爵之类的人。"尽管这些见解出自儿童之口，但它却真实地反映出当时社会给儿童造成的心理印象。它已经远远超出了一个儿童所能思考的范围。从这个意义上讲，这部小说虽是为儿童写的，但它又是写给一切人看的高级儿童读物。马克·吐温在原序中写道："写这本小说，我主要是为了娱乐孩子们，但我希望大人们不要因为这是本小孩看的书就将它束之高阁。"这也可以说是夫子自道了。

《哈克贝里·费恩历险记》是美国文学史上一部重要的著作，海明威甚至说这部小说是全部美国文学的起源。小说通过白人小孩哈克跟逃亡黑奴吉姆结伴在密西西比河流浪的故事，不仅批判封建家庭结仇械斗的野蛮，揭露私刑的毫无理性，而且讽刺宗教的虚伪愚昧，谴责蓄奴制的罪恶，并歌颂黑奴的优秀品质，宣传不分种族地位人人都享有自由权利的进步主张。作品文字清新有力，审视角度自然而独特，被视为美国文学史上具划时代意义的现实主义著作。

这也是一部诙谐有趣的幽默小说。哈克和黑人吉姆在密西西比河上的漂流生活中的所见所闻为读者展示了一幅又一幅生动的社会画面，也讽刺了落后的生活习惯。作者的高明之处在于借用一个没有受过教育、不谙世事的小孩的眼睛来观察这个世界，评价社会。哈克是一个十分认真的孩子，喜欢用自己的实践来检验大人所告诉他的"真理"。

→这是《汤姆·索亚历险记》中的情景，图中调皮的汤姆正划着小木筏进行着他神圣的探险。

168

吉姆是马克·吐温在《哈克贝里·费恩历险记》中成功塑造的一个黑人形象，一提到他，人们会不由自主地想起另一个黑人——汤姆，即斯托夫人的《汤姆叔叔的小屋》中的主人公。

斯托夫人（Harriet Elizabeth Beecher Stowe, 1811～1896），美国作家及慈善家，被美国总统林肯称之为"发动南北战争的妇人"。她的反奴隶制小说《汤姆叔叔的小屋》于1851年发表。此书加强了北方反奴隶制思想，但却受到南方的猛烈抨击，它被认为是导致美国南北战争的因素之一。

然而，吉姆与汤姆在思想上是截然不同的，在同样面临被卖的危险时，他俩的反应明显不同：吉姆决定逃跑，事实上他也确实这样做了；而汤姆却表现出他的愚忠，拒绝别人催促他逃跑的提议，一种长期以来在压迫中形成的奴性在他身上体现得淋漓尽致。我们不妨列举原文以对照：

那位老小

姐——我说的是瓦岑小姐——她从早到晚地骂我，她待我非常野蛮，可是她老说绝绝不会把我卖到奥里安去。不过近来我看见一个黑奴贩子，老到咱们家里来，我就觉得不放心。有一天晚上，我偷偷地溜到门口，那时候已经很晚了，可是门并没关紧，我听见老小姐对寡妇说，她打算把我卖到奥里安去，她说她本来不愿意这么做，可是她卖掉我就能弄到八百块钱，那么一大堆钱叫她不得不卖掉我，寡妇劝她千万不要那么做，可是后来说的话，我都没有等着听下去。我对你说，我溜得可快啦。

这是吉姆在杰克逊岛上碰到哈克时，毫不掩饰地对他说的关于他逃跑的经过。从中，我们可以读到他的骄傲。不过，我们不能忽略的是当时的社会背景，《哈克贝里·费恩历险记》的发表时间比《汤姆叔叔的小屋》晚了三十多年，当时，南北战争的战火已将美国的黑奴制度燃成灰烬，黑人已觉醒，他们追求自由平等。这反映在吉姆身上颇具时代特色。

他的主人说："……如果你不屈服，我就宰了你！——两条路任你自己挑！我要算算你身上有多少血，叫它一滴一滴地流，一直到你屈服为止。"汤姆抬起头来，望着他的东家苔道："老爷，要是你得了病，遇到灾，落了难，或是奄奄一息，而我能救你的话，我愿意为你而死；要是流尽我这老骨头的血，来拯救你的宝贵的灵魂，我愿意毫不吝啬地把它献给你，就像救世主为我流血那样，老爷啊！别让你的灵魂，背上这么个大罪名吧！这对你自己的损害比对我的还大呀！随你怎么折磨我，我的灾难很快就会过去；可是，如果你不忏悔的话，你的灾难却永远也没个完啊！"

而汤姆这个形象则是被斯托夫人借其悲惨的命运来唤醒黑人的觉醒。汤姆一次一次地被毒打、被转卖，至死他还以对宗教的虔敬，对虐待他的白人刽子手们表示饶恕和谅解。左文是他临死前和主人的对话：

一书商做的关于《汤姆叔叔的小屋》的广告。

他虔诚地祈求上帝赐给他鱼钩，也认真地摩擦铁皮灯和戒指，以看到期望中的精灵。但这一切自然不能实现，而哈克的认真和虔诚就和结果的真实构成了一种对比和反讽，无情地揭露了宗教的荒谬和欺骗性。

哈克同时是一个十分善良的孩子，在和吉姆逃亡的过程中，他们互相关心，互相帮助，而格兰纪福和谢伯逊这两个家族的械斗和仇杀就显得那样残酷野蛮和落后愚昧。最令人啼笑皆非的是冒充贵族的"国王"和"公爵"，这两个江湖骗子，为了钱财干了大量欺骗勾当，在

吉姆与汤姆

他们身上集中了人性的所有弱点：贪婪无耻、唯利是图和巧取豪夺等。当然，作者给他们安排的结果自然也是十分可悲和可笑的。他们的骗局最终被暴露在光天化日之下，遭到了人们的唾弃和鄙视。

作者并没有将哈克一开始就写得形象高大，他曾把黑人吉姆当成嘲笑的对象，也不能理解黑人吉姆对自由的向往，还担心自己帮助他逃跑会招来别人的讥讽。但在和吉姆一起生活的日子里，他认识到了吉姆也是一个高贵的人，有自己的尊严和人格，自由对他来说就像水和鱼的关系。因此，他下定决心帮助他从奴隶制下逃离出来。

《哈克贝里·费恩历险记》在风格上是一部浪漫主义和现实主义相结合的小说，哈克和吉姆漂流的密西西比河是贯穿全书的最重要象征，他们两人的关系和流亡的经历和这条大河一样曲折迷离。更重要的是大河与陆地形成了强烈的对比：岸上的小镇及其蓄奴制充满了愚昧落后，野蛮和贪婪，到处都是尔虞我诈；而河上的生活则平静而安详，充满了天真无私的友情和兄弟之间的友爱。

这部小说在语言上也有特点，作者十分恰当地使用了好几种美国方言，甚至黑人吉姆的方言在作品中也随处可见。这种口语化的描述方式使文字清新有力，也使故事富于浓郁的生活气息，为读者展开了一幅乡土气息甚浓的美国乡村生活图景，增强了故事的感染力。

第二节　剪亮的灯盏：欧·亨利

欧·亨利（1862～1910）出生于美国北卡罗来纳州格林斯波罗镇一个医师家庭。他的一生富于传奇色彩，当过药房学徒、牧牛人、会计员、土地局办事员、新闻记者、银行出纳员。在他任银行出纳员时，

→欧·亨利

因银行短缺了一笔现金，为避免审讯，他离家流亡到中美的洪都拉斯。后因回家探视病危的妻子被捕入狱，在监狱医务室任药剂师。他在银行工作时，曾有过写作的经历，担任监狱医务室的药剂师后开始认真写作。1901年提前获释后，迁居纽约，专门从事写作。

欧·亨利善于描写美国社会尤其

是纽约百姓的生活。他的作品构思新颖，语言诙谐，结局常常出人意料；又因描写了众多的人物，富于生活情趣，被誉为"美国生活的幽默百科全书"。代表作有小说集《四百万》、《命运之路》、《剪亮的灯盏》等。

杰克·伦敦（Jack London，1876～1916），美国小说家，以写作用育空（Yukon）为背景的冒险故事而闻名。杰克·伦敦自幼境况悲惨，这使他很早就知道：人必须努力奋斗以求生存。他曾经被人称为"牡蛎海盗王子"，并因偷盗牡蛎而被捕入狱，后来又去淘金，直至最后以写作为生。他的小说特色便是刺激，叙述详细、生动。 其笔下的主角——人与狗——在面对大自然力量时的抗争，象征原始的力量与动力；这种生生不息的原始力量，使杰克·伦敦的作品具备不朽的文学价值，其作品中最受人瞩目的莫过于这几部：《野性的呼唤》(1903)、《海狼》(1904)、《白牙》(1906)，及自传性小说《马丁·伊登》(1909)。作家长期以来养成了酗酒的习惯，后因服食吗啡过量而逝于加州格伦艾伦。

→杰克·伦敦的畅销小说《白牙》的封面。

→杰克·伦敦

其中一些名篇如《爱的牺牲》、《警察与赞美诗》、《带家具出租的房间》、《麦琪的礼物》、《最后一片常春藤叶》等使他获得了世界声誉。

所谓"欧·亨利式结尾"，通常指短篇小说大师们常常在文章情节结尾时突然让人物的心理情境发生出人意料的变化，或使主人公命运陡然逆转，出现意想不到的结果，但又在情理之中，符合生活实际，从而造成独特的艺术魅力。这种结尾艺术，在欧·亨利的作品中有充分的体现《麦琪的礼物》写杰姆与妻子德拉生活困窘，但两人情深意笃。圣诞节前夕，他们私下为购买赠送对方的礼物而卖掉了自己最心爱的东西：妻子德拉卖掉了她引以为荣的美丽长发，给丈夫买了一条白金表，以便让他能够在众人面前自豪地拿出祖传的金表；丈夫为给妻子瀑布一样的长发配上相称的发梳，卖掉了祖传三代的金表。等到他们圣诞夜互相送自己的礼物时，才发现各自为对方做出了最大的牺牲。故事的结局是出人意料的，

171

但却感人至深。夫妻之间的相濡以沫，就是体现在这些方面。

为了突出故事结局的强烈效果，作者在开始时大力描写两人各自心爱之物的价值和意义，对他们而言，这些东西已不仅是纯粹的物质存在，而是和他们的生命和精神共存的一部分了。但为了让心爱的人儿能够过得更快乐些，更开心些，他们毫不吝啬地用自己的最爱换来了对方最需要的物品。虽然那个圣诞他们所得到的对他们已经不再有实际的意义，但相信每一位读者看到这种结局，都会为这两位"愚蠢"的聪明人喝彩，都会因他们的相互恩爱而心生艳羡。是的，能为心上人做出最大牺牲的人，才是世界上最幸福的人！

《警察与赞美诗》是欧·亨利的代表作之一，故事中主人公苏比为了达到被关进监狱，以度过难熬的冬天的目的，在大街上一连六次惹是生非，去饭店白吃、抢人家的雨伞、砸碎橱窗玻璃，甚至召妓，但这些故意犯罪行为并没有将他送入监狱，后来他来到了一座教堂前，听着教堂里传来的音乐，他想起了自己的一生：从小生活在底层社会，已经堕落下去了。优美的圣乐忽然点燃了他的自信和尊严，他觉得再也不能那样窝囊地活着了。就在他准备悬崖勒马、改邪归正的时候，警察出现了，认为他行为不轨，将他逮捕送到监狱里。这种出人意料，却又在情理之中的结果，意味深长地突出了苏比的愿望与现实的矛盾，从而更深刻地揭露了当时美国社会上一些不合理的现实，使人觉得这个世界是如此的荒谬和不可理喻。

正如苏联作家苏曼诺夫说的："艺术的打击力量要放到最后。"这种文章让人读后荡气回肠，不得不掩卷沉思。

《最后一片常春藤叶》的故事更为深沉感人。琼西和苏是来自外省的画家，住在华盛顿最脏最差的贫民窟，他们的生活十分穷困，却活得有自己的理想。其中的一位画家贝尔门总说要创做出最伟大的作品。突然，肺炎像风一样传遍了全城，夺走了许多人的生命。琼西也染病在身，奄奄一息，她一片一片地数着飘落的叶子，对朋友苏说，当她窗前的那株藤上的最后一片叶子落下的时候，她的生命也就到了终点。秋风一阵紧似一阵，藤上的叶子也一天少似一天。朋友们都为她而担心。而更重要的是医生说她的病并非不治之症，只要患者有强烈的生活欲望和对自己的自信，她就能活过来。

睢睢窗外
吧，亲爱的，睢着墙上的最后一片藤叶，你难道不觉得奇怪，刮风的时候它怎么还不飘不动。啊，亲爱的，它是贝尔门的杰作——那天夜里最后的一片藤叶落下时他将它画在墙上。
——《最后一片常春藤叶》

但琼西并不相信，她只是在数窗前的叶子。但无论冬天的北风怎样凛冽，有一片叶子总不会落下来，一天，两天，三天，那片叶子依然缀在干枯的常春藤上。这时，琼西有了生活的勇气了。在朋友的护理和医生的治疗下，她的病终于恢复了过来。而就在这时，贝尔门却因肺病不治身亡。当冬天最后来到时，人们发现那片叶子也没有掉下来。大家仔细一看，原来是刚刚去世的贝尔门的杰作。这样，生与死就在善良和信念的作用下改变了各自的位置。也许，这就是作者要说的奥秘吧。

第三节　美国的悲剧：德莱塞

美国文学从 19 世纪开始，方有了一个崭新的面貌。而且，大多数作家都是从底层凭借自己的努力，酝酿着自己的痛苦而写出美国的一部分真实来的。而德莱塞就是其中极为典型的一个。

西奥多·德莱塞（1871～1945）出生于印第安纳州特雷霍特镇，他父亲原是德国的纺织工人，为逃避兵役而来到了美国，他母亲是一个普通的农家女。他们家本来还开了一个小的纺织工场，但就在小西奥多出生的前一年，工场失火而被焚毁，全家顿时陷入了困境之中。仿佛上天特意想使他成为一个杰出的现实主义作家似的，他便正在此时出生了——从此，他历尽了生活的艰辛，当过店员、报童，洗过碟子，当过推销员，当过洗衣店的伙计。然而，德莱塞并未向生活屈服，他经过卓绝的努力，终于进入了报界。

→德莱塞，小说家，美国著名的自然主义实践者。他是一场全国文学运动的主要人物。该运动主张坚定地表现现实生活，而不再遵守维多利亚时期的礼仪习俗观念。

1899 年，28 岁的时候，他开始写作他的第一部长篇小说《嘉莉妹妹》，然而，这部相当有分量的作品却被出版公司的老板认为有伤风化，所以只印了 1000 册，就这，还只赠阅了很少的一部分，绝大部分便只好静静地躺在库房中，给灰尘与蠹鱼去阅读。但是，好的东西是掩藏不住的，这部小说冲破国界，在英国得以出版。

初次尝试的打击使他沉默了 10 年。1911 年，他便又出版了相当于

《嘉莉妹妹》姐妹篇性质的第二部长篇小说《珍妮姑娘》。接下来，德莱塞的创作力一发而不可收，连续发表了长篇小说《金融家》、《巨人》、《"天才"》。而在1925年，他终于发表了他的传世之作《美国的悲剧》。

1906年，纽约州赫基默县发生了一起情杀事件，杀人者名叫契斯特·杰勒特，他为了另攀高枝，便把已经怀了他孩子的情妇格蕾斯·布朗骗到一个湖中溺死。

这起案件深深地触动了德莱塞，他以艺术家与政治家的敏锐与直感把握到了这起案件里所蕴含着的重大的社会意义与现实意义。于是，他开始着手搜集有关素材，为此，他查阅了大量的原始资料，并考察了谋杀现场和监狱。不仅如此，他还研究了15个类似的案件，从而在更高的艺术境界中为我们留下了这部杰作。

主人公克莱德是一个穷牧师的儿子，但他一直向往着奢华的生活。特别是当他在豪华旅馆当仆役之后，整天面对着那些吃喝玩乐、挥金如土的富豪们，他的富贵之梦便全面燃烧起来。这时，他被伯父提拔当了内衣工厂的工头，在这里，他占有了青年女工洛蓓塔，不久，洛蓓塔怀孕了。然而在这时，大资本家的女儿桑德拉对他表示了青睐之意，他为了可以同桑德拉结合，便精心策划，在与洛蓓塔泛湖时故意使其落水。结果，他以谋杀罪被捕。而这时的民主党与共和党的政客们却趁机大作政治表演，于是，各种人物便都粉墨登场了。

负责此案的共和党人梅逊一向是饱食终日而无所事

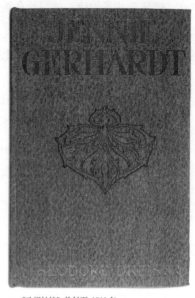

↑《珍妮姑娘》的封面 1911年
可以说《珍妮姑娘》的成就不如《嘉莉妹妹》，因为它的女主角相对来说缺乏可信性。在德莱塞对可爱的母亲回忆的基础上刻画的珍妮，以一个无人性弱点的圣人面目出现，这样，大多数现代读者在感情上很难同她产生共鸣。不过，该书对社会上的势利小人以及有偏见的宗教狂热者进行了深入的性格描绘，同时对穷人则怀着深深的同情心。

←这是《珍妮姑娘》中的女主人公珍妮，与嘉莉不同，她简直就是个圣女，然而她的贞洁却在冷酷无情和没有公道的社会中惨遭摧折，由于未婚先孕，她被顽固的父亲赶出了家门，而她为之付出了一切的情人莱斯特也残忍地抛弃了她。

事，但眼看要到大选年，他又要开始为自己捞取政治资本了。他为此便竭力夸张案情的离奇与残忍，甚至不惜制造伪证来使陪审团就范从而判克莱德以死刑；而民主党人为了替克莱德辩护，竟也编造情节、掩盖事实、杜撰伪证、开脱罪责，无所不用其极，可他们的目的并不在于同情克莱德或还法律以公正，其实只是将此当作一个政治战场罢了。最后，终于经过一场表面上手续齐全而又公正无私的审讯之后，克莱德被庄严的法律剥夺了生命，当时，他22岁。

这部意义重大的作品用了全部的艺术力量展示了一个悲剧，但这不是某一个人的悲剧，而是像小说名称所展现的那样：这是真正的"美国的悲剧"。因为这个悲剧后面有一双无情的大手在支配着这一切，那双巨大的手揉碎了一切，无论是青春与热血，还是理想与希冀。正是通过这部作品，他揭示了美国梦的虚妄，在这个金元帝国中，"贫与富的界限分得清清楚楚，如同刀子划过一样"——德莱塞正是用这样炽热的同情与怜悯和冰冷的语言意境来刺穿这一层虚饰的幕布。

美国第一个荣获诺贝尔文学奖的作家刘易斯说："（德莱塞）在美国小说领域内突破了维多利亚时代式的、豪威尔斯式的胆小与高雅传统，打开了通向忠实、大胆与生活的激情的天地。要是没有他这个拓荒者的业绩，我很怀疑我们有哪一个人能描绘出生活、美与恐怖。"正是德莱塞，把美国的现实主义文学发展深化到了一个前所未有的境界。

第四章

冲破藩篱的戏剧

　　戏剧是最为悠久的文学形式之一，特别是在西方，从古希腊的悲剧始，便已有了极为成熟的戏剧。而整个文学史上也有许多响亮的名字为这一文学样式增添了更为辉煌的色泽，同时也为其拓展了更为广阔的艺术生发空间：包括文艺复兴的标志性人物莎士比亚、法国古典戏剧的集大成者莫里哀、德国的伟大代表歌德与席勒；当然，还有像雨果、果戈理、托尔斯泰和高尔基这样风华绝代的"散兵游勇"为其规划艺术的大厦。而19世纪以来，当批判现实主义文学取得辉煌成就的时候，戏剧领域也涌现出了许多专业的优秀剧作家，正是他们，对莎士比亚以来的传统戏剧进行了革命性的转换。易卜生、萧伯纳与皮兰德娄就是其中最具有代表性的三位大师。

第一节　问题剧大师：易卜生

　　托尔斯泰是诺贝尔文学奖历史上永远无法弥补的遗憾，而事实上这种遗憾还有很多，其中也包括在戏剧文学界有着崇高声望的大师易卜生。

　　亨利克·易卜生（1828～1906）出生于挪威东南部的海滨小城希恩。他的父亲是一个木材商人，6岁的时候，父亲破产，宽裕的生活从此结束了。而他也在16岁的时候被父亲送到附近的一个镇上的药店当学徒。在这里，他备尝了生活的艰辛与人情的淡薄。

→易卜生

但在工作的余暇，他仍坚持读许多的文学作品，从莎士比亚、歌德、拜伦等人的作品中，领略到了文学那神奇而不朽的魅力。于是，6 年的学徒生涯不但没有消磨他的生命热情，反而磨砺了他的精神，激发了他奋斗的巨大潜力。在这期间，他发表了许多诗歌以及两部戏剧。

1850 年，22 岁的易卜生告别了家乡，来到了首都奥斯陆，本来准备投考奥斯陆医科大学，但却未被录取，然而，他的才干却得到卑尔根剧院创办人奥莱·布尔的赏识。次年，他被聘为编导。他在此后的 6 年期间自己创作了 5 部剧作，而且，有他参加编导的剧本不少于 145 部，数量可谓惊人。在这样大量的实践中，他

→ 上图为爱德华·蒙克所绘的 1906 年上演的易卜生戏剧《群鬼》的背景。《群鬼》（1881）以特殊讽刺的手法说明个人毫无疑问地依附社会的理想所带来的不悦后果，除含有攻讦婚姻之不可违背与父系结构的家庭生活外，并暗指性病遗传的影响，这在当时严守礼教的氛围中是不可原谅的，所以此剧引发了惊人的反对浪潮，也使易卜生的戏剧创作转向了不露任何确定的社会倾向的方向。

积累了许多珍贵无比的戏剧舞台经验。这一点，在戏剧史上能与之相比的只有莎士比亚和莫里哀了。

1864 年，易卜生对挪威政府不出兵帮助丹麦来反抗普鲁士的做法非常生气，于是，愤而出国。这一年，他 36 岁，谁也没有想到，今后那漫长的 42 年岁月中，他只有两次回祖国小住，其他时间便一直住在德、意等国。虽然他远离了挪威，但故国的一切都仍是他永远不变的文学风景。就在 1867 年，诗剧《培尔·金特》出版，此剧为他带来了巨大的声誉。

据说，这部五幕三十八场的长剧在易卜生的心中酝酿了 9 年。此剧取材于挪威的民间故事，但却写得精灵古怪，充满了奇思异想，但更值得称道的是，他同时又充满了哲理的探索，展示了作者对人性的长期思考。也正是从这部剧作中，我们看到了易卜生把想象力发挥到了什么地步。

剧情大致是这样的。山村青年培尔·金特是一个懒散而又富于幻想的人。他的母亲奥丝对他既溺爱又嫌其

不管法律
是不是这样，我现在把你对我的义务全部解除。你不受我拘束，我也不受你的拘束，双方都是绝对自由。拿去，这是你的戒指，把我的也还我。
——《玩偶之家》

不争气，而他却还要妈妈相信他一定会干出一番事业来。在同村一对青年的婚礼上，他遇到了一个文静而美丽的姑娘索尔薇格，他想邀她跳舞，但她却不敢答应。这时，新郎请他设法找到藏起来的新娘英格丽德，培尔找到新娘后便把她拐跑了。其实，他并不想和她结婚，只是一个恶作剧而已。在山中流浪的日子里，他一直在想念索尔薇格。这时，他遇到了山妖的绿衣公主，她把他带到了山妖国，山妖招他为驸马，并灌输给他山妖的处世哲学，即泯灭人性的"自我中心主义"哲学。他因妈妈与索尔薇格的帮助而逃离山妖国后，见到了索尔薇格，他要求索尔薇格不要忘记他，然后却又走进了森林；在他妈妈生命垂危的时候，他探望了她，他让妈妈坐在椅子上，然后自己坐在床脚，说是赶着马车带妈妈去赴国王的宴会，奥丝在儿子所制造的幻想的幸福中走向了另一个世界。

很快，我们看到了中年的培尔，他已在海外靠贩卖黑奴与偶像而成为大资本家。他依然奉行着自己的生活哲学，表现着一种"金特式的自我"；然而，他的黄金却沉入了海底；此后，他又先后成为先知、学者，甚至到最后他又进入了开罗的疯人院，而这时的培尔已到了晚年。他终于回到了家乡，在森林中的一座茅屋前，他摘到一

比昂逊

您在写作方面广大的、令人振奋的成就，落实于群众生活和个人生命的体认，再加上道德意识与健康、新鲜的特质，使作品显得非常崇高……

——1903 年被授予诺贝尔文学奖时的颁奖辞

比昂逊（1832～1910），挪威诗人、剧作家、小说家、新闻工作者、编辑、演说家、戏剧导演，当时挪威家喻户晓的文化名人之一。1903 年获诺贝尔文学奖。与易卜生、谢朗和约纳斯·李常被称为 19 世纪挪威文坛四杰。诗作《是的，我们永远爱此乡土》被用作挪威国歌歌词。比昂逊最初 15 年的文学创作主要采用他所戏称的"轮作制"，即用英雄传说材料写剧本，用当代题材写长篇小说或描写农民生活的短篇小说。两者均强调那些联系新旧挪威的纽带，目的是长他的国民的志气，从而激发人们对挪威历史及其成就的民族自豪感。这一时期的著名作品有《阳光明媚的山丘》、独幕剧《战役之间》等。而令比昂逊获得国际声誉的是《破产》（1875）和《编辑》两个剧本，它们实现了当时对文学的要求：提出问题，展开争论。后期亦有两部长篇小说为人所难忘：《海港街道上的旗子》（1884）及《追随上帝行事》（1889）。

个野葱头，在剥开葱头的过程中，他感受到了生命的无常。就在这时，一个铸纽扣的人却要用铸勺收他"回炉"，他费尽心机也无法逃脱，最后，他终于回到了索尔薇格的身边，而这时，这个自觉自愿地等候培尔的人已经在这里等了一生。培尔急切地问她："我完了——除非你能破一个谜！……你能说说自从你上回见到培尔·金特以后，他到哪儿去了吗？……要是你说不出，那我就得回到阴暗幽谷里去。"索尔薇格微笑着说："你这个谜好破。……你一直在我的信念里，在我的希望里，在我的爱情里。"这时，痛哭的培尔紧紧地偎依在她的膝下，索尔薇格为他唱起了歌谣，而铸纽扣的人也便走开了。

全剧诗意盎然而又深富哲理，从语言到情节、从形象到意蕴，无不精绝。此剧一出，立刻产生了巨

→ 1894 年在巴黎公演易卜生第一部戏剧《布兰德》时的节目单。

大的反响。与易卜生堪称挪威文坛双璧的另一著名剧作家比昂逊对此剧极为称赞，认为这是一部"辉煌伟大"的杰作；易卜生自己也对此剧颇有自信，他曾自豪地说："挪威将以我这个戏来确立诗的概念。"

然而，易卜生并没有停下来。1879 年，他完成了举世瞩目的杰作《玩偶之家》，这也是他几部社会问题剧中最有代表性的一部。这部剧作的故事情节人们已经耳熟能详了，女主人公娜拉的名字已成为日常用语中的一个"共名"。其实，这部作品的精彩之处并不只是它的思想性的深刻与精辟，而更为突出的是这部作品的艺术上的成就：其结构异常精巧而富有戏剧性；全剧矛盾冲突不断，高潮迭起；而且情节也是峰回路转，柳暗花明。不愧是 19 世纪戏剧的典范之作。

第二节 "通过火焰，到达心底"：萧伯纳

在世界文学史上，有一些作家的创作生涯非常漫长；他们的文学图卷简直是一幅宏伟壮阔的"清明上河图"，其中，极为知名者如法国的雨果，俄国的托尔斯泰，我国的巴金，而在剧坛上却要属爱尔兰的萧伯纳（1856～1950）了。

萧伯纳全名叫乔治·伯纳德·肖，我国的翻译家把他的姓按中国的习惯放在了名的前边，于是，便约定俗成地成为萧伯纳。他出生于爱尔兰首都都柏林一个没落贵族家庭，父亲因经商失败而郁郁终生，家庭重担便落在母亲的肩上。20岁的时候，萧伯纳也如母亲一样来到了伦敦，在这里，他写了许多的音乐与文艺评论，还尝试着写了些小说，但均未成功。后来，他发现，只有戏剧更能表达自己的思想与艺术追求，于是，他便投身于戏剧创作，并用漫长的一生写下了51个剧本。他是一个极为复杂的人，其实，在很早的时候，他就已经接受了社会主义思想，后来，他又参加了刚成立的费边社，列宁说他是"堕入费边主义者中间的一个好人"。20世纪30年代，萧伯纳曾作环球旅行，并到过正处于水深火热中的中国，而且也受到了热烈的欢迎，并在中国产生了巨大的影响。

图说世界文学史

→萧伯纳

1892 年，这位大师的创作了 7 年的处女作诞生了，那就是《鳏夫的房产》。剧中的年轻医生屈兰奇爱上了资本家萨托里阿斯的女儿勃朗琪，但他突然发现未来的岳父是靠在贫民窟收房租而致富的，便激愤地表示不愿与剥削穷人的人攀亲，他请求勃朗琪与其父断绝关系，遭到拒绝后便打算中止婚约。萨托里阿斯却向他证实，那贫民窟的房产恰是屈兰奇家抵押给他的，从而证明了屈兰奇也并不能置身事外，于是，两个青年便又和好如初。这部剧作是他"不愉快的戏剧"中的一部，其实，从传统的戏剧体式来看，这部作品应当算是喜剧，全剧的结构也非常传统，先是有情人遭受到了挫折，然后又出现了转机，最后大团圆，皆大欢喜。但看过此剧，感觉却并非如此，其阅读感受非常奇特，远非"喜剧"、"悲剧"的概念所能框范。剧中的大团圆其实给读者所留下的倒更多是苦涩与慨叹，因为我们看到了生活中更为残酷的真实，正是这个大团圆才为我们揭示出了这个真实，这个嘲笑一切温情与浪漫的人道主义幻想的真实。

他的另两部作表性作品《华伦夫人的职业》和《巴巴拉少校》都是与这部处女作血脉贯通的，它们是这一系列作品之链上几颗不分轩轾的明珠。

1923 年，他创作了他的剧作生涯中唯一的悲剧《圣女贞德》。贞德是历史上真实存在过的人物，在英法百年战争中，她本来只是一个出身微寒的农村姑娘，但她却领导农民群众击退了英军对奥尔良的围攻；但在贡比涅之战中，她被勃艮第人所俘，并被卖给英国占领军，然后被宣布为女巫，并在卢昂广场被烧死。这部剧作对贞德的英雄事迹进行了现代阐释，并以其玲珑而犀利的笔写出了其悲剧的背景与根源。

1929 年，74 岁高龄的萧伯纳发表了他晚年的一部重要作品《苹果车》，这是一部政治幻想剧。剧情主要展示了国王马格纳斯与首相卜罗塔斯之间的较量，卜罗塔斯为争夺权力，便拉拢内阁使其听从于自己，并向国王发出了挑战，然而，国王也是老谋深算的人，他在如此风雨飘摇的时候仍然非常清楚，他以退为进，而又步步为营，结果使得卜罗塔斯不得不宣布所谓的危机已经过去，于是，一切都又照旧。这部作品一如他的其他作品一样，人物对话充满了机智与丰富的潜台词，

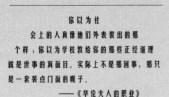

萧伯纳戏剧作品

→《圣女贞德》是萧伯纳最优秀和最受欢迎的一部戏剧作品，创作并上演于 1923 年。不同于以往贞德系列作品的是，萧伯纳并没有把她描写成圣人，在他笔下，她是一个十七八岁、体格健壮的农村姑娘；她的声音很平常，热诚而亲切；她不同寻常处在于充满自信，性格坚强。她头上并没有"光环"，虽然她声称根据"上帝"的启示，要为皇太子查理加冕，要把英国人赶出法国，为奥尔良解围。在她被英国人俘虏后，始终坚贞不屈，直到最后被处以火刑。最反映萧伯纳风格之不同传统的是本剧的收场白，当贞德知道她被追认为圣徒时，她却说："人人赞美我，我就要受难了！现在告诉我，我可以重新复活，作为一个活生生的女人回到你们中间吗？"由此萧伯纳要告诉我们的他的看法便更加明了：贞德确实是个为民族殉难的"圣女"，但她始终是人民的一员，一个平凡的牧羊女。上图为贞德率军奔赴战场的情景。

极具戏剧性，把作者对英国议会政治的嘲讽与戏谑表露无遗。

萧伯纳的剧作有着极为鲜明的艺术特色。首先，便是他那种无所不至的机智与幽默。这是一种爱尔兰人特有的幽默，那机敏诙谐的对白、尖酸却又得体的俏皮话、信手拈来的典故、联类而引喻的借题发挥，真可谓嬉笑怒骂，皆成文章。在这些闪烁着智慧光彩的语言中，他使之承载了那么多的哲理与思索，却并不沉闷，那么多的批评与揭露也并不使人难堪。这不能不说是他对戏剧语言做出的一个巨大的贡献。萧伯纳自己也认为，只有语言技巧才是戏剧舞台上亘古常新的艺术。

1926 年，年已 71 岁的萧伯纳众望所归地荣膺了上一年的诺贝尔文学奖。本来，在 1911 年他就已成为热门的候选人之一了，但他有一个怪僻，即不接受任何形式的荣誉，无论谁授予他学位、爵位，他都加以拒绝，所以这也应当是瑞典皇家文学院所要考虑的因素之一。但在其《圣女贞德》上演之后，获得了世界性的影响，甚至当时的厄普沙拉大主教也表示支持。虽然，现在的富翁萧伯纳已不是当年的穷光蛋了，但他还是接受了这笔奖金。瑞典皇家文学院公告中给他的获奖评语是：

因为其作品具有理想主义和人道精神，其令人激动的讽刺性往往浸润着独特的诗意之美！

在《圣女贞德》中，贞德有这样一句台词，"如果我遭到火刑，我将通过火焰，到达人民心底"，萧伯纳的剧作也正是这样的火焰，它将到达并永存于人们的心底。

第五章

投向西方的东方目光

　　最年轻的诺贝尔文学奖获得者、英国著名作家吉卜林说："西方是西方，东方是东方，它们永远不会相遇。"然而，文学却是人类最为美丽的一种力量，它永远可以冲决一切罗网与人为的阻碍，从而给人类留下最为刻骨铭心的相遇。西方与东方的确不会相遇，但它们各自的文学却可以超越时空、超越意识形态，为人类传递我们共同创造与拥有的财富。

　　18世纪以来，东方文学相比而言的确是衰落了，所以，先进的东方人便开始了向西方学习的历程。那时，这几瞥投向西方的目光是如此的睿智而又空灵，安详而又孤寂。在他们中间，终于产生了东方乃至于世界文学史中不可多得的文学大师！

第一节　猫眼里的世界：夏目漱石

　　夏目漱石（1867～1916）日本作家。原名夏目金之助。生于江户城（现东京）一个多子女的街道小吏家庭。两岁时被送给姓盐原的街道小吏当养子。因养父母离婚，10岁时又回到生父身边。21岁恢复原姓。漱石成名后，养父的无理纠缠给他造成巨大的精神痛苦，构成他自传体小说《道草》（1915）的基本内容。漱石中小学时代学习汉语，熟诵唐宋诗词，擅长写汉诗。后又改学英文，在第一高等学校本科学习期间，与学友正冈子规常谈诗论文，1889年评论正冈子规《七

→夏目漱石

吉卜林

　　吉 卜 林 （Rudyard Kipling，1865～1936），英国小说家、诗人。其戏剧式的民谣保留了生动的口语——幽默、通俗且饶富民风，抒情诗则以阐扬道德和洞察历史过程见长，尤其擅长短篇故事，故事多数揭露西方机械文明社会的面纱，杰出的作品回溯永恒的印度之谜并显示文化差异所产生的对比与讽刺。1907年吉卜林获诺贝尔文学奖。其主要作品有《山中的平凡故事》、《营房歌谣》、《林莽之书》、《吉姆》等。

图说世界文学史

草集》的文章中首次使用笔名漱石，这个名字来源于中国古代著名志人小说集《世说新语》。1890 年进东京帝国大学攻读英国文学，写有《英国诗人的天地山川观念》等文章。1900 年起在英国留学 3 年。回国后转到东京第一高等学校东京大学任教，并开始业余创作，相继发表《我是猫》(1905)、《哥儿》（1906）和《旅宿》（1906）等杰作。1907 年辞去教职，进《朝日新闻》社当专业作家，在该报发表了一系列作品。

《我是猫》（1905）是夏目漱石的成名作，也是他的代表作。作者以一只猫为主人公，从它的角度来揭示社会的种种弊端。整篇小说想象丰富，语言独特，善于把西方最新的科学成就、著名作家的名言和中国古代思想家的语言和思想，恰到好处地渗入到作品的每一部分。

夏目漱石在写这部处女作时，已到不惑之年，而且他刚从英国回来，在帝国大学担任英文系讲师，前途已然是一片光明，可是，他却放弃了这个一帆风顺的人生道路，走向了创作的艰辛旅途。这不是一时的心血来潮，而是有其必然性的。早年在英国留学时，他就对西洋文明产生了怀疑与批判的情绪，在那里，他感觉自己是"与狼群为伍的一条狗"；然而，回国后，日本的许多东西也让他极为失望与愤慨，所以，他要用笔把这一切写出来。

作者巧妙设计了金田家和苦沙弥家两个舞台，前者是为富不仁的资本家；后者是贫困潦倒的教员。作者通过金田家为富子择偶的情节和猫的自由往来，将两个独立的舞台连接起来，构成整体。向读者展示了明治维新时期日本社会上的种种矛盾，批判了盲目模仿西方的人，也对那些脱离实际的知识分子发出了揶揄和嘲讽。

作者善于采用对比和象征的手法，通过猫对苦沙弥日常

→夏目漱石所绘水墨画《蔡和黑猫图》。

生活的观察和批评，透露出它的主人平时不易被人发现的一面。这借鉴了表现主义的手法，通过一个独特的角度来反映平常人所看不到或不留心的角度或方面，从而显出独特的视角和创意。同时也更为多角度地反映了生活的侧面。这部小说中也充满了异想天开的想象：百年前死去的猫因为好奇而变成幽灵，从冥土来到人间；苦沙弥家的猫喝醉酒后，竟然幻想和月亮姐姐攀谈。而在本质意义的层面上，猫的遭遇和内心活动，可以说是日本社会中无权无势的底层人们生活的象征。

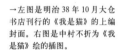

→左图是明治38年10月大仓书店刊行的《我是猫》的上编封面。右图是中村不折为《我是猫》绘的插图。

这部作品的情节非常简单，没有什么惊心动魄的故事，都是些平平淡淡的日常琐事，作者自己也说："这部作品既无情节，也无结构，像海参一样无头无尾。"所以后世评论家都称此作品的结构为海参式的结构。的确，其作品的叙述进程没有刻意去雕琢，只是如同生活本身一样写了出来。但正是在这种情况下，他才写出了当时日本知识分子中的那些多余人的形象：他们不求荣显，但又颇为清高；对现实生活极为不满，但又不愿意主动行动；他们鄙夷现实生活中为名为利的所谓的"俗物"，但事实上他们自己也是这些俗物中的一员……这一切都不过给这位伟大的观察家猫提供了无穷无尽的笑料而已。当然，苦沙弥先生与迷亭先生直到小说结尾依然是老样子，而这只猫却在偷喝啤酒时掉在酒缸里淹死了。

《我是猫》的确是夏目漱石的代表性作品，虽然他后来又写了一些被某些评论家认为是更为杰出的作品，但还是这一部深受广大读者的喜爱，也成为日本文学史上最有号召力的小说作品之一。

第二节　诗的宗教：泰戈尔

罗宾德罗那特·泰戈尔（1861～1941）是印度著名的诗人、小说家、艺术家和社会活动家。他生于西孟加拉邦加尔各答市的一个贵族家庭，是家里最小的儿子。他的祖父德瓦尔格纳特·泰戈尔是最早去英国访问的印度人之一；而他的父亲又是一个哲学家与宗教改革家；大哥是诗人，又是介绍西方哲学的哲学家；五哥是音乐家和剧作家；他的姐姐是第一个用孟加拉语写长篇小说的女作家；与他年龄差不多的许多同族的人也都在印度文化复兴中做出了巨大的贡献。他就出生在这样一个家族之中。所以，他从小所受到的教育远非一般人可比：系统而又正规，丰富而又深切。泰戈尔 8 岁时写了他的第一首诗，以后经常在一个笔记本上写些诗句，总要朗诵给长辈们听。1878 年，泰戈尔赴英国学习，两年后奉父命辍学回家，专门从事文学创作活动。1901 年，他在圣谛尼克坦创办了一所学校，想以此来实现他改造农村的教育理想，后来，这所学校成为一所国际性的知名大学。1913 年获得诺贝尔文学奖。1919 年发生阿姆利则惨案，泰戈尔愤而放弃英国政府封他的"爵士"称号。1941 年，他写下《文明的危机》，控诉英国在印度的殖民统治，深信祖国必将获得民族独立。同年，泰戈尔在加尔各答去世。

　　泰戈尔多才多艺，作品丰富。一生创作了五十多部诗集，十二部中、长篇小说，一百多篇短篇小说，二十多个剧本，以及大量的歌曲和文学、哲学、政治方面的论著。从总体看来，他首先是个诗人。他一生的诗歌创作大致可分为三个阶段。第一个阶段以他的《故事

→泰戈尔和甘地在一起
泰戈尔深受甘地精神的鼓励，但他并不是全盘接受甘地的观点，他对甘地是否在无意之中助燃了不合作运动的火焰表示质疑。

一篇最具有特色和最富有独创精
神的作品。在感情的承受力
方面，在主题思想的逐步发
展方面，这首诗都是他的创
造天才的一种非凡的产物。
——印度评论家圣笈多对《园
丁集》第十二首的评析

如果你想发狂而投入死亡，来吧，到我的湖上来吧。
它是清凉的，深至无底。
它沉黑得像无梦的睡眠。
在它的深处黑夜就是白天，歌曲就是静默。
来吧，如果你想投入死亡，到我的湖上来吧。
——《园丁集》，12

对儿童心理的深刻的理解和善于
用儿童无邪的眼睛和心灵
来观察自然，感受生活的
特点，充满童稚的想像和纯真
的感情。
——克里巴拉尼在《泰戈尔传》
中关于《新月集》的评伦

我愿我能在我孩子自己的世界的中心，占一角清净地。
我知道有星星同他说话，天空也在他面前垂下，用它呆呆的云朵和彩虹来
娱悦他。
那些大家以为他是哑的人，那些看去像是永不会走动的人，都带了他们的
故事，捧了满装着五颜六色的玩具的盘子，匍匐地来到他的窗前。
我愿我能在横过孩子心中的道路上游行，解脱了一切束缚，
在那儿，使者奉了无所谓的使命奔走于无史的诸王的王国间；
在那儿，理智以它的法律造为纸鸢而飞放，真理也使事实从桎梏中自由了。
——《新月集》"孩子的世界"

摘下这朵小花，拿走吧。别迁延时日了！我担心花会凋谢，落入尘土里。

也许这小花不配放进你的花环，但还是摘下它，以你的手的采摘之劳动给它以光荣吧。我担心在我不知不觉间白昼已尽，供献的时辰已经过去了。

虽然这小花颜色不深，香气也是淡淡的，还是及早采摘，用它来礼拜吧。（《吉檀迦利》，6）

你来时我没听见你的足音。你那落在我身上的眼神是悲哀的，你低低说话的声音是疲倦的，——"啊，我是个口渴的旅人。"我从我的白日梦中惊醒过来，把我罐里的水倒在你掬着的手掌里。树叶在头上蔌蔌地响，杜鹃在看不见的幽暗里啼鸣，从大路弯曲处传来巴勃拉花的芳香。（《吉檀迦利》，54）

从今以后，我在这世界上将无畏惧，而你亦将在我的一切斗争中获得胜利。你留下死亡和我作伴，我将以我的生命为他加冕。我带着你的剑斩断我的镣铐，我在这世界上将无所畏惧。（《吉檀迦利》，52）

富于高贵、深远的灵感，以英语的形式发挥其诗才，并融和了西欧文学的美丽与清新。
——诺贝尔奖获奖评语

神在农民翻耕坚硬泥土的地方，在筑路工人敲碎石子的地方，炎阳下，阵雨里，神都和他们同在，神的袍子上蒙着尘土。脱下你的圣袍，甚至像神一样到尘埃飞扬的泥土里来吧！

解脱？哪儿找得到这种解脱？我们的主亲自欢欢喜喜地承担了创造世界的责任，他就得永远和我们大家在一起。（《吉檀迦利》，11）

这些抒情诗……以其思想展示了一个我生平梦想已久的世界，一个高度文化的艺术作品，然而又显得极像是普通土壤中生长出来的植物，仿佛是青草或灯芯草一般。
——爱尔兰抒情诗人、剧作家叶慈评价《吉檀迦利》

在那儿，心灵是无畏的，头是昂得高高的；
在那儿，知识是自由自在的；
在那儿，世界不曾被狭小家宅的墙垣分割成一块块的；
在那儿，语言文字来自真理深处；
在那儿，不倦的努力把胳膊伸向完美；
在那儿，理智的清流不曾迷失在积习的荒凉沙漠里；
在那儿，心灵受你指引，走向日益开阔的思想和行动——
我的父啊，让我的国家觉醒，进入那自由的天堂吧！（《吉檀迦利》，35）

→泰戈尔是获得诺贝尔文学奖的第一个东方作家，被尊为印度"诗圣"。然而，除了抒情诗和戏剧创作外，泰戈尔还谱写了两千多首歌曲。

诗》为代表。在这里，他从古代的一些传说或宗教故事中引用一些富有启发意义的素材，并用诗歌的形式表现出来。泰戈尔在这些诗里，歌颂了民族英雄，宣扬了爱国主义，当然，也表现了他的人道主义思想。这些作品都有极为高超的技巧。第二阶段是与他的隐退生活相适应的。在此期间，他更注重了对诗歌艺术本身特点的追索，其这一阶段的作品便有些神秘乃至于晦涩，不过，这一时期的诗毕竟还是他为文学史所贡献出来的最美礼物。第三阶段是在他重新又介入了现实的政治社会生活后的诗歌创作。这一时期的他几乎成为反对暴力与强权的斗士。

→泰戈尔

他的诗歌代表作很多，如《飞鸟集》与《新月集》等等，但最为成功的却是《吉檀迦利》。这部诗集共有诗103首，是1912年春夏之间他从自己的孟加拉语作品中编选翻译的一部英文散文诗集。这部诗集在英国出版之后，立刻引起了欧洲文坛的轰动，并因此而获得了次年的诺贝尔文学奖。

"吉檀迦利"在孟加拉文里是"献诗"的意思，即献给神明的颂歌。但这里的神是无所不在的人格之神，象征着泛神论和人道主义的思想。诗集的主题就是讴歌人和神的合一，人性与神性的统一。这些诗反映了作者的人本主义宗教观，更寄托了作者对祖国的真挚之爱和对崇高的热切向往。

全诗由以下几部分组成：理想颂、追求颂、欢乐颂、死亡颂和尾声。整个诗集具有朴素、单纯与优美的艺术特征。我国著名的文学家冰心非常喜爱泰戈尔的诗歌，她亲自翻译了这部杰出的作品集。她说，从这些诗中，我们看见了提灯顶罐、巾帔飘扬的印度妇女；田间路上流汗辛苦的印度工人和农民；园中渡口弹琴吹笛的印度音乐家；海边岸上和波涛一同跳跃喧笑的印度孩子，以及热带地方的郁雷急雨，丛树繁花……他把人民那生动朴素的语言，精炼成为最清新而又流利的诗歌，用她来唱出印度广大人民的悲哀与快乐，失意与希望，怀疑与信仰。

作者让朴素的情感自然流露，信手捕捉生活中随处可见的生活形象：姑娘寻找花瓣，仆人等待主人，旅客急赴归路，这些都是企望与神结合的那颗心的形象；而花朵、河流、大雨、海螺等形象，则象征了那颗心的纯朴和虔诚。作者的描写是那样平易流畅，比喻是那样质朴生动，再加上口语运用的自然贴切，节奏之如行云流水，都使整个诗集弥漫着一种恬淡、飘逸、深邃的意境，给人以享受，给人以启迪。

除诗歌以外，他还有一些极为成功的小说。

1906 年所发表的长篇小说《沉船》是他第一部成功的作品，也标志着孟加拉文学中现实主义创作方法的成熟。《沉船》主要写了刚刚大学毕业的青年知识分子罗梅西那富有传奇色彩的婚姻故事。这里不仅表现了对封建婚姻缺席的批判，而且也对动摇与软弱的知识分子进行了批评。而其小说的代表作则公认为是他创作于 1910 年的作品《戈拉》，它被认为是泰戈尔小说创作的顶峰。其强烈的时代意识与鲜明的爱国主义激情，还有其反映社会生活的广度与深度，都使其具有了史诗色彩，无怪乎有评论者认为它是"现代印度的《摩诃婆罗多》"。

第三节　智慧与美：纪伯伦

阿拉伯是《一千零一夜》的故乡，这个民族也拥有着极为丰富的文学遗产。在公元 8 到 10 世纪的几百年间，他们的文学盛极一时，一度成为世界文化的中心与枢纽，有着极为辉煌灿烂的历史记忆。然而，从公元 13 到 18 世纪以来，异族的入侵与暴虐统治扼杀了他们生生不息的文学命脉。历史终于到了 19 世纪末 20 世纪初了，这是亚非拉民族在政治上走向自主与独立的时期，也是在文学上走向复兴的时期。在阿拉伯国家，涌现出了许多优秀的作家，他们的作品为阿拉伯文学的复兴都做出了巨大的贡献，但其中最为杰出的，还要数黎巴嫩诗人纪伯伦·哈利勒·纪伯伦（1883～1931）。

纪伯伦是 20 世纪阿拉伯文学的一座高峰，是阿拉伯现代文学复兴的先驱之一，也是阿拉伯小说和散文的主要奠基者。

纪伯伦出生于一个美丽的山村，从小家庭生活贫困，在一场意外的官司之后，他的家里变得一贫如洗。他的母亲只好带了四个孩子来到美国波士顿最穷的华人区居住，不久15岁的纪伯伦回到祖国学习。当纪伯伦再来到美国时，他的家庭已经被命运的巨手彻底破坏：妹妹、哥哥和母亲在一年中相继去世，留下了一大笔债务。为了生存和还债，他不得不整天卖画撰文。1906年前后，纪伯伦相继发表了两个短篇小说集《草原新娘》、《叛逆的灵魂》，小说揭露了教会与世俗政权相勾结，对百姓实行愚民政策。几年后，纪伯伦发表了中篇小说《折断的翅膀》，作品对母爱进行了热情的讴歌，在社会上和文坛上引起了强烈的反响。

　　纪伯伦的小说具有丰富的社会性和深刻的东方精神，他不以故事情节取胜，不描写复杂的人物关系，而着重表达人物的内心感受，抒发内心的丰富情感。作者往往以"我"作为主人公之一出现，直接介入故事，增强了故事的真实性。而弥漫在小说中的悲剧意味和批判意识，把哀怨和愤怒结合起来，更能引出对社会中丑恶现实的痛恨和深思。

　　从20世纪20年代起，纪伯伦的创作重心从小说转向散文诗。这些作品中最为出名的是抒情散文诗集《先知》和箴言集《沙与沫》。

　　《先知》是纪伯伦最深刻和最优美的作品，其中所收的作品内涵丰富，风格独特，意境深邃，具有教谕性和启示性，是现代东方"先知文学"的典范。《先知》虽然不是小说，作者却为它安排了一个小说式的故事框架：主人公艾勒穆斯塔法，是一个受人爱戴的东方智者，长期滞留在外，一直盼望回到祖国。机会终于来了，城里的人们都来送行，他回答了他们提出的所有问题，如爱与美、生与死、善与恶、罪与罚、理性与热情、婚姻与友谊、欢乐与痛苦、法律与自由等等。这些问题虽然都很抽象，但纪伯伦却以清新隽永的句子，将这些理念一一表述出来，让人们细细地品味，反复地思考。作者力图站在历史的高度来俯瞰世界，他认为，"真我"应该是一种神性，一种像海洋、像太阳的无穷性，人类的目标是实现这种目标，成为巨人。

　　爱与美是《先知》的主旋律：

　　当爱挥手召唤你们时，

　　跟随着他，

尽管他的道路艰难而险峻。

虽然只有短短的三句话，但却说出了一条真理：通往爱的道路是艰难而险峻的，但一旦我们看到了爱的身影，听到了爱的召唤，我们能不跟随着她吗？在纪伯伦眼里，美就是上帝，而爱就是通向美的道路。同时，纪伯伦又将人的身体看成美的体现。因此，纪伯伦所赞美的爱是给予他人的爱；而他所颂扬的美则是生命的美。

在回答有关"工作"的问题时，纪伯伦写到：

我说生命的确是黑暗的，除非有激励；

一切的激励都是盲目的，除非有知识；

一切的知识都是徒然的，除非有工作；

一切的工作都是空虚的，除非有了爱。

这里面有一种无与伦比的美与智慧，她使人如饮琼浆玉液，怡心清神。其深深的艺术震撼力将令所有读者刻骨铭心。

《先知》的语言独具特色，既严肃又温馨；既富有启示性又有着浓浓的感染力，把严肃的训示、诚挚的关怀、冷静的启迪和热烈的希望完美地结合起来，让人能够在一种温情脉脉中毫无阻力地接受它。新奇的比喻也是这部散文诗的一大特点，如"思想是一只属于天空的鸟，在语言的牢笼中它或许能展翅，却不能飞翔"；"美是凝视自己镜中身影的永恒。但你们就是永恒，你们也是明镜。"这些比喻新鲜而又贴切，形象鲜明，内涵丰富，显示了作者思考的深度。与此同时，象征也构成了《先知》的一大特色，作品中的主人公、小岛、小城等，都有它自己特定的内涵，这些隐晦的意义是要通过反复咂摸才能读出来的。

《先知》在东方和西方都受到了相当高的评价，甚至有人称它为"小圣经"，文学家和政治家都对它赞不绝口。作为一种思想上的高雅之作，《先知》是很值得一读的。

→纪伯伦自画像

纪伯伦是黎巴嫩裔美国哲理散文家、小说家、神秘主义诗人、艺术家，其浪漫诗集《先知》融合了东西方的信仰，充满令人着迷的抒情色彩，是爱的典范和赞歌。

20 世纪初　　　　　20 世纪 20 年代　　　　1928 年　　　　　20 世纪 50 ～ 60 年代　　　　1965 年

　　　　　　　　　　　　　　　　超现实主义　　　　　　　"垮掉的一代"　　　　海明威逝世
　　　　　存在主义兴起　　　　　流派诞生　　　　　　　流行于美国

意识流、达达主义、　　　　　"迷惘的一代"　　　魔幻现实主义进　　　新小说派、荒诞　　　　　"黑色幽默"始
表现主义出现　　　　　集于巴黎　　　　　入拉美文坛　　　　派戏剧诞生　　　　　　定其名

　　　　　　　　1918 ～ 1939 年　　　20 世纪 20 — 30　　　20 世纪 50 年代　　　　1961 年
　　　　　　　　　　　　　　　　　　　年代

第四编

jiupai

茫茫六派
（19 到 20 世纪的现代派文学）

19 世纪末 20 世纪初，我们所谓的现代派文学如同热带雨林中的植物一样，蓬勃甚至是疯狂地成长起来，他们不但成为那个时代的主流，而且，他们那宝贵的艺术经验也将泽被万世。现代派文学的发展也造成了文学流派的繁多。

在传统的文学时代，虽然也有不同的流派，但他们的面貌都是大同小异的，因为他们的世界观与艺术观是相同的。而现代派文学则不同，其中几乎每一个派别都有自己对世界、对艺术那种独特的认识，那种认识也许是片面的，但它也绝对是深刻的。他们代表了从某一种角度来把握世界所能达到的无可比拟的深度。

第一章

表现主义：变形的世界

就在意识流小说逐渐兴起的时候，另一个泽被深远的文学流派也应运而生，这就是表现主义。事实上，追根溯源，表现主义的历史更为悠久，因为文学本身就是一个表现的世界，所以，"表现"几乎是与文学同步而生的。但作为一个现代主义文学流派，却是从 20 世纪初开始的。

表现主义最早出现于绘画艺术中，后来在音乐、戏剧、电影等领域都有极大的发展。表现主义文学首先是在德国掀起第一个高潮的。他们多追求强有力地表现主观精神和内心激情，用荒唐无稽的情节与绝对真实的细节来表现"现代人的困惑"，反映时代危机的某些重大征兆。

第一次世界大战是人类面临的一次重大危机，在这次危机之后，表现主义作为一种文学流派也就趋于衰落了。然而，它积累的艺术经验却仍然是一笔巨大的财富。

第一节　困在城堡里的思想者：卡夫卡

文学是寂寞者的事业，杜甫就曾慨叹说"千秋万载名，寂寞身后事"，而在世界文学史上，生前的寂寞与身后的光辉反差如此巨大的莫过于卡夫卡（1883 ~ 1924）了。

卡夫卡出生于奥匈帝国统治下的布拉格一个犹太商人家庭。他的父亲是一个白手起家的人，有着极为坚强的性格，而且，对于儿子，他也一直使用家长制作风，这对卡夫卡忧郁、悲观性格的形成有着极为重大的影响。1901 年，18 岁的卡夫卡进入布拉格大学学习德国文学，但后来却迫于父命而改修法律，并在 5 年后获得了法学博士学位。毕业后，他进入了工伤事故保险公司任职。1922 年，因患肺病而辞职。他一生中曾先后三次恋爱，但都没有成功，这对作家的心灵产生巨大的压力和影响。1923 年迁往柏林，一位名叫朵拉获曼特的姑娘成了他生活的伴侣，但次年卡夫卡就去世了，只活了 41 岁。

图说世界文学史

卡夫卡从小对文学有浓厚而广泛的兴趣，大学时代就开始了文学创作，并和一些文学名家交往。从 1912 年进入了创作的旺盛期，他的名作如《审判》和《城堡》均未写完，但已在文坛上产生了轰动性的效应。也正在这时期，德国表现主义文学运动达到了高潮，这使得他的作品也打上了深刻的时代烙印。另一方面，卡夫卡作品的独特性，也对德国表现主义文学运动做出了重要的贡献，并对 20 世纪欧美文学产生了深远的影响。

卡夫卡是现代主义小说的鼻祖，《变形记》是其短篇小说的代表作。小说通过旅行推销员格里高尔变成大甲虫的荒诞故事，把现实主义表现手法置于荒诞的框架之中，把现实与非现实、合理与悖理、常人与非人并列在一起，淡化了时间、地点和社会背景，是运用现代派文学表现手法的开山之作。

《变形记》是表现主义的典型之作，它并不是真实地反映现实，而是运用大胆的想像和奇特的夸张，将现实生活中不可能发生的事情写得逼真入微。小说的主人公格里高里一天早晨

→卡夫卡
在卡夫卡的小说中，他从未偏离过小人物的立场，他的作品整体含义令人费解，虽然他以简短而明确的语言做了现实的描述。可以说，他的作品是他个人困惑的写照。

起来后发现自己竟然成了一只大甲虫，除了人的思想之外，他基本上不再保留人的任何特点：一个大而扁的身躯，无数只乱动的长脚，无法站立行走，却能在地上甚至天花板上爬行。因为无法站立行走，他也就无法外出，无法完成公司所交给的任务。而一旦失去了劳动能力，他真正的悲剧就降临了。家里人开始不承认他的合法存在，最后甚至连最关心他的妹妹也厌烦他了，他成天只能待在房间里。即便如此，他还是成了家人厌弃和攻击的对象。

在这里，格里高里所患的"绝症"，其实也就是人们在当时社会中的一种共同的感受——人与人之间的关系开始异化。人与人、人和物之间靠着某种利益维系。公司之所以需要他，是因为他能为公司上班；而一旦失去这种能力，他立即就会成为公司的弃儿；对他家庭来说，他的存在也是因为他能够挣来工资，养活家人。如果他不再具备这种能力，曾经的温情脉脉就会换成冰冷的歧视甚至敌视。

作者让格里高里变成一只大甲虫，就是将他置于一种和人保持较远的距离来反思人与人之间的关系的。这种手法取得了巨大的成功，而且对后来荒诞派的文学作品也产生了长久的影响。

《美国》、《审判》和《城堡》是组成卡夫卡"孤独三部曲"的三部长篇小说，并没有完成，而且发表于卡夫卡死后，但却体现了他

在小说创作方面的高度成就。《美国》是卡夫卡刚刚从事文学创作时期的作品，反映的社会现象比较表面；而《审判》是他独特的艺术方法开始的标志，是一部象征色彩极浓的作品，小说通过银行小职员无端遭到法庭逮捕和判决的经历，揭露了带有封建专制特征的资本主义司法制度的腐败及其残酷。作品情节荒谬却又真实可信；而《城堡》则标志着卡夫卡在创作艺术上的最终成熟。主人公 K 来到了城堡附近的小村后，却怎么也进不了小城堡的荒诞情节，反映了小人物与国家统治机器之间的对立与隔阂。这三部作品的主人公都是在敌对环境中苦苦挣扎的孤独的小人物，他们开创了近代小说中"非英雄"或"反英雄"的先例，对西方现代主义文学产生了相当深远的影响。

1924 年，伟大而孤独的卡夫卡终因肺病恶化而逝世。他虽然挚爱文学创作，而且，把能够创作当作生命中最为重要的事，但他并不想成名，也没怎么发表过作品。更重要的是，他对自己的作品都不满意，所以，在逝世前，他把自己的后事托付给大学时期即认识的好友马克斯·布洛德，让他把自己的作品"毫无例外地予以焚毁"，但所幸的是，布洛德没有遵守朋友的遗愿，而是把他的所有作品予以整理出版，他为我们这个世界保留了一个文学巨人。

卡夫卡的一生是孤独而寂寞的一生，正如有评论家所说的，他"作为犹太人，在基督徒中不是自己人。作为不入帮会的犹太人，他在犹太人中也不是自己人。作为说德语的人，他不完全属于奥地利人。作为劳动保险公司的职员，他不完全属于资产者。而作为资产者的儿子，他又不完全属于劳动者。但他也不是公务员，因为他觉得自己是作家。但他也并非作家，因为他把精力花在家族方面。而他又说'在自己的家庭里，我比陌生人还要陌生'"。正是如此痛苦的一生，玉成了他在文学史中的地位，使之成为在现代文学中具有崇高地位的文学巨人。在他去世大半个世纪以来，文学研究中已经形成了一门专门的学科："卡夫卡学"，文学史家也总是把他与但丁、莎士比亚、歌德等人并列。

第二节　进入黑夜的漫长旅程：奥尼尔

在美国，普利策文学奖是文学的最高奖项，然而有一个作家在其并不漫长的一生中却以其杰出的戏剧创作荣膺四次普利策奖：这已足

→这是西德尼·吕梅导演的根据奥尼尔《进入黑夜的漫长旅程》改编的电影剧照。《进入黑夜的漫长旅程》是一部美国最伟大的戏剧杰作，它被翻译和演出的次数远远高于除莎士比亚和萧伯纳之外的所有剧作家的作品，其最引人入胜的地方当数作品源于希腊式悲剧的怜悯心、心理洞察力和激动人心的感染力。

够石破天惊的了。然而，他的神奇之处还不仅在此，他还在 1936 年荣获当年的诺贝尔文学奖，其获奖评语是"由于他的剧作中所表现的力量、热忱与深挚的感情——完全体现了悲剧的原始观念"，一般而论，得到诺贝尔奖的作家在此后是不会有什么超越其自我的大作问世了，这个奖似乎成为作家创造力的杀手与坟墓，可这位作家却在其获奖后又写出了许多甚至更为杰出的作品，其中，就包括他本人最具艺术震撼力的代表作。这位创作力旺盛的剧作家就是尤金·奥尼尔（1888～1953）。

奥尼尔出生在美国纽约的百老汇，这似乎就正预示着他日后为世所瞩目的剧作生涯，更何况他的父亲詹姆斯·奥尼尔是当时颇负盛名的演员，曾以演基度山伯爵而著称。小奥尼尔自幼就混迹于父亲所在的剧团，跑遍了美国的各个城镇，所以，他对舞台的熟悉是无人能及的。可是他的家庭生活却相当不幸，母亲吸毒，哥哥酗酒，这样的家庭环境使他变得忧郁而古怪。

1906 年，18 岁的他考上普林斯顿大学，但旋以饮酒滋事而被勒令退学，此后，他独立地开始了他的冒险生活：在洪都拉斯淘过金，又当了水手流浪于世界各地。这一段日子的结果是在 24 岁的时候，他患上了肺结核并住进了疗养院，这时他开始思考人生的许多问题，最终决定以戏剧创作为其终生的事业。于是从 1914 年进入哈佛大学贝克教授的 47 戏剧工作室开始，到 1920 年，他连续写了十多个剧本，这是他的练习阶段。而在 1920 年，他的第一部成功剧作《天边外》上演，标志着他创作道路的成熟与自己风格的形成，而且，他也以此剧首次获得了普利策奖。

《天边外》是一部三幕剧，它主要通过三个年轻人的爱情故事展

→奥尼尔，美国最杰出的剧作家，亦为一向极其主观的剧作家。其作品包括噩梦式的表现主义作品、化妆剧、斯特林堡式尖酸的婚姻、圣经式的寓言故事、多幕剧，甚至大型多幕剧及对希腊悲剧的重新改写诠释，总共有 30 部长篇剧作、12 篇短剧及其他许多未上演的作品。并且，他的作品几乎应用戏剧史上一切可以运用的非语言资源，例如音乐、面具、舞蹈、哑剧以及不常见的场景道具和新奇的音效。

现了理想与现实之间那不可避免而又令人痛苦的冲突。主人公罗伯特身上富有诗人气质，他总梦想着去远方漂泊并寻找一种美；而他的哥哥安德鲁则愿意如父辈们一样老老实实地务农。二人同时爱上了露茜，露茜以自己浪漫的标准而选择了罗伯特，于是荣幸的罗伯特便留下来当了农场的主人；痛苦的安德鲁则远离家乡，开始了航海的流浪生涯。

→这是1973年美国为获诺贝尔文学奖的奥尼尔制作的获奖者纪念邮票及明信片。

然而，罗伯特在生活实务上其实是一无所能。露茜也终于发现，自己应该选择的是安德鲁。这时的罗伯特已病入膏肓，死前，他爬上山坡，眺望着无限远处，幻想着那美丽而自由的"天边外"。

1921年，他的另一作品《安娜·克里斯蒂》上演，这作品使他再次荣获普利策奖。此后的几年中，他又接连创作了《琼斯皇》、《毛猿》及《榆树下的欲望》等极为杰出的剧作。其中，《琼斯皇》是他表现主义的代表作。作品以原始森林为背景，重在表现逃跑中的琼斯那种恐惧与紧张、错乱与恍惚的心理真实。而《毛猿》也被许多学者认为是作者的最好的作品。

1928年，他因其新作《奇妙的插曲》而第三次问鼎普利策奖，此剧采用了意识流手法，并成功地在戏剧中运用了心理分析，使话剧的艺术面貌有了新的发展。

在1936年获奖时，奥尼尔才48岁，是不多的几位50岁以下的获奖者之一。然而，获奖之后的他却沉默了很久，在这段时期中，他的艺术风格与面貌发生了巨大的发展与变化，他的后期作品无不表现出他这一成果：即淡化情节，并融入多种手法，早期那单薄因而略嫌造作的象征手法已达炉火纯青之境，更重要的是，后期的作品多注意表现人物的内心世界，在平淡的情节里表现出灵魂世界的巨大风暴。所以，他的代表作不能不首推《进入黑夜的漫长旅程》，这部完全可以与古希腊大悲剧相颉颃的巨作创作于1941年，而演出则已在他去世的3年以后了，而且，它就在1956年，为已去世的戏剧大师摘得了第四次的普利策奖的桂冠。

全剧主要写蒂龙一家某一天从早晨到子夜的生活片断，但是就在这平凡的一天之中，奥尼尔却发掘出了前所未有的悲剧力量。剧中之

　　主人公蒂龙是一个为家庭幸福而努力的人，但他却非常吝啬，视钱如命，为了省钱，他曾给正要分娩的妻子请来了庸医，却使妻子染上了吸毒的祸根；此后，他又让妻子到一个劣等的疗养院去戒毒，所以几乎没有什么效果。妻子玛丽表面上是附和丈夫说她已经好了，事实上却偷偷地躲起来吸毒，弄得一家几口都很痛苦。长子杰米放荡不羁，一无所成，而且，由于嫉妒，故意将天花传给小弟弟，使其夭折，他还故意教染上肺病的弟弟埃德蒙喝酒，想让他与自己一样的不成器；次子埃德蒙身患肺病，面临死亡，而蒂龙亦为了省钱，只送他去最廉价的疗养院。一家四口都想逃避现实，营造温情的假象，但严酷的生活总是暴露出那铅灰色的痛苦来。他们先是互相为了希望而欺骗，为了和睦而自己隐忍；但当生活的琐碎痛苦来临时，他们却边互相责怪，边自惭自悔。四人就在爱与恨、生与死；责难与宽恕、厌恶与同情；自怜与自憎、梦幻与清醒的交织中从清晨走向孤寂而又寒冷的漫漫黑夜之中……

　　这是一部无法用"伟大"与"震撼"之类简单的语言来描述和揄扬的作品，他从平凡的生活中挖掘出了令人难以置信的悲剧力量，这种力量正因为并非从战争或爱情等永恒的文学母题中拾来，正因为它恰恰是从最为平凡而普通的生活中来，所以，其艺术生发力就更

> 表彰他的富有生命力的、诚挚的、感情强烈的、烙有原始悲剧概念印记的戏剧作品。
>
> ——诺贝尔奖获奖评语

为巨大，也更具哲理意义。正是他，用神奇的笔写出了每个平凡人的平凡生活中不得不面临着的最为深刻的悲剧，而且，他不只是写出了这一悲剧，他还写出了生活中的全部要素，包括所有的残酷与温情！

第二章

存在主义：他人即地狱

　　人类的自我觉醒是从认识到自己的存在开始的。然而，也正因为认识到了自己的存在，所以也突然发现了存在中那令人无法言说的困境以及人类永远无法摆脱的悲哀。文学正是要揭示这个困境与悲哀，揭示这种我们只能接受而无法控制的存在是怎样在影响着我们的一切。我们每个人从这种揭示以及描摹中，都应该更为清醒地看到我们真正的自我。

　　在一战与二战的幕间，在法国，兴起了一股规模空前的文学流派，它不但席卷了法国，而且也波及了西欧和南北美，成为当时西方现代派文学中最具有影响力的一个，甚至有人说它已经像大气压那样无处不在了。这就是以探讨与表现人类的存在境遇为艺术旨归的存在主义。

　　存在主义最早是一个哲学概念，然而，经过存在主义文学大师们的努力，它与文学的界限被打通了。在它那瑰奇的世界里，把因为将传统文学当作无可争议的事实而遭到漠视的"存在"重新加以审视，并由此而走向了更高的哲学境界。

　　非但如此，他还对以后的文学发展产生了巨大而又深远的影响。

第一节　20 世纪的良心：萨特

　　1964 年 10 月，诺贝尔文学奖决定将本年度的大奖授予法国的存在主义大师萨特，获奖评语是"由于他那富于思想和自由气息及探求真理精神的作品已对我们时代产生了深远的影响"。然而，这个为世界文学界所瞩目的颁奖晚会却无法举行，原因是本年的大奖得主拒绝接受诺贝尔奖，这在当时诺贝尔奖六十多年的历史中，尚属石破天惊的首例，而且，直到现在，诺贝尔奖已发展了一个多世

> 人类必须首先意识到他只能依靠自己而不是别人，否则他将一事无成。
> 让-保罗·萨特的
> ——《存在与虚无》

纪，这也仍然是其唯一的特例。1915年时的罗曼·罗兰曾想要拒绝该奖，但最后他却改变了主意；1958年帕斯捷尔纳克的拒绝却并非自愿，而是当时苏联高压政治的结果。这里只有萨特是自觉自愿而且坚决地拒领此奖。当然，他的拒绝并非对诺贝尔奖本身有什么看法，这有其极为复杂的原因，这个原因就存在于他的生平与创作历程之中。

让－保尔·萨特（1905～1980）出生于巴黎的一个中产阶级家庭，他的父亲是海军军官，但他在小萨特两岁的时候就去世了，幼小的萨特只好跟随母亲住到巴黎的郊区其外祖父家里。他的外祖父是一个德语教师，非常喜欢他，并在他4岁时就教他读书。据他的自传体作品《词语》记载，他于7岁时已读了拉伯雷、高乃依、伏尔泰、福楼拜和雨果的作品。1916年，在他11岁的时候，他的母亲再嫁，他跟随母亲又迁居于拉罗榭。1924年，他考入了著名的巴黎高等师范学院哲学系，5年后，在哲学老师资格会考中，他名列第一，正是在这时，他结识了名列第二的西蒙娜·德·波伏娃，这位杰出的女性后来不但成为萨特的终身伴侣（他们从未举行过婚礼），而且也成为存在主义的中坚作家。

→萨特，法国作家，他以作为二次大战后风靡欧洲的哲学——存在主义的知识界和文学界领袖而闻名。在小说、剧本、杂文及哲学著作中，他详细阐释了他的理论，他认为，人们意识到自身的自由，产生了焦虑，并试图以"坏的信仰"来逃避焦虑。他对自己拒领1964年的诺贝尔奖做出的解释是：对作家语言的感染力增加这样的外部影响，对读者来说是不公平的。

1934年，萨特赴柏林的法兰西学院，受业于现象学大师胡塞尔，并在弗莱堡大学研究海德格尔的存在主义哲学。1940年，萨特应征入伍，但旋即在帕杜被德军俘虏，然而他却因视力欠佳而于次年获释。此后，他便投身于世界和平运动。他曾一度参加过法国共产党，但接下来又因为"匈牙利事件"而宣布退党；五六十年代，他极力反对法国在阿尔及利亚的战争；1965年，他又强烈谴责美国的侵越战争；1968年他积极支持法国学生的"五月风暴"造反运动；同年，他又强烈抨击苏联入侵捷克，并从此与苏联交恶。总之，他的一生是一个自由者的一生，是一个人道主义者的一生。他之所以拒领诺贝尔奖正是他保持自己独立人格的表现——绝不接受任何形式的官方荣誉从而使自己拥有发言的权利。也正因为此，在他生活着的 20 世纪里，几乎所有的重大事件都有他独特而充满人道关怀的声音；他也从不把自己局限在某一个政治派别中去，而总是站在人道主义的高度去裁判。所以，他被人们认为是"20 世纪的良心"。

　　1939 年，萨特第一部典型的存在主义作品，短篇小说《墙》问世。小说以西班牙内战为背景，写了三个革命者被判处枪决后的恐惧状态。面对即将临近的死亡，每个人都突然意识到了自己的存在：朱安只是一个孩子，他的表现最为激烈，惊恐万状甚至浑身瘫软；主人公伊比埃塔与另一战士汤姆则宁死不屈，在主观上也对死亡坦然接受，然而，人类的本能也使他们各自表现出了从心底渗出的恐惧与寒意。这时，敌人要找到其战友雷蒙·格里，便提出谁供出此人下落，谁就可以获释，三人都经受住了这一考验。后来，伊比埃塔为了戏弄敌人，便谎称他躲在墓地里。第二天敌人突然把他释放了出去，他不明所以，后来才知道敌人果然在墓地里找到了雷蒙·格里。事实上，伊比埃塔知道雷蒙·格里在一个同志家里，根本不会在什么墓地，但哪里知道雷蒙·格里却怕连累别人而恰恰躲入了墓地，于是被抓获并当场处决。这个情节显示出了这个世界的荒诞来：存在取决于个人的选择，选择是自由的，但这种自由却面临着整个世界的复杂的不可知因素。

　　除《墙》以外，萨特还有中篇小说《恶心》与长篇小说《自由之路》等，但真正能代表他的艺术成就的是他的戏剧创作。他的戏剧创作数量很少，总数只有 11 部，但质量却都极高。

　　《间隔》（中译或为《密室》，或为《禁闭》）是他于 1944 年发表的一部杰作。剧并不长，场景也很简单，只有三个人物。场景说明是在一个"第二帝国时期的客厅"里，但事实上是在地狱里，因为里面的三个人物都已是死去的鬼魂了：逃兵加尔森、同性恋女人伊内丝和色情狂艾斯黛尔。加尔森心中总觉得阳间的世界都认为自己是个怯懦的逃兵，他心中希望能找出证据来证明自己并非胆小鬼；但是艾斯黛尔却一直向他调情，艾斯黛尔是因为亲

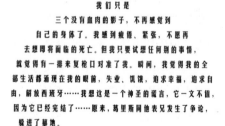

我们只是

三个没有血肉的影子，不再感觉到

自己的身体了。我感到疲倦、紧张，不愿再

去想即将面临的死亡。但我只要试想任何别的事情，

就觉得有一排来复枪口对准了我。瞬间，我觉得我的全

部生活都涌现在我的眼前，失业、饥饿、追求幸福、追求自

由、解放西班牙……我想这是一个神圣的谎言，它一文不值，

因为它已经完结了……原来，葛比斯同他表兄发生了争论，

躲进了墓地。

我感到天旋地转，我坐倒在地上，我放声大笑起来，

眼泪都笑出来了。

——《墙》

一这是萨特在勒阿弗尔当教师时写的第一本成功的中篇小说《恶心》，这是一部日记体的书，叙述了主人公面对物质世界和自己的身体时，体验到了恶心。

图说世界文学史

204

手掐死自己与情夫所生的孩子而进入地狱的，她心中也承受了这可怕的罪孽，便企图以与加尔森调情而忘掉这一切；伊内丝在世间时因与人搞同性恋而逼死了情人的丈夫，因此她也需要遗忘，为此她便去追求艾斯黛尔。这样别有目的的艾斯黛尔便说加尔森是个英雄，而伊内丝却冷酷地揭穿加尔森的怯懦者面目。加尔森难以忍受，却又无可奈何，因为这是地狱，他只能待在这里，别无选择；而艾斯黛尔觉得伊内丝坏了自己的事，便用刀捅进了伊内丝的心脏，但这无法解决这个不可摆脱的命运，因为他们已经死过了，无法再死一次了。最后，痛苦万状的加尔森哀叹说："原来这就是地狱，……提起地狱，你们便会想到硫黄、火刑、烙铁……，哈，真是天大的笑话！何必用烙铁呢，他人就是地狱。"这个剧本集中地表现了他对人生、对社会的深刻思考，也代表了他对人类存在的悲观看法。正因为这样，有学者认为这部作品简直就是一篇精彩的文学化的哲学论文。

除此而外，1948 年发表的《肮脏的手》也是一部非常杰出的作品，但是由于各种意识形态对这一作品所做出的非文学评判掩盖了它那璀璨的艺术光芒。

1980 年 4 月 15 日，这颗人类的良心之灯终于熄灭了，法兰西为他举行了极为盛大的国葬，其规模可与 100 年前为雨果所举行的国葬相比。

第二节　女性的存在：波伏娃

在文学史上，一提到萨特便不能不提西蒙娜·德·波伏娃（1908 ～ 1986），她既是存在主义文学的主将之一，也是萨特的终身伴侣。

波伏娃也出生在巴黎，她的父亲是一个律师。童年的她即接受母亲的宗教熏陶，且于 6 岁就进入了教会学校。但后来受父亲的影响而对宗教产生

一波伏娃

了怀疑。1929 年，她 21 岁的时候，即以第二名的成绩通过了在法国以严格著称的教师资格考试，她是通过此项考试的最年轻的女学生。也就是在这次考试后，她认识了比她考得更好的萨特，后来她在其自传中写到：“萨特完全符合我 15 岁时的向往，他是另一个我，在他身上我感到我所有的爱好升华到了炽热的程度。……我知道他再也不会走出我的生活了。”就这样，二人结合在了一起，但他们却并不举行任何传统的仪式，所以，她的姓依然是“波伏娃”。

1943 年，她发表了其第一部成功的作品《女宾》。据说这部作品就取材于他们夫妻二人与萨特的一个女学生三个的试验性经历。小说写了一对情人皮埃尔与弗朗索瓦丝接济了一个姑娘萨维埃尔，三人决定打破一夫一妻制的常规，想要试验新的生活方式。但是这位“女宾”的生活方式与处世态度均与传统背离，这些都使得女主人弗朗索瓦丝既向往，又排斥，终于排他的爱情与嫉妒心又反弹出来。在男主人入伍之后，“三位一体”破裂了，女主人甚至想要杀死这位“女宾”。这里，三位一体的尝试与破产反映了存在主义自由选择原则在现实生活中是无法实行的。

1947 年，她出版了她另一部奇特的作品《人都是要死的》。故事写的是 20 世纪的巴黎，一个戏剧演员雷吉娜的爱情历程，然而，她的爱情对象却是生于 1279 年的雷蒙·福斯卡，他到现在为止，已活了六百多岁。这位主角本来是 13 世纪意大利城邦的一个君主，他有非常大的雄心去建立一个强大的城邦，然而，他又觉得一生太过于短暂，还不足以完成这样的大事。而在一次偶然的机会里，他得到了来自埃及的神秘的长生药，服下之后，他便永远不死了。此后，他经历了意大利各城邦的互相兼并，经历了高卢人的入侵，看到了日耳曼神圣罗马帝国的分崩离析，还有欧洲的殖民扩张，古代文明中心的消失，甚至于法国大革命，然而，历史的发展并没有因为他的长生不老而改变，他数百年的心血都渗进历史那干燥的沙漠之中，了无痕迹。长生的福斯卡早已经厌倦了这种无法死去的日子，他现在才明白，不死是一种可怕的天罚。只有死亡才使得人类的生命变得如此璀璨而美好，也只有死亡才使得人类的一切都变得有了意义。不死的他已经熟悉了人类的一切，他就好像剧院的工作人员一样，同样一场戏，他看了无数遍，早已深悉底里，他便只能看着别的一茬又一茬的观众来到这里，获得同样的，却也是无法取代的乐趣。

　　然而,可怜的雷吉娜却因对他的不死经历产生了兴趣，并爱上了他。爱情也让他厌倦了。但雷吉娜却执意要激发起他的热情，于是，他便接受了她：而这从一开始就是一个悲剧。

　　这部作品用了神奇的情节来演绎了存在主义的诸多哲理，因而被认为可以当作萨特《存在主义是一种人道主义》的艺术性注解。

　　除了文学创作之外，波伏娃还有一部异常重要的作品，即《第二性》。这部论文集写于 1949 年，半个世纪以来，它已成为西方女权主义运动的"圣经"，其中的著名论断"女性不是天生的，而是自己变成的"也成为人们的信条，并深刻地影响着世界妇女解放的发展与深化。

第三节　局外人：加缪

　　有的作家明确地宣扬自己是某一流派的追随者与实践者，而根据他们的创作实际，人们并不一定认定他属于这一流派；又有的作家一直不承认自己从属于某一流派，但在文学史中，人们却总是把他归于这一流派。这一有趣而颇为尴尬的现象在许多作家身上都发生过，而法国存在主义著名作家阿尔贝·加缪（1913 ～ 1960）正是后一种类型的典型代表。

　　与萨特及波伏娃相比，加缪的生活是非常不幸的。他出生在阿尔及利亚的一个农业工人家庭，母亲是西班牙人，当过女仆。父亲是法国人，然而在 1914 年，加缪还不到一岁时，他就死于欧洲战场。加缪与母亲在贫民窟相依为命，艰难度日。加缪靠奖学金上完了中学，随即又半工半读地上完了大学，并获得哲学学士学位。1934 年，他加入了阿尔及利亚共产党，然而，由于法共改变了对阿拉伯人的政策而于次年退党。从 1935 年开始，他便从事戏剧活动了，他一生都热爱戏剧，但在戏剧上，他却并没有留下什么杰出的作品，反而是他的小说创作，为存在主义文学大振声威。

→阿尔贝·加缪，法国小说家、剧作家、理论家。加缪的作品透彻阐明了当代人的良心所面临的问题，正因为这样，他获得了 1957 年的诺贝尔文学奖。

1942 年，他的成名作中篇小说《局外人》发表。其主人公莫尔索是一家法国公司的小职员，故事一开始他便接到了母亲逝世的电报。3年前，他由于无力赡养她而把她送进了养老院。第二天他赶回去时，母亲已经入殓，他并不想打开棺材见母亲最后一面。守灵时他似乎也无动于衷。第二天他碰到了曾经的女友，并发生关系。他有个邻居叫雷蒙，他曾帮其写过一封信，雷蒙便认为莫尔索是他的朋友，其实，莫

尔索是无所谓的人。后来，雷蒙打自己的情妇，二人告到了法庭，莫尔索去为雷蒙作证。雷蒙情妇的弟弟叫了一帮阿拉伯人来打架，他们拿着刀子，莫尔索便拿了雷蒙的手枪对一阿拉伯人连开五枪。事后，法庭因其这一连续的表现而认为他有一颗罪恶的灵魂，他的杀人是预谋杀人，所以最后判处他死刑，而他依然很淡然，觉得无所谓。

莫尔索形象是一个极为荒谬的形象，他莫名其妙地来到这个世界上，又更莫名其妙地消失，生活中的一切对他而言都无所谓。这是一个不可思议的冷漠者。然而，事实上他所面对的世界也是一个极为荒谬的世界。加缪用"局外人"的艺术形象来概括了三四十年代那个混乱而又绝望的世界以及那个世界里的人们。他是 20 世纪畸零人的一个象征。

《局外人》的语言极其简单，并且也似乎有一种无所谓的味道。如其小说开篇：

母亲今天死了。也许是昨天死的，我不清楚。我收到养老院一封电报，电文是："母死。明日葬。专此通知。"从电报上看不出什么来。很可能昨天已

经死了。

这种深深浸润了作品的全部艺术密码的语言不是可以偶然写出来的，它需要有同样痛苦可怕的思想经历。

5年后，他又发表了另一部代表作《鼠疫》。这部作品是一个大寓言。小说的情节是说在阿尔及利亚的奥兰城发生了可怕的鼠疫，主人公里厄医生坚持留在这个时时刻刻都有死神威胁的地方与鼠疫斗争。巴黎过来的记者朗贝尔发现这个城市已经成为死亡之城，便想方设法要出去，可是这时已经封了城，他后来知道了里厄医生重病的妻子在外地，但里厄医生仍坚持在这里，受到了感动，也决定留下来。就这样，他们终于战胜了鼠疫。

→左图为加缪领取诺贝尔文学奖的情景。正如他的"致答辞"的首句——"就我自己来说，没有艺术，我便无法生活"，他的确是这样的。

整部作品其实是以"鼠疫"来象征当时肆虐欧洲的法西斯势力，不仅如此，这部作品还塑造了一个英雄人物里厄医生，他是作为一个为拯救人类生命而与"恶"进行顽强斗争的形象来塑造的。在小说的结尾，里厄医生登上了高处，鸟瞰全城，不禁感慨万千，他清楚地知道，"威胁着欢乐的东西始终存在"，"也许有朝一日，人们又遭厄运，或是再来上一次教训，瘟神会再度发动它的鼠群，驱使它们选中某一座幸福的城市作为它们的葬身之地"。这深刻地表现了加缪对于法西斯或其他恶性势力的警惕与对人类命运的关怀。

1957年，44岁的加缪荣获了诺贝尔奖，其获奖评语是"由于他在他的重要文学作品中，以明晰的观察和无比的热情阐明了当代人的良心所面临的各种问题"。他是历年获奖者中仅次于吉卜林的年轻作家。

3年后，他在一次偶然的车祸中丧生。

第三章

从“迷惘”到“垮掉”

两次世界大战是人类历史上最为惨痛的两次浩劫，它对人类的社会历史与文化传统发生了不可估量的影响：在政治上，它形成了我们现在所赖以生存的世界体系；而在文化上，在人类精神的历史上，它却造成了永难拭去的隐痛乃至于恐惧，它甚至部分地消解了从文艺复兴以来逐步树立起来的人类自信而且自尊的文明传统，使人们对人类的许多所谓的优秀品质产生了怀疑，人的自我认识与信仰产生了危机，这是一条无法弥补的裂隙，它就横亘在人类的心灵之中。面对两次灾难，美国人民与世界其他各国人民一样，受到了深深的刺痛与伤害，而这些清楚而集中地反映在美国两次大战后所形成的两个现代文学流派之中，那就是以海明威为代表的“迷惘的一代”与以凯鲁亚克为代表的“垮掉的一代”。

第一节　和大海搏斗的人：海明威

在文坛上，他是才华横溢的作家；在战场上，他是出生入死的英雄；在丛林里，他是勇猛剽悍的猎人；在擂台上，他是不屈不挠的拳击手；在大海里，他是沉着坚韧的渔夫。而最重要的是，无论在哪个领域，只要海明威涉足的，胜利者不会是别人，而只能是海明威。也许，这就是海明威给自己的定位。“人生下来不为失败。人可以被摧毁，但是不可以被打败。”——这是《老人与海》的主人公圣地亚哥的话，也正是海明威自己的人生准则。

厄纳特斯·海明威（1899～1961）他不仅以自己特立独行的作品风格在美国现当代文坛上叱咤风云，而且以自己传奇的一生为作家们树立了另一个极为罕见的“异端”形象。

但事实上，在长达三十多年的写作生涯中，海明威也有过类似江郎才尽的遭遇，那是在他写完《丧钟为谁而鸣》后很长一段时间里，他都没有拿出成功的作品来证明自己。于是有人发出了不屑一顾的讥

迷惘的一代

迷惘的一代（Lost Gener－ation）泛指第一次世界大战后的一代人，又特指一批美国作家，他们之所以“迷惘”，是因为他们这一代的传统价值观念已不再适合战后的世界，他们被战争的粗暴夺去了归属感，对自身成长环境的理想与传统感到失望，从而他们在精神上与美国疏远起来，而移居与艺术的诱惑只是为了补偿他们所放弃的价值观。“迷惘的一代”出自斯泰因（Gertrude Stein）向海明威说的一句话：“所有服役打仗的年轻人，你们都是迷惘的一代。”海明威遂把这句话作为他的《太阳照样升起》一书的题词。这部小说生动地描绘了战后亡命国外幻想破灭的青年在巴黎酗酒和生活放荡的情景。（下接215页）

诮，说他的写作到了尽头。这对高傲自负的海明威来说是不能容忍的。而创作于这一时期的《老人与海》则有力地证明海明威在文学上的巨大能量。

海明威只活了62岁，在并不漫长的一生里，他给世人留下了丰厚的精神财富，他的主要作品有：《在我们的时代》、《太阳照常升起》、《没有女人的男人》、《永别了，武器》、《午后之死》、《胜利者一无所获》、《乞力马扎罗的雪》、《丧钟为谁而鸣》、《过河入林》、《老人与海》。虽然这些作品风格不尽相同，但我们还是不难看出强者形象在这些作品中一贯的显现，而其中最能代表海明威本人审美风格并使他获得诺贝尔文学奖的，就是《老人与海》。

→海明威，美国小说、短篇故事家，他一直被认为是20世纪最杰出的作家之一。我们不难发现的是，其现实生活与其虚构作品中同样充满着战争、运动、争斗、饮酒、旅游及爱情，然而这些活动并未掩盖其写作的技巧。

《太阳照样升起》通过侨居巴黎的一群美国青年的生活透视了一代人精神世界的深刻变化，揭示了战争给人生理上、心理上造成的巨大创伤，具有一定的反战色彩。小说的主人公杰克·巴尼斯是一个美国记者，战争中的一次事故毁掉了他的性能力，他爱上了英国女护士布莱特·艾什利，但由于他丧失了性能力而无法完美。杰克和艾什利以及他们的朋友成了战后的流浪者，他们浪迹欧洲，整日酗酒，无所事事，或为了三角关系而大打出手。战后的他们沉入到了一片无际的精神荒原之中，他们的生活失去了目的和意义，他们所能感受到的只有巨大的空虚和无边的迷惘。斯坦因为这本书题词为："你们都是迷惘的一代！"恰如其分地道出这部小说的实质。

《永别了，武器》是海明威的代表作之一。小

→《老人与海》的美国首版防尘封面

说通过美国青年弗德里克·亨利参加第一次世界大战前后的变化，以主人公和英国女护士凯瑟琳·柏克莱的恋爱悲剧为主线，生动地描绘了一幅战火纷飞的生活画面，这幅画面到处是阴暗、冷落、破败、毁灭和死亡。作品真实地反映了不正义战争的残酷和罪恶，揭示了战争对人类物质和精神文明的严重摧残，它给整整一代人造成了无法愈合的心理创伤，对这种战争给予了强烈的抨击。

亨利和凯瑟琳这一代青年都天真烂漫，他们相信了当时国家机器所宣扬的"光荣、爱国、神圣"的东西，义不容辞地参加了第一次世界大战，他们盼望战争的胜利，以为这样就能维护自己和家人的安全，能够保卫和平美好的生活。但战争本身改变了他们对战争的看法，他们开始认识到这从头到尾就是一场骗局。战争把他们的家乡变成了一片废墟，把他们的亲人变成了一堆炮灰，把他们的青春变成了一场噩梦。在战争中，这一代青年人的心灵受到了严重的伤害，他们从"自愿"参战到全体反战，这也是当时人们思想的巨大转变。

海明威习惯于把战争的残酷和个人的幸福对比起来写，他大力描写亨利和凯瑟琳的爱情生活，他以冷静、客观、简练的笔触描写他们之间关系的发展，从邂逅时的玩世不恭到后来的心心相印，建立起了深厚而真挚的感情。而这种美好幸福的感情又如何被战争一步步地破坏和毁灭。这就给人一种极为真实而痛苦的感受：战争是一架能毁灭一切的机器。它能把人间所有美好的东西都彻底破坏，人们一旦陷入战争的旋涡，就无法再看到美好的明天。

《永别了，武器》把季节气候的交换和战事的胜败、主人公心情的变化有机地结合起来。语言上多采用电报式的短句，显得干净、洗练而隽永清新。体现了海明威独特的风格，有着较高的艺术水平。

《丧钟为谁而鸣》是海明

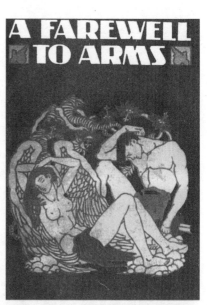

→《永别了，武器》的美国首版防尘封面 1929 年

威根据自己对西班牙近二十年的了解而写成的，小说的主题也是反对战争。主人公乔丹对战争充满了厌恶与痛恨，在暴力和死亡的笼罩下，他整日被恐惧、噩梦所困扰。但他开始摆脱了对战争的迷惘和悲观，他正式认识到了为什么而战，认识到了自己所从事的战争的正义性，因而保持了自己从精神到肉体的战斗力。

《老人与海》的情节十分简单，它写一个渔夫圣地亚哥独自一人出海捕鱼的故事。老人在海上漂流了 84 天，可仍一无所获。后来在经过了两天的生死搏斗后，他捕获了一条巨大的马林鱼，但在归航的途中被一群鲨鱼围了上来，尽管老人奋力拼搏，但还是挡不住群鲨的凶猛攻击，等他回到海岸时，马林鱼只剩下一副巨大的骨架了。

→《丧钟为谁而鸣》剧照

作家以满腔热情，奋笔疾书，只用了几周的时间就把这个故事写成了一部短篇小说，而这部小说一问世，立即引起空前的反响。用"洛阳纸贵"来形容绝对不过分。该书 1952 年问世之前刊登在《生活》杂志上，该期杂志在两天内卖了五百多万本，这部小说在当时产生的轰动效应，可以说得上是空前绝后了。当然，这也和当时美国的具体社会环境有关。当时二战刚刚结束，国内的经济不怎么景气，大量失业工人流离失所，人们对整个社会的信心处于崩溃的边缘。这部小说的出现，正好为美国人找回了一种自信自强、敢于和命运拼搏的勇气，人们从老人身上，似乎又看到了当年西部牛仔剽悍勇敢、一往无前的精神。所以，《老人与海》一问世，就引起了人们的广泛关注和赞不绝口的好评。有人以此作为在教堂布道的内容；每天有来自全国各地的信件如雪花般飞到海明威的办公室；一位意大利翻译者在翻译这部作品的时候，热泪盈眶，情不能已。而最能说明问题的是他因此获得了普利策奖和1954年的诺贝尔文学奖，重新巩固了自己在世界文坛上的声望与地位。

（上接 212 页）"迷惘的一代"包括海明威、菲茨杰拉德、多斯·帕索斯、肯明斯、H·克莱恩等许多其他作家。在 20 年代他们把巴黎作为他们的文学活动中心，但他们从来没有形成一个文学流派。到 30 年代，这些作家各奔东西，他们的作品也失去了那种特有的战后伤感情调。而其中最具讽刺意味的人物是海明威，他令此术语流行起来，而本身却从一开始就加以反对，并且认为这是一句"华丽的夸大言词"。然而无论如何，20 世纪 20 年代是美国文学最繁盛的一个时期。

第二节 "在路上"的人：凯鲁亚克

2001 年 5 月 22 日，在美国的一次文稿拍卖会上，有一部文稿以 243 万美元的天价被一个足球队的老板买走，这一价格打破了由卡夫卡的杰作《审判》手稿在 1989 年创下的 190 万美元的最高纪录。一时间，引起了极大的轰动，这就是凯鲁亚克的代表作《在路上》，那是他花了三个星期在一张长达三十余米长的滚筒纸上写出来的文不加点之作。

杰克·凯鲁亚克（1922～1969）生于马萨诸塞州的洛厄尔城，父母都是加拿大人。他曾就学于哥伦比亚大学，但却对学习充满了厌倦，因而不久就退学了。二战时，他曾在美国海军中服役，但又因患有精神分裂症而去职。在他 20 到 30 岁之间，他曾在一家商船上当水手，从而游历了美国与墨西哥的许多地方，这段生活经历也成为他那部杰作《在路上》的生活底稿。战后，他还从事过许多的工作，如铁路职工、看林员、装卸工、事务员甚至体育记者。

在哥伦比亚大学学习的时候，他就认识了"垮掉的一代"的两个代表：金斯堡和巴罗斯。并接受了所谓的地下文化的熏陶，这也成为影响他后来文学道路的重要因素之一。

在他的一生中，曾创作了 18 部小说，大都带有自传性质，其中的 12 部作者称之为《杜鲁士传奇》，《在路上》就是其中的一部。据说，他自言在文学上有过很大的抱负，但评论界却不肯严肃地对待他的作品，故而十分愤懑，终于在 1969 年，因酗酒过度死于佛罗里达州。

《在路上》不但是他的代表作，同时也是"垮掉的一代"的代表作。"垮掉的一代"的名字是凯鲁亚克所命名，而其出处正在这部小说之中。这个"垮掉"原文是"beat"，凯鲁亚克说这是指"爵士音乐的节拍和宗教境界"，并进一步说就是指那些"彻底垮掉而又满怀信心的流浪汉和无业游民"。有人将此音译兼意译地翻译为"疲塌派"或"鄙德派"。而这一派的特点就集中地表现在这部作品中。

小说以主人公萨尔·帕拉迪斯作为叙述者，他与一群青年男女在一起驱车游荡。一路上，他们兴之所至，为所欲为，甚至偷鸡摸狗、吸毒酗酒、搞同性恋、玩弄女人。萨尔说："……我与之交往的人只是那些疯狂的人，他们为疯狂而生活，为疯狂而交谈，也疯狂地寻求

图说世界文学史

垮掉的一代

垮掉的一代（Beat Generation），又称"披头世代"，20世纪50年代中期，美国流行的语汇，意指13到20岁的青少年爱好疏离、解脱与孤立于社会，他们以探索新的生活方式及反传统的价值观来标榜其止，其心态在早先的诗，及后来的散文形式、剧场、电影，以及绘画、雕塑和其他非诉诸语言的艺术中均有所反映。他们一律衣衫褴褛，模仿下流举止，并采用从爵士乐师那里学来的颓废的"嬉皮派"词汇，以示他们与传统的和"古板"的社会相决裂，并提倡通过爵士乐、性放纵、吸毒或佛教禅宗教规来引起感觉意识的提高。

披头诗展现高度的即兴诗形式，以戏谑达到引人注目的效果，并且把诗"带回到街头"。他们在爵士乐的伴奏下朗诵他们的诗，诗句常具有情欲取向，且常为不关联之意象并列杂陈。但有些，如金斯堡（Allen Ginsberg）的《嚎叫》（1956），却强劲有力，极富感染力。金斯堡与凯鲁亚克等这一派的作家提倡一种自由的无确定格式的文体，作家可以在既无预先计划、又无事后改动的情况下，把他的思想和感情记载下来。

得到拯救；他们渴望同时拥有一切东西。这些人从不抱怨，出语惊人，总是燃烧、燃烧、燃烧，就像传说中那些闪着蓝色幽光的罗马蜡烛一样……"

→凯鲁亚克，美国诗人、小说家，"垮掉的一代"的领袖和发言人。其作品大都带有自传性质，且常以"垮掉的一代"的其他著名作家为角色。

他们是如此的放浪形骸，却又惧怕与社会建立任何关系，他们像是社会的旁观者或局外人。小说在叙述主人公的时候说"他把自己的时间分成三份：一份花在监狱里；一份花在赌场上；还有一份花在图书馆里。有人常看到他，光着头，抱着大堆的书，走过严寒的街道，匆匆地赶往赌场，或者爬上一棵大树钻进某个朋友的窝棚，整天躲在里面看书，或者说借以逃避法网。"这正是对这一派青年的典型写照。然而，我们又应该看到，萨尔们是怎样变成这样的。他的身世非常悲惨，从小就失去了母亲，而穷困潦倒的父亲却整天只知道喝酒，并因酗酒而多次被警察拘捕，6岁的萨尔就不得不去法庭哀求法官释放他的父亲。他还去沿街乞讨，把讨到的一点东西赶快拿去给父亲。这样的童年造就了他接下来的青年时代，长大后的他开始偷盗，后来，他竟在偷汽车上创造了丹佛市的最高纪录。在他与父亲失散以后，他便更为孤寂，常常在一家旅馆的澡盆里过夜。所以，他的这种性格是有极为复杂的社会背景为底色的。

不过，我们还要看到他那心灵深处的善良与温柔。在他思念他的父亲与他的妹妹的时候，在他抱了大堆的书读的时候，他的人性是闪亮的，只不过，从社会这台巨型的机器中分泌出来的厌世与绝望，怀疑与抗拒，侵入了他的心灵世界——他，一个本来有自己的追求与抱负的人，就这样被社会所选中，从而成为它悲剧性图景的反光镜。

这部作品成为六七十年代青年生活的教科书，在美国，它的发行量已超过350万册，在国外也有许多的译本。总之，这部边缘作品正日益成为我们文学传统中的一部经典。

第四章

荒诞派戏剧：永远的等待

法兰西永远是文学艺术最为先锋与前卫的试验地。在现代派文学中最具有影响力的几个，都是从这儿发源并壮大的，如意识流小说、存在主义文学以及新小说派，而荒诞派戏剧也正是从这儿走向世界的。

荒诞派戏剧的艺术核心就在于它的"荒诞"性。荒诞性在文学中的表现是由来已久的了，20世纪的现代派文学大多都带有荒诞色彩，但是，真正把这种荒诞感渲染到这种境地的，还是荒诞派戏剧，在这个艺术世界里，人类的理性与世界的秩序都被强大的荒诞所湮没，所销蚀。荒诞无处不在，甚至它就是人类的存在形式。

荒诞派戏剧从存在主义文学那里得到了极为丰富的文学与哲学营养，并继承了其对人类存在状态的揭示，从而形成了一批面目独具的作家与其作品。

荒剧关两主
与诞有的个义

荒诞派戏剧和果戈理、布莱克特（Bertolt Brecht）的作品及达达主义和超现实主义艺术之技巧和哲学有关。

达达主义是20世纪初在苏黎世、纽约、柏林、科伦、汉诺威和巴黎等城市兴起的一种虚无主义艺术及文学运动，该运动反理性，反对一切艺术及社会上既定的格式。达达（dada）一词是法文儿语的"木马"之意，据说该名字是由命名者随意翻开字典而为此运动确定的。法国画家 M·杜尚是达达运动的先驱和领导人。1917年苏黎世小组的首创者之一、德国作家许尔森贝克（Richard Huelsenbeck）将达达主义带到柏林，在柏林染上更浓厚的政治色彩。在巴黎，达达主义运动的重点是文学，在其大量小册子和评论中，最值得注意的是《文学》杂志（1919～1924发行）。1922年后，达达主义开始失去影响并逐渐匿迹，然而，达达的一些精神，比如反理性主义等被另一个运动超现实主义所吸收。

超现实主义（Surrealism）是20世纪20年代和30年代发生于法国的主要文学运动。超现实主义者试图创造一个超现实世界，把无意识经验与现象界的外部现实融合起来，以对抗已确立的美学传统和乏味贫瘠的达达主义。

"超现实主义"一词是由诗人阿波里耐（Guillaume Apollinaire）所创造。他的自传体中篇小说《被杀害的诗人》（1916）极受超现实主义者的欢迎。勃勒东（Andre Breton，左图）是该运动的领袖人物，他的《超现实主义宣言》（1924）正式宣告运动的开始。超现实主义者希望创造一种撇开所有"美学的或道德成见"的艺术，他们经常把熟知的事物放在新的或不合逻辑的关系中，来强调用传统眼光看待现实的肤浅性。他们的作品充斥着怪诞的主题、幻觉、梦境及潜意识。到了20世纪30年代，画家成了这一运动的主导力量。而到了1940年左右，超现实主义已失去其权威地位，不过，此运动为艺术家开辟了丰富的潜意识思想领域，并且超越打破了传统规范和形式，这些现象成为现代思想的特质。

第一节　人与犀牛：尤涅斯库

　　1950 年 5 月 11 日夜晚，巴黎梦游人剧院上演了一个独幕剧《秃头歌女》，当时在场仅有三个观众，而这部剧作也一反传统戏剧的常规，使得观看的人都愕然不解，所以它只迎来了众口一致的嘘声。但谁也没想到，正是它，成为荒诞派戏剧向传统宣战的第一声嘹亮而又经久不息的号角。这就是法国荒诞派戏剧大师欧仁·尤涅斯库（1912 ~ 1994）的第一部作品。

　　尤涅斯库出生于罗马尼亚的斯拉丁纳市，父亲是罗马尼亚人，而母亲则是法国人。他 1 岁时即与父母迁居法国，几年后，他的父亲回国，他与母亲一起在法国度过了他的童年。13 岁的时候父母离异，他则又回到罗马尼亚跟随父亲，并在罗马尼亚上了中学和大学。1938 年，他 25 岁的时候，罗马尼亚的法西斯势力颇为猖獗，他又回到了法国，并在巴黎一家出版法律书籍的公司作校对工作。

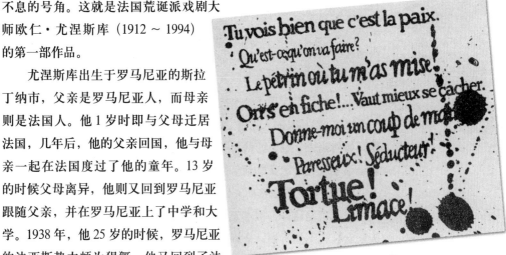

→法国剧作家 E·尤涅斯库所做的滑稽喜剧剧本《二人疯癫记》（Delirio a due）的一页。

　　尤涅斯库从小就极喜欢戏剧，在他 13 岁的时候就曾写过一个剧本。但是，后来他却突然对传统戏剧产生了厌倦。他觉得，所有的传统戏剧一经搬上舞台就会变成虚伪表演的牺牲品，哪怕是最优秀的作品也是如此。并且认为，戏剧应当表现"纯粹的思想危机和根本的现实危机"；认为只有无法解决的事物才具有深刻的悲剧性；认为戏剧情节必须进行必要的变形等等。由此，他形成了自己独特的所谓"反戏剧"理论。《秃头歌女》也正是贯彻他这些探索的第一部剧作。据说，作者是在自学英语时，在一本《英语会话手册》中发现了那些语无伦次的语言碎片中竟然包含着许多令人吃惊的普通道理，从而得到创作灵感的。于是，他刚开始叫这个剧为《简易英语》，而在一次排演时，一个演员把"金发女教师"念成了"秃头歌女"，尤涅斯库突然感受到了另一种由荒诞而来的艺术效果，于是，改此剧名为"秃头歌女"了。

　　这个剧几乎没什么情节，而且说来也荒诞不经。先是史密斯夫妇

一尤涅斯库，法国剧作家，其作品主要描写人类经验和希望的荒谬，礼貌对话的空洞，以及艺术家和观众的无法沟通。对于他来说，只有荒谬、反写实的剧本才能确切反映出现代文明的机械化，和人类大部分行为的徒劳无功。

在其伦敦郊区的家里聊天，东拉西扯、漫无边际，前言不搭后语，不知所云。第二场中，马丁先生与马丁夫人应约前来吃饭，二人本来似乎互不相识，但经过交谈才知道，他们是从同一个地方来的，而且同乘一辆车，同在一个车厢，坐邻座，后来又发现他们原来住同一个城市，同一条街道，同一栋楼，同一间房，甚至还同睡一张床，有着同一个女儿，这时他们才恍然大悟，原来他们是夫妻。但是，后来他们又发现，马丁先生所说的女儿左眼是红的，而马丁夫人所说的却右眼是红的，他们到底是不是夫妻又付之阙如了。

这两对夫妇见了面，却忘了他们曾经约定吃饭的事；门铃响了三次，开了门外边却没有人，第四次门铃响时大家以为会同样没人，但却进来了消防队长，他想看看这里有没有火灾，然后又因两对夫妇的请求而讲了一个故事，说一头小公牛吃下了玻璃并生下了一头母牛，然后又同人结婚；讲完这个语无伦次而又荒谬的故事之后，他又匆匆离去；剩下的两对夫妇又开始说一些不合常理、不合逻辑乃至于根本就毫无意义的话；最后在众口喧嚣的时候，突然静场，马丁夫妇又如开始时的史密斯夫妇一样坐着，一成不变地念着同样的台词。

全剧就是这样，根本无法找到确切的可以寻绎的意义。剧名"秃头歌女"也不知所指，全剧并没有出现与此有关的形象，只有消防队长在下场时嘟哝了一句："倒忘了，那秃头歌女呢？"可以说是驴唇不对马嘴。然而，作品恰恰在排除了确切的意义呈现的同时，却展示出了更为复杂的意义可能性：无论是对平庸生活的厌倦，还是对人与人彼此间的隔膜与孤独展示，甚或是对人类生活意义的怀疑与消解，都是从某一方面所得到的正解。

1959年，尤涅斯库的另一代表作三幕剧《犀牛》，在德国的杜塞尔夫上演，并连演一千多场。次年，巴黎国立奥戴翁剧院也上演了这部作品，这是法国国家剧院上演的第一部荒诞派戏剧。

其主要内容是说在外省的一个小城里，出现了人异化成为犀牛的现象，而且越来越多。主人公贝兰吉与他的好友让对此看法不同。然而，接下来，让也变成了犀牛。几天后，贝兰吉突然病了，他十分害怕，怕自己也会变成犀牛。这时，他的同事狄达尔与他的情人苔丝来看他，他们带来消息说许多社会名流都变成了犀牛，甚至红衣主教也变成了犀牛。后来，狄达尔也坚持不住了，他说"我的责任是追随我的上司和同事们"，然后他跑到街上去，加入了犀牛群；而苔丝居然也开始

图说世界文学史

动摇，并最终离开了他。全城的人都已变成了犀牛，只剩下贝兰吉孤身一人了，他也想变成犀牛，但他却不能，这令他既悔恨，又痛苦，最后，他绝望地喊叫："我是最后一个人，我将坚持到底！我绝不投降！"

这部杰作让我们不由得想起了现代派文学的经典作品《变形记》。不过，饶有趣味的是，在卡夫卡的笔下，只有主人公格里高尔·萨姆沙异化成为一只大甲虫；而在这部剧作中，却是只有主人公贝兰吉一人无法变成犀牛。在前者中，人还没有心甘情愿地走向堕落，而在后者中，人已被外界所淹没，对世界也已经失去了控制。而且，就艺术表现而言，如果说，卡夫卡用以反映社会对人的重压与异化的文学手段还算在传统与现代之间徘徊的话，那么尤涅斯库则以全新的反叛姿态来经营他的艺术世界了。

1970 年，58 岁的尤涅斯库当选为法兰西学士院院士，成为法国文化传统中真正的"不朽者"。

第二节 改变了当代戏剧走向的文学巨匠：贝克特

荒诞派戏剧的开山者是尤涅斯库，而且，他有着非常杰出的文学贡献，但是，这一文学流派的代表人物却是萨缪尔·贝克特（1906 ~ 1989)，提到荒诞派戏剧，人们自然就会想起贝克特以及他的杰作《等待戈多》。

贝克特出生于爱尔兰首都都柏林，他的父亲是一位建筑工程估价员，母亲是法国人，虔信新教。他先入托于德国人办的幼儿园，又就学于法国人在都柏林办的预备学校，还就读于著名的波多拉皇家学校。后来，他进入都柏林三一学院，学习法语文学。毕业后，21 岁的他赴法任巴黎高等师范学校教师，就在此时，他结识了当时已经发表了巨著《尤利西斯》的同乡作家乔伊斯，并成为当时已然失明的乔伊斯的助手和朋友。当然，他的文学道路自然也受到这位大师的深刻影响。

1933 年，他的父亲去世，他得到了一笔不多的年金从而辞去了教职，开始专职写作。1937 年，因不满爱尔兰的"神权政治，书籍检查"制度，遂定居于巴黎。二战时，他曾积极参加法国的反纳粹运动，后遭到通缉，便躲到法国南部的一个小村庄以务农为生。

在他开始创作的初期，他曾立志要做一个乔伊斯那样的作家，于是，在他的早期，便是以小说创作为主，但他的小说作品却并没有引起人

们的注意。直到 1952 年，他发表了他的戏剧代表作《等待戈多》后，他才如一颗新星，突然闪现在当代的文学夜空之中。

1953 年，《等待戈多》在巴黎巴比伦剧院首演，当时争议极大；而在伦敦演出时则颇受嘲弄；1956 年，在美国百老汇演出，只演了不到六十场就停演了。

《等待戈多》是一个两幕剧，剧情极为简单，写两个老流浪汉爱斯特拉冈（戈戈）与弗拉基米尔（狄狄）在一个荒郊野外无奈地等候一个叫"戈多"的人，但是这位"戈多"究竟是什么人，自己为什么要等他，二人则一无所知。他们一边说着语无伦次的话，一边做着毫无意义与莫名其妙的动作来消磨时间。这时，奴隶主波卓与其小奴隶

→贝克特，爱尔兰小说家兼剧作家。1969 年获得诺贝尔文学奖。

→这是柏林德意志剧院的三名演员正在演出贝克特的《等待戈多》的情景。文中述及此的内容为：

〔波卓（这时已经成瞎子）和幸运儿上。

〔幸运儿摔倒，手里的东西全部掉在地上，连波卓也跟着摔倒。他们一动不动，直挺挺地躺在散了一地的行李中间。

弗　可怜的波卓！
爱　我早就知道是他。
弗　谁？
爱　戈多。
弗　可他不是戈多。
爱　咱们走吧。
弗　咱们不能。
爱　为什么不能？
弗　咱们在等待戈多。

……

弗　咱们昨天见过面。（沉默）你不记得了吗？
波卓　我不记得昨天遇见过什么人了。可是到明天，我也不会记得今天遇见过什么人。

……

波卓　（勃然大怒）你干吗老是要用你那混账的时间来折磨我？这是十分

卑鄙的。什么时候！有一天，任何一天。有一天他成了哑巴，有一天我成了瞎子，有一天我们会变成聋子，有一天我们诞生，有一天我们死去，同

样的一天，同样的一秒钟，难道这还不能满足你的要求？（平静一些）他

们让新的生命诞生在坟墓上，光明只闪现了一刹那，跟着又是黑夜。（他

抖动绳子）走！

幸运儿登场了，他们惊喜万分，以为是戈多来了，然而却不是。后来，一个小男孩上场，告诉他们今天戈多不来，明天一定来。接下来就是第二幕，这也已是第二天了，在同一时间，同一地点，两个老流浪汉又来到了老地方，再次等待，他们谈起昨天的事，还有波卓与幸运儿，还有他们昨天所谈到的靴子和胡萝卜。这时，波卓主仆二人又上场了，但波卓已然成了瞎子，幸运儿也已气息奄奄。然后，小男孩再次出场，又说戈多今晚不会来了，明晚会来。两个老流浪汉绝望了，他们决定去上吊，可是没有带绳子，而裤带又太短了，于是他们只好继续等下去。

这部戏的主题就是等待，永久的等待。贝克特告诉了一个我们本来应该都知道但却又不是很清楚的真理：人类的生活其实就是一场漫长而不知结果的等待。而我们到底在等待什么，戈多到底是谁，或者是什么，也没谁能说清楚。有人问贝克特，戈多究竟意味着什么，贝克特说："我要是知道，早在戏里说出来了。"在这里"戈多"的确是一个无法确指的意象，他代表了所有人类那种充满希望或无望的等待。现在，"戈多"一词已成为现代文学中的一个有着独特内涵的固定词汇，并进入了日常语言。

爱斯特拉冈和弗拉基米尔两个人是在类似"荒原"的现代世界中苦苦守候的人类缩影。他们不知道自己究竟在等什么，也不知道要等多久，但是，他们不敢走开，他们只能在无聊中用等待来消耗自己的生命。

波卓与幸运儿也是剧中的一对奇特的人物，他们从另一个方面渲染了人生的痛苦。他们彼此依赖，又彼此折磨，彼此厌倦，又彼此讨好。在这个"等待"的艺术世界里，他们似乎并不等待什么，但是，他们在第一幕中与在第二幕中对比，似乎走了一个毫无意义的圈子，又转了回来。要说变化，那也只能是每况愈下。他们的循环其实不过是另一种形式的等待罢了。

1969 年的诺贝尔文学奖竞争空前激烈，然而，诺贝尔奖委员会却十分属意于贝克特。不过，贝克特是一个很奇怪的人，瑞典皇家文学院担心他亦如萨特那样拒绝，便想先与他通一下声气。后来，记者们找到了他，他虽不大情愿，但还是答应接受，只是不愿去斯德哥尔摩领奖。由于他使用英法两种语言写作而非爱尔兰语，所以，爱尔兰拒绝承认他是爱尔兰人，他的奖便请出版商代领了。这位杰出的作家的获奖评语是："由于他那具有新奇形式的小说和戏剧使现代人从精神贫困中得到振奋。"

第五章

黑色幽默：永在的困境

幽默是文学艺术中最为可贵的一种质素，它正如菜肴中的盐，即便别的调料全都具备了，但若没有它，那么，别的一切都只能隐匿在意义的黑暗中，无法发出任何光芒。而它就是一束白光，或是一种显影剂，只有在它的作用下，才会焕发出其他因素那原有的光彩。

在《第二十二条军规》里，我也并不对战争感兴趣，我感兴趣的是官僚权力结构中的个人关系。……（第二十二条军规）并不存在，这一点可以肯定，但这也无济于事。问题是每个人都认为它存在。这就更加糟糕，因为这样就没有具体的对象和条文，可以任人对它嘲弄、驳斥、控告、批评、攻击、修正、憎恨、辱骂、唾弃、践踏或者烧掉。

——约瑟夫·海勒

然而，在现代主义文学时代，幽默也拥有了现代主义的独特面貌。他们把幽默进一步地扩展与深化了，于是，在向更深层次挺进时，它也理所当然地走向了哲学，甚至走向了悲剧的范畴。美国的黑色幽默正是这样的一个赋予幽默现代色彩的文学流派。

与荒诞派戏剧一样，黑色幽默也深受存在主义文学的影响，它们被认为是存在主义文学在大西洋两岸所留下的一对孪生子。1965年3月，美国当代作家弗里德曼选择了美国当代一些作家的小说片断，编成一个小书，就以黑色幽默为名出版，经过一段时间的争论，大家一致认为，这是一个较为贴切的名称，于是，这个流派便被确定下来。

所谓"黑色幽默"是指用幽默的形式来表现可怕的，阴暗的，凄凉的，乃至于悲观绝望的情感。这一派的作家都看到了社会的畸形与弊病，看到了现实生活中的荒诞乃至于疯狂。而且，这种力量又非常强大，人类的反抗几乎没有什么可能。他们便只好以笑声来掩盖自己的恐惧与悲凉，甚至来对抗社会的荒诞。

图说世界文学史

第一节　第二十二条军规：海勒

"Catch 22"这个词现在已经进入了美国的日常语言，它代表了一种无法控制的神秘力量，一种近乎于圈套式的罗网，及其对人类命运的捉弄，并显示现实生活的荒唐可笑。而这个词就来自于美国黑色幽默的代表作家海勒的同名巨作。

约瑟夫·海勒于1923年5月1日出生于纽约市，他的父亲是为逃避沙皇迫害而移居美国的俄国犹太人。在小海勒5岁时，他的父亲去世了，全家立即陷入了困顿之中。他的妈妈与姐姐全力做工来供他上学，才好不容易让他中学毕业。这时，13岁的海勒便当了邮差。二战爆发后，19岁的海勒应征入伍，在美军第十二飞行大队当轰炸员，在整个战争期间，他完成了约六十次轰炸任务，并晋升为中尉。战后，他根据美国军人教育法而进入纽约大学学习，然后又在哥伦比亚大学获得硕士学位；后又获得一个奖学金而到英国牛津大学进修英国文学。回国后，在宾夕法尼亚大学讲授英语写作课。

→约瑟夫·海勒，美国作家，他的长篇小说《第二十二条军规》是第二次世界大战后出现的"黑色幽默小说"最重要的作品之一。这部讽刺小说受到评论界和读者的欢迎，于1970年被拍成电影。

他在战前便想以写作为生，但他总是遭到退稿。终于，在1952年后，他进入报刊界，开始以业余时间写作。自1954年起，他便开始写他的传世巨著《第二十二条军规》，每周五天，每天写三页。就这样，他坚持写了7年。1961年，这部作品终于出版，但当时却并未引起人们的注意，虽然它受到了一些评论家的激赏。然而，随着越南战争的爆发与美国国内反战运动的蓬勃兴起，这部小说才引起了巨大的反响。

这部作品以第二次世界大战为背景，描写了一支驻扎在意大利附近的皮亚诺扎岛的美国空军。主人公尤索林是这个飞行大队所属中队的一个上尉轰炸手。他本来是抱着所谓的爱国热情来到战斗前线的，然而，这儿的一切只让他看到了混乱与疯狂，看到了所谓的正义战争其实只是在为一部分人谋利而已。每当他完成自己的飞行任务后，他便庆幸自己可以复员回国了，但却总是惊恐地发现规定任务又增加了，这样，他对自己的处境感到极为不安，不断发生的飞机坠毁与被击落事件也让他更为恐惧，每次轮到他执行任务，他就急急地乱投一气然后逃回基地。他决定不再把自己的生命当作炮灰了，于是，在小说开始，他便已经装病而躲进了医院里。在整个一部书中，尤索林唯一想做的事就是怎样当一个逃兵，来保全自己的性命。最后，他终于逃向了当时的中立国瑞典。

本来完成了轰炸任务后是可以回国的，但是他们的这个大队的队长卡思卡特上校则为了自己升官便随意地增加飞行次数，一次一次地加，从25次加到40次，再到60、80。这个人"冲劲十足，同时又容易垂头丧气；神态自若，同时又会懊恼不已"，他很自负，因为不过36岁就成了一名上校；他又感到沮丧，因为已经36岁，还不过是名上校而已。他的最大目标就是想当将军，为此，不管有什么轰炸任务，总是毫不犹豫地主动要求他的部下去执行。而且，他公开宣称，他对损失的人和飞机根本无所谓。

还有谢司科普夫少尉，他本只是一个预备军官训练队的毕业生，战争爆发令他十分高兴，因为他可以有机会整天穿军官制服了。后来，他为了在检阅中拿第一名，便把设计好的镍合金的钉子钉进每个士兵的股骨，并用钢丝把他们的手腕也连起来，这样看上去就会更整齐，因为这个伟大的发明，他竟被晋升为中尉，最后还成为司令。

而这一战区的两位最高统帅佩克姆将军和德里德尔将军也都是一丘之貉。他们只知道互相拆台，玩弄各种小把戏来捣鬼。佩克姆将军对德里德尔将军一直不满，有一次他得意地想，他将要超过德里德尔将军了，因为他的手下已经有了3个上校了，而德里德尔将军才只有8个而已。此人之野心与愚蠢于此一处，即尽览无余。

而梅杰少校又是另一种类型。他从小就很悲惨：他的爸爸在他出生后就设计了一个巨大的恶作剧，他表面上答应妻子给孩子起的名字，但暗中他在其户口上又给孩子取名为"梅杰·梅杰·梅杰"，最后，在梅杰已从学校毕业时，他才得意地宣布这一事实，这样一来，梅杰的世界全变了，他现在才发现自己以前多少年都一直在顶着另一个人的名字生活。现在，他法定的名字对他却是如此的陌生，而且，他以前所有的朋友都离他而去，因为他们都不相信他了。他终于跑到军队里来，并由于电脑出错而成为少校指挥官，可他却不愿过问任何事情，

图
说
世
界
文
学
史

他的办公室只有在他不在里面的时候可以允许有人进去，而他则一般不在这里，他总是极为胆怯地躲进丛林。

这里最有趣的人是飞行大队食堂管理员迈洛，他在大队中搞了一个联营机构，从将军到士兵每人都是这个机构的股东。他把交战国双方都拉了来入股。这个"M & M"跨国公司一面和美国当局订立合同，承包轰炸德军桥梁的任务，从中获利6%；一面又与德军签订合同，承包射击美国飞机，也从中获利6%，他立即成为全世界最受欢迎的人物。

小说中还有许多非常荒诞甚至于可笑的情节，但正如我们所说的，这个幽默是"黑色"的，他让人笑过后却感受到了恐惧。如在尤索林帐篷里的刚来的小战士，他还没有登记便被派去执行任务去了，就在这一次，他死了，尸体一直放在帐篷里，但全队的人谁也不承认他的死；而更为可笑的是军医丹尼卡，他为了冒领飞行津贴，便一直挂名在麦克沃斯的飞机上，但他从来不真的去飞行，当麦克沃斯坠机自杀后，他的名字也被列入了牺牲名单，他到处去证明他还活着，可是，没有人理他，再辩解也没有用，他已被确凿地证明了死亡。后来，连他自己也确信自己是死亡了。

小说的语言也是冷嘲热讽，举重若轻。虽然，作者表现得十分客观而又冷静，但我们从他充满艺术感的笔锋中，更是强烈地感受到了其中那强大的艺术张力。如他写尤索林看到一个穷孩子，他对他的穷困深表同情，以至于恨不得一拳把他那苍白忧伤、带有病容的面孔揍个稀巴烂，把他打死，免得使人联想起这天晚上的、忧伤、面带病容的孩子。在这种幽默中，我们无疑都读出了凄然、无奈与辛酸！

而全书最让人记忆犹新的就是所谓的"第二十二条军规"了，这条军规简直无所不在。本来，按这条军规的规定，每个士兵完成自己的飞行任务后都可以申请回国，但是他又规定，每个人又必须听从上级的命令。它还规定只有神经出了毛病的士兵可以停止飞行任务，但这必须自己提出申请，而一旦提出申请，则认为你对自己的安危极为关心，那就是说，你的精神是健全的，所以不能停飞。在这条虽然荒谬但仍然如铜墙铁壁一样的"第二十二条军规"面前，谁都无法脱身，这是一个无可逃避的天罗地网。

> 我要是一个第一流的评论家，我会感到十分荣幸地撰写一篇关于《第二十二条军规》的重头评论。写它个千把字，或许再多些。因为海勒比他之前的任何一位美国作家都更切实地带领读者游历了地狱。
> ——美国作家诺曼·梅勒

《第二十二条军规》毫无疑问是现代派文学所结出的最为丰硕的果实之一，它与马尔克斯的《百年孤独》一起代表了现代派文学所能达到的最高境界。

第二节　"就是那么回事"：库尔特·冯尼格

　　库尔特·冯尼格于1922年出生于印第安纳州首府印第安纳波利斯，曾就学于康奈尔大学。他也与海勒一样在二战中为美国空军服役，但他曾被俘，并被关入纳粹战俘营。战后，他获得了紫心勋章，并到芝加哥大学攻读人类学，毕业后当了芝加哥新闻处记者。40年代后期开始创作小说，50年代后成为专业作家。

　　冯尼格目前为止写过8部长篇小说，两个短篇小说集和6个剧本。1952年，他的第一部长篇小说《自动钢琴》出版，1964年发表长篇小说《上帝保佑你，罗斯沃特先生》，还有《猫的摇篮》等，这些早期作品借用科幻的形式，表达了对现实的针砭与讽刺，大都新颖而独特，有很高的艺术性与很强的可读性，但也有人以此将之目为科幻作家甚至是通俗作家，这都是不公平的。

→库尔特·冯尼格，美国作家，其小说反映强大的制度和顽固的旧观念影响下的非人性（非人道）现象。他对传统的批判、想象力、幽默而通俗、悲喜结合的文体，令其作品流传甚广。

　　1969年，他终于出版了自己的代表性长篇小说《五号屠场》，这才真正奠定他在美国文学史乃至于世界文学史中的地位。

　　《五号屠场》是一部半自传体的作品，因为在第二次世界大战时，他被俘虏之后，曾一度关押于德累斯顿市的一个集中营里作苦役，但就在1945年6月，胜利的曙光已然在望的时候，美军突然对这座城市进行了狂轰滥炸，这座不设防的美丽城市一夜之间就被夷为平地。而在这次轰炸中丧生的无辜者总数达到了13万人，甚至超过了原子弹在广岛夺去的生命。而作者由于与其他战俘一起被关在地下室倒幸而逃过此劫，但这一遭遇却深深地震撼着冯尼格的心灵，使他无法不时时刻刻被这样一个问题所煎熬、所纠缠，甚至所拷问，那就是究竟什么是战争，进一步而言，什么是正义的战争，什么又是非正义的，人类究竟为了什么而互相杀戮。而他苦苦追索的结果就是这部杰出的作品。

　　其主人公叫毕利·皮尔格林，他和作者一样，是经历过了德累斯顿那场大屠杀的幸存者。战争结束后，他成为一个眼镜师。但就在1967年他44岁的时候（这一点也与作者相似），他忽然被外星人用飞碟绑架并带回了一个名叫特拉弗玛多尔的星球。这个星球上的人与地球上的人类不同，他们不用嘴来说话，而是通过所谓的"思维波"来交流。他们把毕利赤身裸体地关进了动物园，并让特拉弗玛多尔星球的人来参观；后来还迫使他与另一个地球女明星交配而生子。在这里，毕利学会了一种"时间旅行"的本领。一会儿，他回到了童年，又体验了自己游览美国的大峡谷和一个山洞时的恐惧心理，而那里他才 12 岁；后来，他又突然到了 22 岁时，那时，他正在德累斯顿当战俘。于是，他又一次经历了那一回可怕的空袭。他又看到了他的一个难友，在那场巨大的灾难中也活了下来，但战后却因偷了一只茶壶而被枪决。

一右图为冯尼格的小说《五号屠场》的封面，它于 1969 年由德拉科特出版社出版。

在特拉弗玛多尔星球里，毕利重新经历了自己整个的一生，同时，他也发现了人类的许多问题，后来，他决心回到人间来，来改造人类，使他们变得美好起来，然而，他终于发现，自己的一切努力都是劳而无功，因为人类简直就是一群小孩，他们无法改变自己的好斗与争权夺利的劣根性，所以，他们也只能永远挣扎于苦难之中。

在这部作品中，冯尼格打破了小说时空的有序性。本来，这一点在意识流小说那里就已初露端倪了，但那里场景与时间的任意转换还只是顶着意识流动的帽子，只是在精神世界里可以随意漫游，还并不是真正地把物质世界打乱而重组。然而，在冯尼格的艺术世界里，这些都彻底地被打破了：毕利问题从时间的一个岔路口走进去，却又从另一个意想不到的路口走出来。所以，在他上床睡觉时还是个老家伙，但早上醒来却突然回到了自己 22 岁时的新婚之夜。在这种时间旅行的设计中，他可以多次看到自己的出生和死亡。

在外星球中，毕利还学会在四维空间中来看问题的本领，在这里，他们无死无生，所以他们看透了一切，世间所有的纷争与生死在他们的眼里都失去了意义，因为在四维空间里，这些都已泯灭了他的在三维空间里的本来意义，所以，毕利有一个标志性的口头语："就是那么回事！"这句话代表了作者对人类盲目无序而又多是徒然之举的痛惜而又无奈。

正因为这部作品的成功，库尔特·冯尼格成为与海勒并驾齐驱的"黑色幽默"派大师，并以其丰富而奇异的想象力而别开生面。

第六章

魔幻现实主义：神奇的现实

传统的现实主义文学是波澜壮阔的长江大河，无数现实主义大师已把其表现力发挥到了极致；他们的如椽大笔也已深入到了现实生活的每一个角落和层面。然而现在他们也应该有所改变了，因为在文学已完全现代化之后，他已不可能独守自己那已被挖掘过无数遍的领地了。但是，现实主义文学经历了几百年的努力与成长，它积累了许多珍贵的艺术经验，若完全抛弃了这些，那么，现代派文学也只能走向羸弱乃至于死亡。而魔幻现实主义就正是将二者结合的极为有机的一个。

> 对于胡安·鲁尔福作品的深入了解，终于使我找到了为继续写我的书而需要寻找的道路。
>
> ——加西亚·马尔克斯

虽然大多数魔幻现实主义作家对此的定义与创作规范的理解均有很大不同，甚至有作家根本就否认自己属于这一流派甚或否认有过这样一个流派，但他们的作品却的确有其共同的特点：即以神奇或魔幻的手法来反映社会现实，并设计一些神奇而怪诞的人物与几乎不可能的情节。在这个艺术世界里，即有严格的现实，也有惝恍迷离的幻觉，甚至真假难分，人鬼莫辨；他们的创作也坚持"变现实为幻想而又不失其真"的原则。在这里，"魔幻"只是表现现实的一种手段，正是在这种艺术手段的透视下，我们发现了传统现实主义所不可能发现的真实，那是生活本质的真实，也是更高的真实。

第一节　人间与鬼域：鲁尔福

魔幻现实主义这个概念虽是德国文艺批评家弗朗茨·罗在1925年首先提出来的，但它却产生并发达于拉丁美洲这块神奇的土地上，这有着极为复杂的社会与文学传统的根源在。在社会的政治与经济上，拉美本来就十分落后贫穷，而世界的殖民主义者仍在此处大肆掠夺与剥削，所以，拉美人民的生活环境与质量毫无保证，他们的境遇非常可怕，这种深重的苦难也成为他们的文学营养；另一方面，拉美的各个政权为了维持他们的这种可怕的剥削，所以又极端地残暴，整个拉美几乎就是军事独裁的大本营，这种独裁也造成了整个社会的畸形发展，这一点不但成为魔幻现实主义作家们所赖以取资的生活源泉，而且，也是大部分作家进行创作与斗争的驱动力。

就文学传统而言，他们也是得天独厚，欧美那纷纭万状的现代派文学已为后来者开辟了无数的道路，而拉美印第安人那古老而又神秘的神话与习俗又成为他们取之不尽的巨大宝库。如此，这一流派盛行于此也算适得其宜。

魔幻现实主义文学流派的形成经过了一个很长的阶段。最早把"魔幻现实主义"这个概念引入拉美文坛的人是委内瑞拉著名作家乌斯拉尔·彼特里，他于 1928 年所写的短篇小说《雨》被公认为是魔幻现实主义发轫之作。其后，危地马拉作家阿斯图里亚斯为魔幻现实主义的成长与发展做出了巨大的贡献，他于 1936 年完成的长篇小说《总统先生》被认为是魔幻现实主义的代表作之一，也正式宣告了这一文学流派的形成；1949 年，他又发表了另一代表作《玉米人》，并于 1967 年"由于其出色的文学成就，他的作品深深植根于拉丁美洲印第安人的民族气质和传统之中"而荣获了诺贝尔文学奖，他的成功进一步扩大了魔幻现实主义的阵营。而古巴作家阿莱霍·卡彭铁尔则不但在创作上为这一流派增加重量级的砝码，而且也从理论上来对魔幻现实主义的标准进行了清理，从而使这一流派真正地走向了成熟，并成为在现代派中对当时与后世影响最大的一派。

然而，真正地创做出来极为典型的魔幻现实主义作品的是墨西哥小说家胡安·鲁尔福，他于 1955 年发表的中篇小说《佩德罗·帕拉莫》（又译为《人鬼之间》）第一次展示了魔幻现实主义文学的实绩。

鲁尔福（1918～1986）生于墨西哥哈利斯科州的一个庄园主家庭，在他出生前大革命的时候，他的家道便已中落了，而他出生不久又父母双亡，他便被寄养在瓜达拉哈拉的一个亲戚家。小学毕业后，他为了谋生，便当了会计；同时，也在大学旁听文学课，并阅读了大量的文学书籍。15 岁时到墨西哥城上大学，攻读法律与人文科学。17 岁时到国家移民局工作，还曾与朋友一同创办过杂志，从 1962 年起，便到墨西哥全国印第安人研究所出版部工作，直到去世。

1942年出版第一部短篇小说集《生活本身并非那么严肃》，1953年又出版了另一个短篇小说集《平原上的烈火》。而1955年，他终于发表了他的代表作《佩德罗·帕拉莫》。

这部作品的主人公便是佩德罗·帕拉莫，小说是以他的儿子胡安·普雷西多到科马拉村去寻找这位父亲为主线而展开的。在与科马拉村人的对话中，他逐渐知道了这位父亲是一个怎样的人物了。他从小出生于此，虽是个地主家庭，但早已败落，他也只好作学徒。他从小与一个老矿工的女儿苏珊娜非常要好，青梅竹马，两小无猜，但由于生活所迫，苏珊娜与父亲一起逃荒出去，后来，她嫁给了弗洛伦西奥。而长大后的佩德罗却通过许多无耻与狡诈的手段而成为大地主。就在这些对话、独白、回忆与梦境中，一个凶残的庄园主形象暴露在读者面前，他行凶杀人、巧取豪夺、奸淫妇女、诱骗钱财，简直无恶不作。在作者那八面玲珑的笔下，他就是一个恶的化身，也是拉美独裁者与庄园主的集中代表。

比如，他为了夺取一份财产，便向最大的债权人多洛雷斯·普雷西多亚求婚，在骗得女方的爱情与钱财后，他便将其遗弃，使其最终远走他乡并含恨而死；他的儿子米盖尔在寻欢作乐时摔死在马下，他杀死了那匹马后仍不解恨，便用最恶毒的剥削来扼杀全村的人；同时他也是一个大淫棍，在他的一生中，曾霸占了无数的女人，他的私生子也多得无法数清。

然而，就这样一个穷凶极恶的人，也有自己孤独而痛苦的内心世界。那就是苏珊娜，这是他心中永远的痛。他们小的时候在一起玩耍的情景就是他对童年最为美好的记忆，所以，苏珊娜就代表了他那已被自己弄得荡然无存的纯真的东西的象征。然而，这时候的他已不是以前的他，而此时的苏珊娜也已不是那个天真而幸福的小女孩，她经历了巨大的痛苦和心灵创伤。等佩德罗·帕拉莫为了把她弄到手而先用阴谋杀死她的父亲后，她已经疯了，而且，不久就离开了人世。他一生中所追求的人死了，他的幻想也破灭了，他便也就等死了。

在这篇短短的作品中，他通过这一个艺术形象，准确地概括了墨西哥乃至于拉美那黑暗而残酷的现实。

而作为魔幻现实主义的一部典范性的作品，它的艺术上的特点更是对后世文学产生了巨大的影响。胡安·普雷西多是按照多洛雷斯·普雷西多亚的遗嘱来到科马拉村的，他本来希望看到母亲记忆中的那

→阿斯图里亚斯，危地马拉作家、外交官。在其文学生涯中，初时以诗见长，后以小说驰名，小说多以抨击祖国现状为题材。1966年获列宁和平文学奖，1967年获诺贝尔文学奖。

图
说
世
界
文
学
史

美丽而快乐的故乡，但他看到的却只是一个死亡的，充满了幽灵的村庄。在与许多人交谈之后才知道，原来这里的人都已经死了，这儿早已是一个鬼域世界了，而胡安却并不知道。在这里，他可以与那些已然死去的灵魂交流而丝毫感觉不到异样。但还不仅如此，在小说过去一半以后，却又异峰突起：原来胡安·普雷西多也是一个已经死了的人，他忍受不了科马拉村的阴森恐怖，最后也死在了这儿，是村中仅有的三个活人把他埋在了这里，所有他的这些经历都是他死后与同墓的一个老乞丐多罗特阿的对话。所以作品其实从头到尾都是在写鬼域世界，这种既神奇又执着于反映社会现实的艺术特点正是魔幻现实主义的典型标志。

1991 年，为纪念这位已故文学巨匠，墨西哥政府设立了"胡安·鲁尔福文学奖"，这也成为当今拉美及加勒比地区最重要的文学奖项之一。

第二节　百年孤独：马尔克斯

1961 年 7 月 2 日，一个 33 岁的哥伦比亚人来到了墨西哥，来到了胡安·鲁尔福所居住的城市。在此之前，他也发表了不少作品，希望可以成为一个作家，他的作品也还不错，但是他总觉得还没有找到完全属于自己的表达方式，还没有找到突破口。来到这里之前，他四处飘荡，去过巴黎，到过纽约，但他还并不知道，这里有一个作家叫胡安·鲁尔福。一个偶然的机会，他看到了鲁尔福的作品，特别是《佩德罗·帕拉莫》，就在那一刹那间，他天才的光芒终于被点亮了，他找到了自己一生的文学坐标，同时，也为世界文学高悬起最明亮的一盏明灯！而这个年轻的哥伦比亚人就是加夫列尔·加西亚·马尔克斯。

马尔克斯于 1928 年 3 月 6 日生于哥伦比亚马格达莱省的阿拉卡塔卡镇，他的父亲是一个报务员，还曾开过药店。但 8 岁以前的他却与外祖父母生活在一起，外祖父曾当过上校，性格刚直，思想激进；而外祖母则特别会讲故事，他从小便听她讲述各种各样的神奇鬼怪的民间故事，在她的影响下，他 7 岁时就能读《一千零一夜》了，这些对他日后的文学创作都产生了极为重要的影响。

> 他在小说中运用丰富的想象能力，把幻想和现实融为一体，勾画一个丰富多彩的想象中的世界，反映拉丁美洲大陆的生活和斗争。
>
> ——诺贝尔奖获奖评语

12 岁的时候，他到巴兰基利亚的一家学校读书，就在那里，他阅读了大量的世界名著。1947 年，19 岁的他考入波哥大大学法律系。次年，哥伦比亚发生内乱，他只好中途辍学，不久后又转到卡塔纳大学读新闻，并开始了新闻工作，并且，这个职业伴随了他很久，也给了他认识社会与人生的机会。1954 年，他任《观察家报》的记者，并被派往欧洲，也就在这一年，他的第一部短篇小说集《周末后的第一天》出版，也正是在这部集子里，首次出现了后来又出现在《百年孤独》中的马贡多镇。次年，他的第一部长篇小说《枯枝败叶》出版。31 岁时，他回到了哥伦比亚，其实，这个时候，他的巨著《百年孤独》已经酝酿了 10 年了，但他仍没有找到感觉，甚至连小说开头的第一句话都抓不到。然而，从 1961 年迁居墨西哥，他遇到了胡安·鲁尔福，于是，他一下子打开了通向魔幻圣境的光明大道。

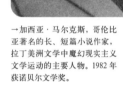

→加西亚·马尔克斯，哥伦比亚著名的长、短篇小说作家，拉丁美洲文学中魔幻现实主义文学运动的主要人物。1982 年获诺贝尔文学奖。

　　就在这一年，他的中篇小说《没有人给他写信的上校》出版，这是一部非常重要的作品，作者自己甚至认为，这是他平生最为得意的作品，在艺术成就上远远地超过了《百年孤独》。作品写了一位曾经功勋卓著的老上校，退休后无人问津，过着贫困与凄惨的生活，他每天都盼望着邮差能带来信件和退休金，但 15 年过去了，他所有的仍然只是等待！在作品的结尾，当上校夫妇已到了无法坚持的时候，上校甚至把希望寄托在斗鸡上，当他的妻子很恼火地问他"我们吃什么"时，作者写道：

　　上校经历了七十五年——一生中一分钟一分钟地度过的七十五年——才达到了这个时刻。他感到自己是个纯洁、直率而又不可战胜的人，回答说：

　　"屎！"

　　这里那种震撼人心的艺术力量不是可以用语言来描述的。

　　1966 年，他为之奋斗了 18 年的长篇巨作终于问世，那就是《百年孤独》。这部作品一经出版，世界文坛为之侧目，多年以来，它一直畅行不衰，发行量已超过了 1000 万册，并日益成为文学世界的圣典。

　　小说以他所虚构的小镇马贡多为背景，全面地描述了布恩地亚家族七代人一百多年的兴亡史，并因此而折射出哥伦比亚甚至整个拉丁美洲这一百年来的风雨历程，从多个方面和多个层次上对拉丁美洲地区积贫积弱的现实进行了描绘与反思。作者用他那八面玲珑的如椽大笔举重若轻地勾勒了拉丁美洲这片神奇而原始的大陆上奇异的面貌与风情，并反映了复杂而多变的社会与文化生活，更进一步触摸到了这个伟大的大陆与其伟大的人们的精神气质和内核，因而，它可以说是一部充沛丰盈的宏大史诗。

这个家族的第一代霍塞·阿卡迪奥·布恩地亚与他的表妹乌苏拉结为夫妻，但乌苏拉怕他们会和他们以前的叔叔一样，近亲结婚而生下了一个长了猪尾巴的小孩，所以拒不与他同房。他受人嘲笑，一气之下，用长矛刺死了对方，从此，那个死者阿基拉尔的鬼魂就一直在其家出没，他们只有远走高飞，正是这样，才如创世者一样开拓出了马贡多。后来马贡多也逐渐地繁荣了起来，成了一个小镇。

这时，吉普赛人每年来一次，其中的墨尔基阿德斯是一个极为重要的角色，他为马贡多带来了磁铁、望远镜和放大镜等科学仪器，但布恩地亚就沉溺于所谓的炼金之中而逐渐老去。这时，他们的第二代已经长大了，老大阿卡迪奥是个放荡粗疏且为情欲所控的人，他早年就跟了吉普赛人跑了。而老二奥雷良诺是本书的主人公，他又是一个忧郁而深思的人，后来，他对政治有了认识，并组织起了自己的军队，他的一生经历了 32 次起义，17 次谋杀，73 次埋伏，还有一次枪决，一次自杀，然而他都没有死。但是，在胜利的果实被别人窃取之后，他又拒绝了总统颁发的勋章而又一次南北征战，但最后，他终于在放弃革命的纸上签字。他带着厚厚的诗稿回来了，开始每天制作小金鱼，白天作，晚上再熔掉，就这样，把剩下的生命都如此消磨掉。

接下来，他们的第三代两弟兄也在孤独之中死去。第四代阿卡迪奥第二与奥雷良诺第二从小就长得一模一样，就连他们的母亲也无法区分他们，为了区分，便给他们挂了小名牌，但他们却喜欢换着玩，最后，他们自己也弄不清楚到底是谁了。在这个家族中，凡叫阿卡迪奥的与叫奥雷良诺的个性均极为不同，而这两个长大后才发现，他们的个性与他们的名字并不相合，可见，他们小时候的确是换错了。后来，二人在入葬时，又被喝醉的人们放错了棺材，所以，最后，他们依然是各得其所了。第五代是霍塞·阿卡迪奥与其妹妹雷纳塔·雷梅苔丝。前者总是对其姑妈阿玛兰塔有着一种刻骨铭心的思念，后来，他被人溺死了；而后者与一工匠私通，后被送到修道院了此残生，而她所生下的孩子就是第六代人小奥雷良诺。

早在其第一代人时，那个神秘的吉普赛人墨尔基阿德斯便留下了一个羊皮书，说其中有着这个家族的所有未来，但没有人能看懂，那个神秘的吉普赛人墨尔基阿德斯曾死了，又活过来，好多次。这次，他又来教小奥雷良诺学习那些神秘的文字。然而，小奥雷良诺没有逃过布恩地亚家族的人的痛苦，他还是爱上了姑妈阿玛兰塔，他经过努力，最终竟然得到了她，然而，他们最后终于生下了一个长着猪尾巴的小孩，而且，全世界的蚂

蚁都爬了出来，把这个孩子吃掉了，阿玛兰塔也因产后血崩而死。这时的小奥雷良诺突然对那个羊皮书有了透彻而清晰的认识，他忙回去看这本书，果然，他们家族的所有一切都记在上面，巨细无遗，这是早在100年前就已写好了的百年预言，而他已来不及详细地看他们父祖辈的往事了。他翻到有关自己的一页，这时他知道了这个阿玛兰塔果然就是自己的姑妈，再翻到最后时，他才发现，就在布恩地亚家族的最后一个人被蚂蚁拖走时，就在自己坐在阁楼里翻书时，整个马贡多却已被一阵飓风卷走，"命中注定孤独百年的家庭，永远不可能有在地球上出现的第二次机会了"！

全书气势恢宏，意蕴丰富。它建立了一个把过去、现在和未来扭结在一起并重复循环的象征性框架，这已俨然一个现代神话了，而时间的轮回重复，又使小说隐含了无数大大小小的怪圈，所有的人与事就镶嵌于这些怪圈中，组成了如此光怪陆离的魔幻世界。

小说开首的第一句正是他寻找了多年灵光闪现笼罩全书的句子："许多年之后，面对行刑队，奥雷良诺·布恩地亚上校将会回想起，他父亲带他去见识冰块的那个遥远的下午。"这个句子是那样精彩，以至于我们一提到《百年孤独》，便无不想到这一句开场白。它在如此短的句子里，容纳了全书所有的时间维度，从过去到现在，并延伸到将来。这个叙述句的时间起点是上校面对行刑队的"多年以前"，然而，通过这个句子，我们知道，一切还没发生，就已经结束了，所有的悲欢、生死，所有的爱憎与追索，都在这一句话里被定格了，而且，无可更改。

《百年孤独》的魔幻色彩应该说代表了人类想象力所能达到的最高境界，在没有看到这部作品之前，没人知道小说还可以这样写。吉普赛人墨尔基阿德斯是一个不受生死所牢笼的人物，他多次死去，但又多次复活；第一代的乌苏拉与庇拉·特内拉都活了一百多岁，她们看到了布恩地亚家族的百年兴衰史；那美得不像生自人间的俏姑娘雷

图说世界文学史

梅苔丝竟然在晾被单时冉冉升天；他们收养的孤女雷蓓卡竟以土为食；布恩地亚家族共有四个阿卡迪奥，四个奥雷良诺，三个雷梅苔丝，三个阿玛兰塔，这些重复出现的名字都有着不同的个性与相似的命运的比照；马贡多人那突然而来的健忘症，他们几乎忘了所有日常用品的用途，便不得不贴上标签来提醒自己；阿卡迪奥被人枪杀时，他的血竟流过大街小巷，到其母亲的老家，穿越了几个房间，而且为了不弄脏地毯还拐了几个弯，北挨着墙壁而走；一场大雨下了四年十一个月零两天……

伟大的马尔克斯以他短短 30 万字的《百年孤独》深刻地改变了文学史的比重，并完整而丰富地表达了一个大陆的生活与斗争、梦想与追求！

拉丁美洲文学

拉丁美洲文学通常只指生于或定居于美洲国家的人以葡萄牙语或西班牙语所创作的作品，其中包括西班牙征服者接触到的已开化的印第安文明所产生的诗歌、戏剧及神话历史著作。然而，此一定义应扩展至早期发现、征服这一新大陆并参加该地区殖民事业的人的军事性报道和史学著作。其中较有价值的如 H·科尔特斯颇为生动的公文急报和迪亚斯不事修饰而活泼有趣的征服墨西哥的编年史。

→这是殖民地时期的文学作品之一《新西班牙征服正史》，由科尔特斯远征军中的士兵卡斯蒂略所编纂。

→墨西哥殖民时期顶尖的女作家克鲁斯修女，她朴实的关于宗教及世俗之爱的诗歌是 16 至 17 世纪风行于拉美的抒情诗中真正具有文学价值的少数作品。

殖民地时期

16 至 17 世纪间，拉丁美洲殖民地社会趋于稳定，其文学受到欧洲文学潮流的深刻影响，比如，中世纪晚期、文艺复兴、巴洛克、新古典主义，这些文学形式和风格在 20 至 50 年后均在新世界出现。由此，拉丁美洲文学形式多为讽刺诗文、抒情诗及受法国习俗、文风和法国大革命的影响而出现的爱国颂歌与英雄诗，而小说则声势较弱。总体来说，拉美文学创作活力及水准方面远不如同时期的西班牙和葡萄牙。

19 世纪初期，浪漫主义运动传播至拉丁美洲各新兴共和国。在体裁方面，小说得到复兴，与两世纪前旧世界所创作的浪荡故事体裁相呼应，但以批评社会为主；诗歌则至 19 世纪 30 年代止还沿袭着新古典主义的体式，但独立的梦想和事实已先人为主地影响了诗文内容，戏剧在这时却落在后面。在题材方面，浪漫主义者多采用乡土场景和当地人物类型，这类题材于后来的文学中仍受重视，且孕育了普拉特河流域加乌乔文学与巴西的印第安小说这些具有鲜明拉丁美洲色彩的文学种类。到了 19 世纪 70 年代末期，外部世界的生活和文学对于大部分拉丁美洲来说已不再陌生，现代主义文学运动应运而生，此运动标榜"为艺术而艺术"，以美、异国情调、高雅为理想，将本土与欧洲的各种流派融为一体，在尼加拉瓜诗人 R·达里奥领导下趋于顶点。也正是从现代主义文学起，拉美文学开始挣脱欧洲影响而呈现鲜明的民族特色。

自现代主义文学思潮后，拉美这片神秘的土地上又先后有以下几个主要文学思潮出现：先锋派、新小说派、魔幻现实主义、文学爆炸。

拉美的先锋派文学大体可分成三派：一是智利的维森特·维多夫罗的创造主义，一是以墨西哥的马普莱斯·阿尼雷为领袖的尖啸主义，另一派是由博尔赫斯为代表的极端主义与马丁菲耶罗主义。此先锋派文学以从本土的独裁统治下争取自由的抗议斗争为创作背景，与初时重形式、轻现实转而坚实且庄重的现代主义文学相径庭，它展现了作家对人民生活困苦以及国家和民族安危的忧虑与关切，同时，它也为拉美文学今后在创作技法及表达方式上进一步创新奠定了坚实的基础。

先锋派思潮过后，新小说派及魔幻现实主义文学继起于拉美文学界，它们反对传统现实主义文学，注重对人类内心情感的描绘，创作形式上也出现了打破时间界限、以幽默梦魇与幽默的方式等。也是从此时，拉美小说无论在内容主题上还是形式手法上都开始了独特的自由发展阶段。这一时期的著名作品有：危地马拉作家阿斯图里亚斯的魔幻现实主义经典之作《玉米人》、秘鲁作家阿格达斯的展现价值观巨变和对自我认知的《深沉的河流》、秘鲁作家巴尔加斯·略萨的描写人性堕落与毁灭的《绿房子》、墨西哥作家鲁尔福的表现宿命的《平原上的烈火》及表现人类遭受肉体及精神双重折磨的《佩德罗·帕拉莫》等等。

进入 20 世纪 60 年代，拉美文学迎来令欧美文学界不得不刮目相看的"文学爆炸"时期，其中，"文学爆炸"四大先锋堪为代表，他们是：卡洛斯·富恩特斯、科塔萨尔、加西亚·马尔克斯、巴尔加斯·略萨。

"文学爆炸"时期尤以小说创作最为瞩目，在内容题材上，它们融入了神话的魅力，神话与现实、真实与虚幻、心灵与外界巧妙融合；在语言上，引入了方言；而在小说叙述结构上，作者尝试对传统小说的正常时间顺序进行了变换，出现了"魔幻时间"、"螺旋时间"、"迷宫时间"、"战争时间"等形式，这样就增加了人物事件出现的灵活性，令人读来耳目一新。

怪石垒起的高城，

终于成了住地，

大地不曾在昏睡的衣裳中将它的主人藏匿。

在你的身上，闪电的和人的摇篮

宛似两条平行的直线

在刺骨的寒风中摇曳

——节选自聂鲁达《漫歌集》

的第二章《马克丘·皮克丘》

一智利外交家兼诗人巴勃罗·聂鲁达（下图右四）是继现代主义的核心人物达里奥之后的又一位伟大的诗人，其诗作或可说明拉美诗坛从达里奥死后的走向。聂鲁达的作品既有情欲的爱恋又有对社会的关怀，洋溢着主观、哀愁的气息。后转向诡异费解的超写实主义风格而至最终的充满自然之爱的简明风格。1971 年他因"用诗一般的语言生动地记叙了世界上一个地区人们的命运和梦想"而获得诺贝尔文学奖。下图即为 1969 年他和他的崇拜者们在一起的情景。

扫码获取
更多资源